ullstein

Das Buch

Drei Jahre sind vergangen, seit Paul an einem warmen Sommerabend aus Maries Leben verschwand. Für immer. Das war die Bedingung, unter der Maries Freund Jan sich bereit erklärte, ihr zu verzeihen, dass sie noch einmal mit Paul ins Bett gegangen war.
Seitdem ist viel passiert. Ohne Paul, merkte Marie, wurde sie mit Jan erst richtig glücklich. Und es dauerte gar nicht lang, bis sie nur noch ab und zu an ihn dachte. Und irgendwann fand auch dieses »ab und zu« fast nicht mehr statt.
Inzwischen ist Marie verheiratet (mit Jan) und Mutter einer anderthalbjährigen Tochter. Sie sind eine glückliche kleine Familie, nicht wie aus der Rama-Werbung, aber zumindest wie aus der Toffifee-Reklame. Doch eines Tages zieht gegenüber von Maries heißgeliebter Altbauwohnung in München-Neuhausen ein neues Pärchen ein. Zu ihrem Entsetzen muss Marie feststellen: Es ist Paul mit seiner Freundin! Doch dann bestätigte sich, was Marie eh schon wusste: Paul hat das mit der Treue noch nie so ernst genommen …

Die Autorin

Anette Göttlicher, geboren 1975, ist Chefredakteurin der Frauen-Community *beQueen*. Aus ihrer Kolumne »Maries Tagebuch« auf *Cosmopolitan.de* entwickelte sie ihren ersten Roman *Wer ist eigentlich Paul?*, der auf Anhieb zum Bestseller wurde. Anette Göttlicher mag Sushi, Fußball und bayerisches Brauchtum und lebt im Münchner Stadtteil Neuhausen. Weitere Infos über die Autorin unter www.anette-goettlicher.de

Von Anette Göttlicher sind in unserem Hause
bereits erschienen:
Paul darf das
Die Melonenschmugglerin

Anette Göttlicher

Mensch, Paul!

Roman

Ullstein

Besuchen Sie uns im Internet:
www.ullstein-taschenbuch.de

FSC
www.fsc.org
MIX
Papier aus verantwortungsvollen Quellen
FSC® C006701

Originalausgabe im Ullstein Taschenbuch
1. Auflage Juli 2011

Konzeption: HildenDesign, München
Umschlaggestaltung: ZERO Werbeagentur, München
Titelabbildung: © Artwork HildenDesign, München, unter Verwendung eines Motivs von Annie Collinge/Getty Images
Satz: LVD GmbH, Berlin
Gesetzt aus der Sabon, Helvetica und Trade Gothic Light
Papier: Pamo Super von Arctic Paper Mochenwangen GmbH
Druck und Bindearbeiten: CPI – Ebner & Spiegel, Ulm
Printed in Germany
ISBN 978-3-548-26684-8

Manchmal lach ich drüber
doch dann merk ich wieder
wie's mich trifft.
Komik ist Tragik in Spiegelschrift.

(aus A-N-N-A von Freundeskreis)

MONTAG, 21. JUNI 2010.
DER ERSTE SOMMERTAG.

»Mami, Mami!«

»Ja, Franziska?«

»Der Popo von dem Mann da, der is aba goooß!«

Der Angesprochene dreht sich nicht einmal um, was nicht daran liegt, dass meine Tochter zu leise geredet hat. Ich danke innerlich dem Erfinder des iPods und überlege, wie ich Franziska jetzt erklären soll, dass man so etwas nicht sagt, und schon gar nicht laut und begeistert ruft, morgens um Viertel vor acht in der vollbesetzten Straßenbahn. Aber wie soll sie das verstehen? Sie ist noch nicht mal zwei. Ich verzichte also auf fruchtlose Erziehungsversuche und grinse nur entschuldigend.

»Mei, wo's recht hat …«, meint eine Dame mittleren Alters, bei deren Anblick ich insgeheim froh bin, dass Franziska das Wort für Busen noch nicht kennt, und dann sind wir zum Glück am Ziel und können aussteigen.

Während ich den Buggy vor mir herschiebe, in dem meine Tochter sitzt und fröhlich mit »Haaaallo, Tataaaanie!« jeden einzelnen Baum am Wegrand begrüßt, muss ich lächeln. Das Wetter ist schlecht, es regnet, und ich trage einen Winterpulli unter meiner Regenjacke, und das, obwohl heute doch offiziell der Sommer beginnt. Aber sonst stimmt gerade alles in meinem Leben. Nun ja, nicht alles, aber vieles, und das ist schon eine ganze

Menge. Ich habe ein süßes, blauäugiges, blondgelocktes Kind, ich habe einen tollen Freund, der ein geduldiger und engagierter Vater ist. Ich habe ein paar gute alte Freunde und eine Handvoll Menschen, die ich neu kennengelernt habe und die vielleicht zu Freunden werden könnten. Ich darf immer noch in der schönen Altbauwohnung in der Ysenburgstraße wohnen, und ich habe einen Krippenplatz für mein Kind. Der kostet zwar halb so viel wie die Miete für die Wohnung, aber schließlich habe ich ja auch einen Job, mit dem ich das Geld für die Kinderbetreuung und meine Krankenversicherung in guten Monaten wieder reinarbeite. In diesem Punkt gibt es Verbesserungsbedarf, aber was ist schon Geld? Es reicht zum Leben, und seit Franziska da ist, ist mein Interesse an neuen Klamotten und Schuhen schlagartig auf knapp über null gesunken. Zumindest das an neuen Klamotten und Schuhen für mich. Was meine Tochter angeht, sieht das anders aus. Aber solange ich mir meine überteuerten Espresso-Kapseln und täglich mindestens einen Coffee to go leisten kann und nicht überlegen muss, ob ich heute noch einen trinken darf oder nicht, bin ich zufrieden mit der finanziellen Lage.

»Mamiiiii! Raus!!« Franziska versucht, sich abzuschnallen, und kippt dabei beinahe mit ihrem Buggy um. Ich befreie sie, und sie hüpft aus dem Wagen, läuft durch den Vorraum der Krippe und klettert auf die kleine Bank an der Wand, damit ich ihr die Turnschuhe ausziehen kann. Das ist einer dieser Momente, in denen ich wieder mal ins Staunen gerate. Schon fast zwei Jahre ist es her, dass ich Franziska zum ersten Mal sah, und seither waren wir nicht länger als ein paar Stunden voneinander getrennt. Seit zwei Jahren dreht sich mein Leben fast ausschließlich um diese kleine Person. Alles hat sich verändert, seit sie da ist, ich selbst bin eine andere geworden. Und trotzdem wundere ich mich manchmal, wenn ich mich selbst so sehe, wie ich ihr gerade die Hausschuhe über die kleinen Füße ziehe: Ich, Marie, eine Mami! Eine, die am Kinderpopo schnuppert, um herauszufinden, ob ein Windelwechsel nötig ist, die pustet und »Heile, heile, Segen« singt, wenn Franziska sich an der Tischkante gestoßen hat. Die ihr geduldig erklärt, warum es keine Schokokekse zum Abendessen geben wird, die keine Handtasche mehr benutzt, sondern nur noch die geräumige Wickeltasche. Marie, die den Bio-Apfel schält, in Scheiben schneidet und in eine orangefarbene Tupperdose packt, Marie Sandmann, die diese bunten Plastik-Clips zum sauberen Wiederverschließen von angebrochenen Kekstüten verwendet und der nur selten die Feuchttücher ausgehen.

Es ist acht Uhr morgens, und ein ganz normaler Montag liegt vor mir. Wenn ich mich von Franziska verabschiedet und ihr versprochen habe, sie nach dem Mittagsschlaf ganz bestimmt wieder abzuholen, werde ich zu Fuß in mein kleines Büro gehen, das ich ein paar Straßen weiter gemietet habe. Eigentlich ist es kein eigenes Büro, sondern nur ein Tisch und ein Stuhl im Büro einer Architektengemeinschaft. Aber es fühlt sich gut an, eine Geschäftsadresse zu haben, und ich komme nicht auf die Idee, erst mal die Fenster zu putzen oder die Dielen zu wischen, wenn ich keine Lust aufs Arbeiten habe. Ich werde also ein paar Stunden was tun, und wenn die Architekten beim Inder an der Ecke zum Mittagessen gehen, werde ich mein MacBook zuklappen, es einpacken und Franziska aus der Krippe holen. Beim türkischen Bäcker kaufe ich ihr eine Brezn, von der ich das Salz abpule, bevor ich sie ihr in die Hand drücke, für mich gibt's einen »Mamipaffee«, und dann treffen wir uns mit anderen Kindern und ihren Müttern auf dem Spielplatz oder bei einer von uns zu Hause. Später noch einkaufen, dem Kind ein halbwegs gesundes Abendessen kochen, erfolglos versuchen, der Wäscheberge Herr zu werden, bis gegen sieben Jan nach Hause kommt und mit Franziska spielt, bis sie eine Stunde und drei Strophen »Der Mond ist aufgegangen« später ins Bett kommt.

Es ist nicht spektakulär, mein neues Leben. Keine Reisen nach Neuseeland und Australien mehr, keine spontanen Trips an den Gardasee, keine spannenden Jobveranstaltungen, keine Partynächte im Cord oder 59:1. Ich weiß nicht mal, ob diese Clubs überhaupt noch existieren. Aber ich habe wenig Zeit, all dem nachzutrauern. Meine täglichen To-do-Listen sind länger, als sie in den anstrengendsten Jobzeiten je waren, und was zu tun ansteht, nimmt eigentlich nie ein Ende. Wenn ich beruflich alles abgehakt habe, was wirklich dringend ist, wenn der Kühlschrank gefüllt ist und man rund um den Esstisch nicht mehr die Zusammensetzung der letzten Mahlzeit nachvollziehen kann, gibt es garantiert noch ein Paket Windeln, das zur Neige geht, oder einen Brief der Krankenkasse, der beantwortet werden muss. Irgendwas ist immer, und richtig fertig werde ich nie.

Aber ich will nicht jammern. Ich bin jeden Tag unausgeschlafen, immer in Eile, die Wohnung ist meistens ein Chaos, ich bin von der Keine-Absätze-unter-10-cm-Frau zur Ballerina- und Turnschuhträgerin mutiert, und überall an den Ausschnitten meiner T-Shirts und meinen Halstüchern sind kleine Spangen festgeklemmt, mit denen ich Franziskas blonde Locken zu zähmen versuche. Mein Sexleben lag ungefähr ein Jahr lang fast völlig brach und ist jetzt zwar wieder existent, allerdings um einiges leiser geworden als früher, weil Franziskas Schlaf nicht immer zuverlässig tief ist. Aber ich bin erstaunlich glücklich. Imperfekt, aber glücklich.

MITTWOCH, 23. JUNI 2010.
WEGEN UMZUGS.

»Hoffentlich macht der Taxisgarten heute auch wirklich auf«, überlegt Jan laut, während er vor dem Flurspiegel seine Krawatte bindet. »Das Wetter ist ja von der Temperatur her noch nicht gerade hochsommerlich …«

»Wieso Taxisgarten?«, frage ich irritiert. »Nein, Franziska, nicht die Winterstiefel, heute kannst du die Sandalen anziehen.« Morgens ist es manchmal etwas hektisch bei uns. Franziska hat von mir die Tendenz zum Nachtmenschen geerbt und denkt gar nicht daran, abends um halb acht brav ins Bett zu gehen. Und schon gar nicht, wenn bei uns, wie momentan, jeden Abend der Fernseher läuft, weil Fußball-WM ist und täglich interessante Spiele kommen. Die Folge ist, dass ich sie morgens um halb acht wecken muss, um sie in die Krippe zu bringen. Um den Tag nicht mit schlechter Laune zu beginnen, lasse ich sie so lange wie möglich schlafen, was bedeutet, dass sie nach dem Aufstehen innerhalb von zehn Minuten fertig sein muss.

»Ich geh doch heute Abend mit Markus, Bernd und Thomas zum Public Viewing«, sagt Jan und nimmt seine Laptoptasche. »Heute spielt Deutschland, und es geht um den Einzug ins Achtelfinale! Wir müssen gegen Ghana gewinnen, außer die Australier …«

»Ich weiß«, unterbreche ich ihn und merke, dass

meine Stimme leicht schnippisch klingt, »aber ich dachte, wir schauen es zusammen daheim an?«

»Äh«, sagt Jan und schaut auf die Uhr.

Ich überlege kurz, ob ich ihm nun eine Szene machen soll. Einer von uns muss zu Hause bei Franziska bleiben, denn Babysitter sind an Tagen, an denen Deutschland spielt, kaum aufzutreiben. Es geht mir auch nicht darum, dass ich Jan das Public Viewing mit seinen Freunden nicht gönnen würde oder unbedingt selbst im Biergarten Fußball sehen möchte. Ehrlich gesagt wüsste ich gar nicht, mit wem. Klar, ich könnte theoretisch Beate oder Marlene fragen, wo sie sich das Spiel ansehen. Wobei ich gar nicht weiß, ob Marlene überhaupt im Lande ist. Ich habe schon länger nichts mehr von ihr gehört. Und Beate … aber um die geht es jetzt nicht. Fakt ist, dass ich gerne von Jan gefragt werden möchte, ob es mir etwas ausmacht, bei Franziska zu bleiben, statt vor vollendete Tatsachen gestellt zu werden.

»Ich bin nicht ganz selbstverständlich immer die Babysitterin, während du dein altes Leben weiterführst«, will ich zu Jan sagen, aber ich lasse es bleiben. Ich werde ihm das ein andermal in Ruhe erklären, ohne einen Streit zu provozieren.

»Gut, dann frage ich mal Kathrin, was die macht!«, sage ich stattdessen, gebe Jan einen Kuss und sage zu Franziska: »Hopphopp, gehen wir, der Papa muss jetzt auch zur Arbeit!«

Ich öffne die Wohnungstür, und gleißendes Morgenlicht fällt vom Treppenhaus in unsere Diele. Franziska tappt hinaus und rennt die paar Schritte bis zum Beginn der

Treppe, wo sie stehen bleibt. Wie jeden Morgen. Ich muss nun drei Stufen nach unten gehen, mich dann umdrehen und die Arme ausbreiten, damit sie hineinspringen und ich sie hinuntertragen kann. Dieses Ritual ist jeden Tag gleich, und wehe, es wird davon abgewichen!

»Komm, Franziska! Eins, zwei, drei!«, rufe ich, strecke ihr meine Arme entgegen und warte auf die warmen zehn Kilo, die sich gleich hineinwerfen werden.

»Nein«, sagt Franziska, bleibt stehen und schüttelt den Kopf, dass die Locken fliegen.

»Wie, nein? Komm!«

»Nein!«

»Jetzt komm, Franziska, wir haben nicht ewig Zeit!«

»Ich geh dann mal«, sagt Jan, gibt seiner Tochter einen Kuss und flitzt die hölzernen Treppenstufen nach unten.

»Tschüss, Papa! Bye-bye! Schön' Urlaub!«, ruft Franziska.

»Der Papa geht arbeiten.«

»Schön' Urlaub, Papa!«

»So, jetzt komm, Franziska, hopp!«

»Nein. Leine laufen.« Sie hält sich am eisernen Treppengeländer fest und beginnt, Stufe für Stufe und konzentriert schnaufend, mit dem Abstieg. Ich überschlage, dass wir auf diese Weise ungefähr eine Viertelstunde zu spät zur Krippe kommen werden, und muss eine Entscheidung treffen. Entweder ich respektiere den seit ein paar Monaten unweigerlich immer mehr erwachenden Willen meines Kleinkinds und lasse es selber die Treppe hinuntersteigen, wodurch es dann aber den Morgenkreis versäumt, was zwar keine traumatischen Folgen hat, aber dazu führt, dass ich am Nachmittag mit ihr mindestens achtmal »Drei kleine Fische, die schwimmen im Meer, blubb, blubb, blubb, blubb« singen muss. Oder ich kürze die Sache ab und trage Franziska gegen ihren Willen die Treppen hinunter, was mir wütendes Gebrüll und ein paar Tritte in den Magen einbringen wird. Gerade als ich mich für Version eins entschieden habe, hat Franziska genug vom leine Laufen, bleibt auf der siebten Stufe stehen, sagt »eins, zwei, drei!« und wirft sich ohne Vorwarnung in meine Arme. Ich kann sie im letzten Moment auffangen und frage mich zum wiederholten Male, wie es eigentlich möglich ist, dass sie so lange überlebt hat.

In der Kinderkrippe treffe ich Kathrin und ihren Sohn Lukas.

»Wo schaust du denn heute Abend Fußball? Hast du Lust, mit Franziska vorbeizukommen? Es kommt noch eine Freundin von mir. Lukas kann in meinem Bett schlafen, dann legen wir Franziska in seines.«

Manchmal lösen sich Probleme in Wohlgefallen auf, bevor sie wirklich welche sind.

Am Abend packe ich ein paar Wiener Würstel und meine Tochter, die ein Deutschlandtrikot in Größe 80 trägt, ins Auto und fahre zu Kathrin und Lukas. Kathrin ist alleinerziehend, seit ihr Exmann sie verlassen hat. Als Lukas ein halbes Jahr alt war, fiel ihm auf, dass das Leben mit einem Baby ziemlich anstrengend ist und man nicht mehr so spontan und ungebunden sein kann wie vorher. Ich kenne Kathrin erst, seit unsere Kinder zusammen die Krippe besuchen, also seit einem guten halben Jahr, und wir haben es noch nicht oft geschafft, uns ohne Kinder zu treffen und in Ruhe zu unterhalten. Freundschaften mit kleinen Kindern sind anders. Auf dem Spielplatz oder im Tierpark kann man einfach keine längeren, zusammenhängenden Gespräche führen und muss damit leben, dass die andere schon mal aufspringt und zur Rutsche eilt, die sich das Kind kopfüber hinunterstürzen will, während man gerade mit belegter Stimme von seiner schweren Jugend berichtet. Ich weiß, dass Kathrin davon ausgeht, dass ich das habe, was sie sich wünscht: eine harmonische, gute Beziehung zu einem Mann, der zu seinem Vatersein steht und das Konzept Familie mitträgt. Und so ist es ja auch. Was Kathrin nicht weiß: wie es noch vor drei Jahren in meinem Leben aussah. Wie chaotisch alles war, was für ein Hin und Her und wie sehr meine Beziehung zu Jan auf der Kippe stand, als ich damals noch mal mit Paul …

Paul. Ich übersehe beinahe eine rote Ampel und kann gerade noch bremsen. Paul. Während dieser Name in meinem Kopf hallt, stelle ich fest, dass ich gerade zum ersten Mal seit langer Zeit an Paul denke. Natürlich hat er ab und zu mal meine Gedanken gestreift, wenn ich in der U-Bahn jemanden sah, der ihm ähnlich war, oder wenn ich in einer Zeitschrift auf ein Foto von ihm stieß. Aber dieses An-Paul-Denken war immer nur wie die Ahnung eines Duftes in der Luft, der sich sofort wieder verflüchtigt und den man auch gleich wieder vergisst, wenn man sich nicht darum bemüht, den Eindruck festzuhalten oder der potentiellen Lawine an Erinnerungen und Gefühlen die Chance gibt, loszurollen. Und so ein Kind ist ungeheuer hilfreich gegen unerwünschte Gedanken. Die Zeit für Tagträume geht gegen null. Und ein Kleinkind nutzt jeden Moment der Unaufmerksamkeit gnadenlos aus, um irgendeinen Unsinn anzustellen.

Jetzt aber habe ich einen Moment Zeit, an Paul zu denken. Franziska ist in ihrem Autositz eingeschlafen, und ich stehe in einem kleinen, fußballvorfreudigen Feierabendstau auf der Dachauer Straße. Fast wünsche ich mir, meine Kleine wäre wach und würde etwas von mir fordern, wie sie es sonst in fast jeder wachen Minute tut. Keks haben, Wasser trinken, Bruder Jakob singen oder so. Dann könnte ich nicht an Paul denken. Denn Paul passt so gar nicht in mein neues Leben. Und er passt auch nicht zu der neuen Person, die ich geworden bin, Paul und Feuchttücher, das harmoniert einfach nicht. Ich will mich nicht zu der abgedroschenen Behauptung versteigen, dass Franziska mich zu einem besseren Menschen gemacht hat. Außerdem glaube ich nicht wirklich daran, dass man wirklich besser werden kann, und wenn, dann dauert dieser Prozess sicher mindestens ein Leben lang. Aber mein Kind hat mich durchaus verändert. Ich denke nicht mehr automatisch zuerst an mich selbst, ich denke nun bei allem, was ich tue oder lasse, zuerst an Franziska.

»Du bist nicht weniger ichzentriert, du hast dein Ego nur um eine Person erweitert«, sagte Beate zu mir, als ich ihr dieses Phänomen vor ungefähr einem Jahr nicht ohne Stolz mitteilte. Damals, als wir noch miteinander sprachen. »Aber das ist wahrscheinlich ganz normal und gehört einfach dazu, wenn man ein Muttertier ist«, fügte sie halbherzig und wenig überzeugend hinzu, als sie meine verärgerte Miene sah.

Wie dem auch sei, Paul ist direkt betroffen von dieser Veränderung. Niemals würde ich mein Familienleben für ihn aufs Spiel setzen. Denn ich habe mittlerweile ernsthafte Zweifel, ob die große Liebe – wenn es sie denn überhaupt gibt und Romantik doch mehr ist als nur eine Stilepoche –, ob diese große Liebe nicht ein bisschen anders aussieht, als ich in den letzten Jahren dachte. Was genau war das mit Paul? Sensationeller Sex, klar. Wenn ich Zeit für Tagträume hätte und nachts nicht erschöpft schlafen würde, würde mir der Gedanke an Sex mit Paul immer noch eine Gänsehaut bescheren. Und sonst? Leidenschaft, Sehnsucht, Begehren, Herzklopfen, Eifersucht. Nichts, was einem Alltag zwischen vollen Windeleimern und verstreuten Legosteinen auf Dauer standhalten würde. Natürlich hatten wir auch tolle Gespräche, Paul und ich, haben uns oft blind verstanden und viel zusammen gelacht. Aber wenn ich jetzt an ihn zurückdenke, an unsere besten Momente, zum Beispiel auf den Stufen der Bavaria nach dem Besuch im Wiesnzelt oder am einsamen Strand von Cape Reinga in Neuseeland, dann überwiegt die Erinnerung an das übermächtige Begehren, das ich für Paul fühlte. In seinen Armen zu sein, seinen Geruch einzuatmen, meinen Kopf an seine Brust zu legen – nichts konnte den Wunsch stillen, ihm nah zu sein. Selbst wenn wir miteinander schliefen und ich Pauls Körper mit Armen und Beinen umschlang, war es noch da, das Begehren, das Sehnen danach, ihm nah zu sein, näher, am nächsten. Wie viel davon rührte von dem Umstand her, dass ich Paul nie wirklich haben konnte? Dass ich, selbst als wir für einen Sommer lang ein Paar waren, immer wusste, dass unser Glück ein Verfallsdatum hatte? War es mehr Nicht-haben-Können als echte Zuneigung? Habe ich Begehren mit Liebe verwechselt?

Und mein Leben mit Jan, ist das nun die echte Liebe? Eine Beziehung, die auf Vertrauen und Freundschaft basiert und selbst das schwierige erste Jahr mit einem Kind übersteht, ja sich danach sogar gefestigt und gereift anfühlt? Und wenn dem so ist – warum zum Teufel kommt dann diese wahre Liebe so unscheinbar und meistens pastellfarben gekleidet daher, dass man sie im Alltag manchmal zwischen längst überfälligem Staubsaugerbeutelaustausch und »Wie, du hast keine Feuchttücher besorgt« fast übersieht? Während sich die andere Liebe, ich nenne sie mal die begehrende Liebe, in Farben kleidet, die für Colorwaschmittelwerbung perfekt geeignet wären, während sie funkelt, kribbelt und lauter Dinge mit einem macht, die einen das Essen vergessen und ansatzweise verstehen lassen, warum manche Menschen meinen, das Leben sei eine uneingeschränkt wundervolle Angelegenheit?

»Mami? Zum Lukas!«

Wir sind da. Franziska ist aufgewacht und hat das Haus erkannt, in dessen Nähe ich eingeparkt habe, während ich über die große Liebe nachgesonnen habe. Ich schüttle einmal kräftig den Kopf, um den Rest der Gedanken an Paul aus meinem Hirn zu verbannen, steige dann aus dem Wagen, befreie Franziska von ihren Gurten und stelle sie auf den Gehweg. »Wuatz mitnehmen!«, ruft sie, als ich gerade das Auto absperren will. Ach so, ja, die Wiener. Gut, dass wenigstens mein Kind mitdenkt. Ich hole die Würstel, drücke Franziska eine kleine Deutschlandfahne in die Hand, die ich auf dem Beifahrersitz finde, und lasse sie vor mir das kurze Stück bis zur Haustür von Kathrin und Lukas laufen. Wir begegnen einer älteren Dame und einem jungen Pärchen, und alle drei lächeln verzückt, als sie mein fahnenschwenkendes Kleinkind sehen. Ich gebe zu, dass ich diese Momente liebe. Eben doch ein Muttertier.

»Lukas darf in meinem Bett schlafen, und Franziska legen wir dann in seines, so um acht, dann haben wir noch ein bisschen Luft, bis das Spiel anfängt«, sagt Kathrin. So weit der Plan. Die Realität sieht so aus, dass Lukas um kurz nach acht in Kathrins Bett liegt und brav versucht zu schlafen, während Franziska aufgekratzt durch Kathrins Wohnung tobt und ich sie alle zwanzig Sekunden ermahnen muss, leiser zu sein, denn Lukas darf nicht merken, dass sie, die Jüngere, noch aufbleiben darf.

Sarah, Kathrins kinder- und männerlose Freundin, die zum gemeinsamen Schauen des Vorrundenspiels gekommen ist, sitzt auf dem Sofa, hält ihr Bier fest und gibt sich alle Mühe, sich ihre Genervtheit nicht anmerken zu lassen. Ich kann sehr gut verstehen, wie sie sich jetzt fühlt, schließlich war ich jahrelang die ohne Kind und Mann, während einige meiner Freundinnen schon zum zweiten Mal Nachwuchs bekamen. Und doch bemitleide ich in diesem Moment eher mich selbst als Sarah, denn dies ist eine der Gelegenheiten, in der man gar nicht so unglücklich ist, kein eigenes Kind zu haben.

Ich räume die Stapel mit den losen Panini-Sammelbildern und sämtliche anderen Dinge, denen ein Hinunterfallen vom Couchtisch nicht guttun würde, auf Kathrins Wohnzimmerschrank und hoffe, dass Franziska sich irgendwann müde getobt hat und ins Bett bringen lässt. Dann erklingt auch schon die Nationalhymne von Deutschland. Eigentlich ein erhabener Moment, außer ein wildgewordenes Kleinkind springt vor dem Fernseher herum, versperrt die Sicht und grölt: »Fußball, Fußball, Tor, Tor, olé, olé!« Sarah grinst gezwungen, Kathrin schließt vorsichtshalber die Tür zum Schlafzimmer, damit Lukas nicht wach wird, und ich überlege, schnell heimzufahren und Franziska dort ins Bett zu stecken. Sie muss ziemlich müde sein, also würde sie sicher nach ein paar Minuten Gebrüll einschlafen, und ich könnte mir in Ruhe das Spiel ansehen. Doch bevor ich meinen Gedanken aussprechen kann, hat Kathrin Lukas' Registrierkasse unter dem Sofa hervorgezogen, mit der Franziska nie spielen darf, wenn die beiden zusammen sind. Jetzt können wir in Ruhe das Fußballspiel sehen. Wenn man mal vom lauten Klingeln und Rattern absieht, das das Plastikspielzeug hervorbringt.

Doch es wird alles besser. In der Halbzeitpause bringe ich Franziska in Lukas' Bett und montiere kurzerhand die Stäbe des Gitters wieder, die Kathrin für ihren Dreijährigen entfernt hatte. Franziska ist empört, aber da ich davon ausgehe, dass sie genau weiß, wo ich bin, sage ich ihr gute Nacht, singe noch ein hastiges »Der Mond ist aufgegangen« und schließe dann die Kinderzimmertür.

Im Wohnzimmer hat die zweite Halbzeit begonnen. Es steht immer noch 0:0. Und da es nun richtig spannend wird, stellen wir den Ton so laut, dass nur ich das entfernte Wutgeschrei meiner Tochter hören kann. Nach genau drei Spielminuten ist es vorbei und sie schläft.

Auch durch unser Jubelgebrüll beim 1:0 durch Mesut Özil wird keines der Kinder wach, und ich beginne, mich etwas zu entspannen. »Ein halbes Bier kannste doch trinken«, sagt Kathrin und schenkt mir Augustiner in ein Wasserglas ein. Ich denke kurz daran, dass mein Abendessen nicht gerade üppig war, trinke das Bier aber trotzdem. Aus dem halben Bier wird ein ganzes, und ich bilde mir ein, den Alkohol ein klein wenig zu spüren. Mist. Klar darf ich noch fahren und habe sicher keine 0,5 Promille, aber ich habe Franziska dabei und hatte mir eigentlich geschworen, keinen Tropfen Alkohol zu mir zu nehmen, wenn sie mit im Auto sitzt.

Aber irgendwie muss ich ja nach Hause kommen. Eine halbe Stunde später ist Deutschland im Achtelfinale, und ich gehe mit der schlafenden Franziska auf dem Arm zu meinem Auto. Als ich an meinem silbernen Golf angekommen bin, beuge ich die Knie, ohne das Kind loszulassen, und bugsiere den Schlüssel ins Schlüsselloch. Er gleitet widerstandslos hinein, aber er lässt sich nicht drehen. Ich ruckle ein wenig, nicht zu fest, denn ein abgebrochener Schlüssel würde die an sich schon blöde Situation noch wesentlich verschlimmern. Ich gehe um den Wagen herum und versuche es an der Fahrertür. Gleiches Phänomen.

»Deutschlaaaaaand, Deutschlaaaaaand!« Ein paar grölende, glückliche Public Viewer gehen an mir vorbei, und ich werfe ihnen einen bösen Blick zu. Nein, das an meiner Schulter ist kein blauweiß gestreifter Sack, das ist ein schlafendes Kind!

»Schau ned so bes, is doch suppa, g'wunna hamma!«, ruft einer der jungen Männer und drischt mir freundlich auf die Schulter. Zum Glück auf die, an der kein Kleinkindkopf liegt.

Was soll ich jetzt tun? Den ADAC rufen? Oder den Schlüsseldienst? Oder zurück zu Kathrin, dort übernachten und morgen weitersehen? Ich angle erst mal unter Schwierigkeiten mein iPhone aus der Tasche und rufe Jan an. Nach dem achten Klingeln geht er endlich ran.

»Olé, oléeeee, Achtelfinale, olé!«, brüllt es aus dem Lautsprecher, und den Hintergrundgeräuschen nach zu urteilen, befindet sich mein Freund noch im Saal des Taxisgartens.

»Mein Autoschlüssel klemmt!«, sage ich leise ins Telefon.

»Waaaaaas? Ich kann dich nicht verstehen, du musst lauter reden!«

»Ich kann nicht so schreien, Franziska schläft auf meinem Arm«, sage ich ein My lauter.

»Was ist los? Du, wir sehen uns später, die Jungs kommen eh noch mit zu uns, auf ein Bier am Balkon, bis gleich! Olé, olé!«

»Jan, warte, mein Autoschlüssel ...« Das Telefon leuchtet auf. »Verbindung beendet«. Ich kann's nicht fassen.

»Brauchen Sie Hilfe?«, spricht mich da eine sympathisch klingende Stimme an. Ich blicke auf und direkt in die Gesichter von zwei uniformierten Polizisten. Endlich sind die mal da, wenn ich sie brauche, und nicht immer nur, wenn ich im Stau mein »Mobiltelefon aufnehme« und dafür 60 Euro Strafe zahlen muss! Dann fallen mir die zwei halben Bier ein. Also die ganze Halbe. Das Augustiner eben. Mist. Und bevor mir noch eine Antwort eingefallen ist, erblicke ich ein paar Meter hinter den Polizisten einen silbernen Golf. Meinen silbernen Golf, gut zu erkennen an dem großen Firmenlogo, das auf seiner Seite und auf der Motorhaube aufgebracht ist.

»Äh, nein, danke«, stammle ich und bin froh, dass wir nicht direkt unter einer Straßenlaterne stehen, denn sonst hätten die beiden meinen spontanen Schweißausbruch sicher bemerkt. »Ich wollte nur eben meinen Freund anrufen, bevor ich nach Hause fahre, damit er mir schon mal das Garagentor aufmacht«, lüge ich und könnte mich im nächsten Moment dafür ohrfeigen. Wir haben doch gar keine Garage. Wer weiß, ob die Polizei das nicht schnell rausfinden kann. Wenn es möglich ist, Mörder anhand von Faserspuren an Kleidern zu überführen, könnte das auch möglich sein.

»Na dann, gute Fahrt, und wecken's das Murkelchen nicht auf«, meint der zweite Polizist freundlich, und ich bin froh, dass er nichts à la »Kleinkinder gehören um diese Zeit ins Bett« sagt. Offensichtlich selbst ein Familienvater oder ein Fußballfan oder beides.

»Danke«, sage ich, trete an den Männern vorbei und gehe zum zweiten silbernen Golf auf dieser Straßenseite. Diesmal passt der Schlüssel. Auf der Dachauer Straße schalte ich das Radio ein und versuche, mich noch mal so richtig über den Einzug ins Achtelfinale zu freuen. Gar nicht so einfach. Es ist ein Kreuz mit diesen Fußballweltmeisterschaften. Monatelang freue ich mich auf sie, und wenn es dann losgeht, bin ich eigentlich nur noch nervös. Die Vorrunde geht ja noch, aber jetzt, in der Runde der letzten 16, wird es richtig anstrengend. Achtelfinale gegen England! Ist das zu meistern? Und selbst wenn – was kommt dann? Viertelfinale gegen Argentinien? Ist es eine Blamage, gegen England auszuscheiden? Oder im Viertelfinale? Und wenn man gewinnt, ist auch nur der Tag des Sieges schön. Ab dem nächsten Tag beginnt der Countdown zum nächsten Spiel und damit wieder meine Nervosität.

Auf Radio Gong sehen sie das anders, da herrscht eitel Sonnenschein, und man stimmt sich darauf ein, die Engländer nach Hause zu schicken. Als sie den Song »Pokal Again« spielen, auf die Melodie von Howard Carpendales »Hello Again«, drehe ich lauter und singe mit. Hey, was soll's? Wir sind weiter, es ist Sommer, England hat bei großen Turnieren noch nie einen Blumentopf gewonnen, und überhaupt, diese Momente, in denen ich mal alleine im Auto sitze und Zeit für mich habe, sind sowieso so selten …

Als ich in die Ysenburgstraße einbiege, sehe ich sofort, dass etwas nicht stimmt. Direkt gegenüber dem Ysenegger, der Kneipe, über der wir wohnen, sind drei Parkplätze frei. Drei. Hintereinander. An einem Abend unter der Woche. Als ich näher komme, entdecke ich auch, warum: Da stehen Halteverbotsschilder. Auf dem eckigen weißen Schild steht gekritzelt: 24. 06. 10, 6–18 Uhr wg. Umzug. Der 24. ist erst morgen, denke ich erfreut und will dort parken, dann sehe ich die Uhrzeit. Ich müsste morgen um halb sechs aufstehen, um mein Auto wegzufahren. Und um halb sechs Uhr früh gibt es hier noch weniger Parkplätze als jetzt am späten Abend. Seufzend gebe ich Gas und mache mich auf die Suche nach einer Lücke für meinen Golf. Zum Glück finde ich gleich um die Ecke in der Frundsbergstraße eine, und zum Glück ist sie so kurz, dass ich rückwärts einparken muss. Denn sonst hätte ich vielleicht glatt mein Kind übersehen, das immer noch und trotz »Pokal Again« friedlich in seinem geringelten Schlafanzug im Kindersitz liegt und die Kopfstütze nassgeschwitzt hat. Rabenmutter. Wann mir das wohl aufgefallen wäre? Oben in der Wohnung, wenn ich am Kinderzimmer vorbeigegangen wäre und es leer vorgefunden hätte? Oder erst am nächsten Morgen, wenn ich verschlafen hätte, weil ich seit zwei Jahren keinen Wecker mehr stelle? Voller

Schuldbewusstsein betrachte ich das kleine, pausbäckige Wesen, das im Schlaf wieder aussieht wie ein Baby. Die Lippen sind leicht geschürzt, die Backen sind rot, und die blonden Locken kringeln sich durch die Feuchtigkeit noch ein wenig wilder als sonst. Das, was jetzt kommt, wird weniger engelsgleich anmuten. Es ist kein Spaß, um kurz vor Mitternacht ein laut schreiendes und wütend um sich tretendes Kleinkind durch die Gegend zu tragen. Und Franziska hasst es, geweckt zu werden. Ich stelle den Motor ab, nehme meine Tasche, steige aus dem Auto und hole tief Luft, bevor ich die hintere Tür öffne und vorsichtig den Gurt des Kindersitzes löse. Franziska seufzt einmal tief im Schlaf auf und dreht das Gesicht auf die andere Seite. Nass kleben die verschwitzten Locken an ihrem Kopf. »Schlaf weiter, kleine Maus, alles ist gut, gleich liegst du in deinem Bett«, flüstere ich, während ich sie aus dem Auto hebe, wohl wissend, dass ich ebenso gut »Pokal Again« singen könnte, weil es eh nichts helfen wird. Doch zu meiner Verwunderung vergräbt Franziska ihren Kopf an meinem Hals und schläft einfach weiter. Auch, als ich die Autotür viel zu schwungvoll mit dem Fuß zuschlage, was wie ein Schuss klingt. Auch, als ich am Edward's vorbeigehe, der Eckkneipe am Anfang der Ysenburgstraße, wo der Fernseher noch läuft und die Menschen noch jubeln und grölen, und auch, als ich unsere Wohnung betrete und dort eine Gruppe von angetrunkenen Männern vorfinde, die Jans Freunde sind und sich gerade noch einmal die Highlights oder, besser gesagt, das Highlight des Spiels ansehen. Ich lege Franziska vorsichtig in ihr Bett, wo sie sofort ihre froschartige Schlafhaltung einnimmt, kippe das Fenster, schalte das Barbapapa-Nachtlicht ein und gehe zu Jan, Markus, Bernd und Thomas ins Wohnzimmer, um doch noch ein bisschen den Sieg zu feiern, bevor die Angst vor England beginnt.

DONNERSTAG, 24. JUNI 2010.

AM FENSTER.

Eine dicke Fliege surrt um meinen Kopf herum. Oder ist es eine Hummel? Das Brummen schwillt an und ab. Brumm-brumm-brummmmmmm-brumm-brumm. Es macht mich wahnsinnig. Ich muss sie erwischen, erschlagen, verjagen, egal – Hauptsache, sie hört mit diesem unglaublich nervigen, untertourigen Dröhnen auf, das meinen ganzen Körper besetzt und meine Schädeldecke vibrieren lässt. Der Hummelschwarm versetzt das ganze Haus in Schwingung, und auf dem weißen Hartplastikwürfel neben meinem Bett, der mir als Leselicht und Nachttisch dient, tanzt eine schwarze Haarspange, die ich gestern Abend dort hingelegt habe, auf dem Rücken im Kreis und scheppert dabei leise. »Geht weg!«, schreie ich und schlage nach den Viechern, erwische aber nur Luft und schlage noch einmal um mich. Diesmal treffe ich Jan.

»Aua! Spinnst du?!« Ich öffne die Augen und sehe meinen zerknautschten Freund, der sich das Kinn hält. »Warum haust du mich?«

»Die Hummeln«, lalle ich schlaftrunken, »die sollen aufhören!«

»Hummeln??«

Er hat recht. Da sind keine Hummeln und auch keine Fliegen. Aber das Brummen ist noch da, durchdringend und tief und ungeheuer nervtötend. Ich blicke nach rechts und sehe meine Haarspange herumhüpfen.

»Was ist denn das für ein Lärm um ...«, ich werfe

einen Blick auf den Radiowecker, »fünf nach sechs? Geht's noch? Reißen die das Haus ab, und wenn, hätten wir da nicht vorher einen Brief bekommen müssen?«

Seufzend richtet Jan sich auf und stellt seine Beine auf den Dielenboden, der leise knarzt, als er aufsteht und zum Fenster schlurft.

»Da unten rangiert gerade ein LKW, das ist alles«, verkündet er dann. »Ich geh duschen. Jetzt bin ich eh wach.«

Ich überhöre den unterschwelligen Vorwurf in seiner Stimme und schaue ebenfalls aus dem Fenster. Drei Stockwerke weiter unten steht tatsächlich ein riesiger Lastwagen schräg in der engen, zugeparkten, kopfsteingepflasterten Ysenburgstraße und versucht, rückwärts in die Lücke zu setzen, die ich gestern Abend irrtümlich zunächst für freie Parkplätze hielt. AAA-Umzüge, steht auf der weißen Plane, und ich denke mir, dass sich da jemand wohl für besonders clever hielt und im Branchenbuch bei den Umzugsunternehmen immer ganz vorne stehen wollte. Der Firmeninhaber war sich aber auch nicht zu schade, diese leicht zu durchschauende Taktik mit einem flotten, erklärenden Slogan zu verschleiern. AAA-Umzüge – Alles Anstaendig Abgewickelt. Autsch. Ist der Folienbeschrifter, der kein ä mehr vorrätig hatte, der Bruder des Umzugsunternehmers, oder verbietet es der gute Ton, einen Kunden auf Grammatikfehler hinzuweisen?

»Jetzt sei doch nicht so giftig, Spatz«, sagt Jan mit etwas wacherer, sanfter Stimme und umarmt mich von hinten. Mir war gar nicht bewusst, dass ich laut gedacht hatte.

»Du bist ja ganz nass!«

»Ich komm ja auch aus der Dusche«, sagt Jan und drückt seinen Körper etwas fester an mich, während seine Hände meinen Busen durch mein Nachthemd streicheln, »und ich habe gar nichts an«, raunt er, dabei leicht mit den Hüften wackelnd. Ich muss lachen, merke aber gleichzeitig, dass ich mir wünsche, Jans Hände würden zu meinen Oberschenkeln wandern, von dort aus unter mein Nachthemd und auf meiner nackten Haut wieder weiter nach oben.

»Mmmmh …«, mache ich deswegen, spanne meinen Körper etwas an und drücke meinen Po leicht in Jans Schoß, um ihm mein Begehr klarzumachen. Er versteht sofort. Langsam fahren seine Hände über meine Brüste und meinen Bauch nach unten, bis sie an meinen Beinen den Saum des Nachthemds finden. Ich halte die Luft an, als Jan es hochschiebt und dabei meine nackte Haut streichelt. Als er mich dabei wie zufällig zwischen den Beinen berührt, zucke ich zusammen und will mich umdrehen, ihn küssen und mit ihm zusammen zurück ins Bett taumeln. Das haben wir schon länger nicht mehr gemacht, morgens früh an einem ordinären Donnerstag! Doch Jan hält mich fest und flüstert: »Bleib da stehen, ich will dich jetzt und hier!« Und ehe ich noch lange überlegen kann, spüre ich seine Finger bereits in mir und merke sogleich, dass ich mehr als bereit für ihn bin. Er schiebt sein Knie zwischen meine, ich stütze mich auf dem Fensterbrett ab, und während der Umzugs-LKW unten endlich fertig eingeparkt hat und seinen dröhnenden Dieselmotor ausstellt, ist Jan schon tief in mich geglitten, und mein Atem lässt die Fensterscheibe, an der ich stehe, beschlagen.

Durch diesen Nebel sehe ich, wie sich die Türen des LKW öffnen und zwei Personen aussteigen – eine rothaarige, zierliche Frau auf der Beifahrerseite und auf der Fahrerseite ein Mann, der eine khakifarbene Baseballkappe trägt, sich die Ärmel seines karierten Hemdes hochkrempelt und zum Heck des Lastwagens geht, um die Rampe herunterzulassen. Doch bevor ich mir noch Gedanken machen kann, welche Wohnung gegenüber wohl frei geworden ist, wird meine volle Aufmerksamkeit von meinem Körper gefordert, der überraschenderweise trotz ultrakurzen Vorspiels ziemlich zielstrebig auf einen Höhepunkt zusteuert und ihn noch vor Jan erreicht.

So eine schnelle, lustvolle Nummer am frühen Morgen wirkt Wunder für den ganzen Tag. Milde lächelnd lasse ich Franziskas Wutanfall über mich ergehen, als sie es wieder mal nicht schafft, sich die Schuhe ganz alleine anzuziehen, und als uns am Westfriedhof die Trambahn direkt vor der Nase wegfährt, freue ich mich, dass ich auf diese Weise vier Minuten länger Zeit habe, an den Quickie zurückzudenken. Jedes Mal wenn ich das tue, krampft sich mein Unterleib auf angenehme Art zusammen und ich fühle ein Kribbeln im Magen. Schon seltsam, das Leben. Da habe ich gestern noch an Paul und den unvergleichlichen Sex mit ihm gedacht. Seit ich weiß nicht wie langer Zeit habe ich überhaupt Paul und Sex innerhalb eines Gedankens zusammengebracht. Und dann so etwas, mit dem eigenen Freund, in der eigenen Wohnung, um sechs Uhr früh, während das gemeinsame Kind eine Wand weiter noch schläft und träumt. Ich grinse. Das Leben ist schön. Mit Jan und Franziska. Und ohne Paul. Und obwohl ich das gerade denke, »ohne Paul«, und damit natürlich irgendwie im Kopf habe, ist er ganz weit weg. Eine ferne Erinnerung, fast wie aus einem früheren Leben. Nicht mal sein Gesicht kann ich mir mehr detailliert vorstellen, und dabei dachte ich doch damals, Pauls Züge hätten sich für immer in mein Gedächtnis gebrannt.

Wie man sich täuschen kann.

SONNTAG, 27. JUNI 2010.

ACHSELSCHWEISS UND NATALIE.

Wenn ich mir eine technische Erfindung wünschen könnte, dann wäre das nicht das Spaceshuttle zum Preis eines Skoda Fabia und auch nicht der Aufräumroboter, obwohl Letzterer natürlich schon praktisch wäre. Aber ich habe ja nicht mal eine Putzfrau. Erstens, weil sie zu teuer wäre, 12 Euro pro Stunde nehmen die Zugehdamen hier in München, und zweitens, weil das Putzen nicht das Problem ist, sondern das erforderliche Aufräumen, das vor dem Putzen erfolgen muss. Na ja. Als arbeitende Mutter eines Kleinkindes ohne Personal muss man irgendwo Abstriche machen, und bei mir finden die eben im Haushalt statt. Ich tröste mich immer damit, dass es moralisch gesehen sicher besser ist, wenn ich nachmittags mit meinem Kind auf den Spielplatz gehe oder mit ihm im Wohnzimmer aus Tisch, Stühlen und der Sofadecke eine Höhle baue, als wenn ich diese Zeit damit verbringen würde, den Dielenboden zu wienern oder die Küchenschränke auszuwischen.

Wenn ich mir also eine technische Neuentwicklung wünschen könnte, wäre es das universelle Aufladegerät. Neulich habe ich mir mal den Spaß erlaubt, sämtliche dieser Dinger, die ich besitze, zusammenzutragen und auf einen Haufen zu werfen. Es dauerte eine Stunde, bis ich alle gefunden hatte, und ich bin mir sicher, dass noch ein paar irgendwo schlummern, zum Beispiel in der Schlafzimmerkommode hinter der dritten Schublade von oben, die nämlich nie ganz zugeht. Oder unterm Bett in meinen diversen Reisetaschen, die ich nicht durchsucht habe, weil ich einen staubbedingten Niesanfall bekam, als ich die erste herausfischte. Der Haufen aus Ladegeräten mit Kabel dran war gigantisch und hätte nur mit Müh und Not in eine dieser großen blauen IKEA-Taschen gepasst. Alleine für meine vier Fotokameras von der Mini-SpyCam über die kleine Kompakte bis zu den zwei digitalen Spiegelreflexkameras braucht es vier verschiedene Akkuaufladeteile. Und natürlich passt der Akku der Nikon D80 nicht in die D90, er ist ungefähr einen halben Millimeter zu groß. Die Folge: zwei Ladegeräte, die identisch aussehen, es aber nicht sind.

Zum Glück habe ich bereits gestern Abend daran gedacht, dass ich heute einen Fotojob habe, und sämtliche benötigten Akkus an die Steckdose gehängt, Mann und Kind eingeschärft, daran ja nichts zu manipulieren, und das heute Nacht, als ich aufwachte und nicht sofort wieder einschlafen konnte, noch einmal persönlich kontrolliert. Beruhigend blinkten mir im Wohnzimmer orangefarbene, grüne und gelbe Lichter entgegen. Heute früh habe ich dann noch alle alten Bilder vom Speicherchip auf meinen Computer sowie eine externe Festplatte übertragen, den Erfolg dieser Aktion doppelt gecheckt und dann die Speicherkarte neu formatiert. Diese Reihenfolge einzuhalten, empfiehlt sich sehr. Und es wird mir auch nie wieder passieren, dass ich mit frisch geladenen Akkus in der Kamera, Ersatzfotoapparat, geputzten Objektiven und einem professionellen Lächeln, aber ohne Speicherkarte an der Fotolocation auftauche.

»Du, ich pack's dann mal«, sage ich zu Jan, »vergiss bitte Franziskas Wasserflasche nicht, wenn du mit ihr auf den Spielplatz gehst!«

»Wo willst du denn hin?«, fragt mein Freund sichtlich verwirrt und ermahnt Franziska, nicht mit joghurtgetränkten Bananenscheiben zu werfen.

»Ich hab doch jetzt ein Fotoshooting. Hab ich dir aber erzählt, schon vor zwei Wochen!« Nie kann er sich was merken. Dabei steht der Job sogar dick im Familienkalender, auf den wohl nur ich ab und zu einen Blick werfe.

»Oh, tut mir leid, hab ich vergessen. Wen fotografierst du denn?«

»Dieses Paar, das in zwei Wochen heiratet. Probeshooting zum Kennenlernen.«

»Aha ...«

»Sag bloß, du hast vergessen, dass ich am 6. August auf einer Hochzeit fotografiere? Du musst nämlich Franziska in die Kita bringen, weil ich schon um neun am Starnberger See sein muss!«

»Am 6. August? Das ist ein Freitag, oder? Das ist schlecht. Da muss ich nach Düsseldorf, mit der Frühmaschine.«

Ich stöhne genervt auf. Das darf doch nicht wahr sein.

»Sag mal, hörst du mir überhaupt zu, wenn ich etwas mit dir bespreche? Wir hatten das doch ausgemacht!«

»Tut mir leid, Marie, aber du hast immer so viele Jobs und so viel Terminchaos, das kann ich mir nicht alles merken. Wenn etwas wirklich wichtig ist, musst du bitte dafür sorgen, dass ich es in meinen Kalender schreibe, sonst vergesse ich es wieder. Können deine Eltern Franziska nicht nehmen an dem Tag?«

»Müssen sie ja wohl. Aber ich finde das zum Kotzen, dass ich mich jetzt auch noch dafür entschuldigen muss, dass ich arbeite. Wer bringt denn Franziska jeden Tag in die Krippe und holt sie wieder ab? Ich! Und wenn du das einmal für mich tun sollst, klappt es natürlich nicht. Danke schön!«

Ich höre mich selber fauchen, sehe Jans schuldbewussten Blick, und im selben Moment tut es mir schon wieder leid. Die Wahrheit ist nämlich, dass ich gerade selbst keine Lust habe, zu diesem Shooting zu fahren, weil ich lieber diesen strahlenden Sommertag mit meinen zwei Lieben beginnen würde, als ein fremdes Pärchen in einem Park zu fotografieren. Und die zweite Wahrheit ist, dass ich Jan zwar wirklich vor ein paar Wochen gebeten habe, am 6. August Franziska in die Kita zu bringen, dass dieses Gespräch jedoch während einer Autofahrt stattfand und seine Antwort im lauten Tatütata eines Feuerwehrautos unterging, das mich dazu zwang, auf einen Randstein hinaufzuholpern, um Platz zu machen. Als die Feuerwehr weg war, inspizierte ich meinen Vorderreifen und vergaß dabei völlig, mir Jans Okay einzuholen.

»War nicht so gemeint. ’Tschuldigung. Ich hab dich lieb«, sage ich und küsse Jan auf den Mund, »ja, und dich natürlich auch!« Franziska drängt sich eifersüchtig zwischen uns. Jan schaut sehr verdattert, und ich nutze die Gunst der Sekunde, schnappe meine Fototasche und entferne mich winkend aus der Wohnung.

Zwanzig Minuten zu früh bin ich am Bamberger Haus im Luitpoldpark, leicht verschwitzt vom schnellen Radeln und ziemlich außer Atem. Und ich ärgere mich, dass ich ein helllila T-Shirt angezogen habe statt eines schwarzen oder weißen. Unter meinen Achseln haben sich unschöne Schweißflecken gebildet. Kommt nicht gut beim Fotografieren, schließlich kann ich dabei meine Arme schlecht immer an den Oberkörper pressen. Zum Glück ist um diese Zeit, es ist neun Uhr morgens, noch nicht viel los am Bamberger Haus, dieser schönen Villa mit Restaurant am Rande des Luitpoldparks. Der Sonntagsbrunch geht erst um zehn los, und die Liegestühle und Hollywoodschaukeln im Garten der Villa sind noch alle frei. Ich schnappe mir eine blassgelbe Bacardi-Liege, richte sie nach der Sonne aus und setze mich hinein. Meine Arme verschränke ich hinter dem Kopf, damit die schon recht kräftige Morgensonne die feuchten Flecken in meinen Achselhöhlen trocknen kann. Ich schließe die Augen, höre dem leisen Plätschern des Springbrunnens und den zwitschernden Amseln zu und genieße diesen seltenen Moment, in dem ich ganz für mich allein bin, mit niemandem sprechen und vor allem niemanden davon abhalten muss, sich von einem Klettergerüst in die Tiefe zu stürzen. Das Leben kann so schön sein, wenn man mal fünf Minuten Pause davon hat.

»Hallo? Bist du die Marie?«

Ich reiße die Augen auf. Über mir steht ein händchenhaltendes Pärchen und betrachtet meine Schweißflecken und meinen Bauch, der durch das von der Achseltrockenaktion hochgerutschte T-Shirt nur noch halb bedeckt wird und definitiv nicht mehr so straff ist wie vor Franziskas Geburt, obwohl ich heute drei Kilo weniger wiege als vor der Schwangerschaft. Ein super Einstieg in diesen Job. Ich spiele kurz mit dem Gedanken, meine Identität zu verleugnen, hake diese Idee aber rasch als kurzsichtig ab, denn spätestens auf der Hochzeit werden die beiden mich wiedererkennen. Außerdem bin ich weit und breit die einzige weibliche Person mit riesiger Fototasche.

»Oh, äh, guten Morgen!«, rufe ich und bemühe mich, elegant von der sehr niedrigen Liege aufzuspringen, was mir offenbar nicht ganz gelingt, denn der männliche Teil des Pärchens streckt rasch seine Arme aus, um mich vor einem Sturz in den Kies zu bewahren. Seine Partnerin registriert seine ritterliche Rettungsaktion mit einem schwer zu deutenden Hochziehen der schön gezupften Augenbrauen, und ich revidiere mein Gefühl, dass der Start dieser Zusammenarbeit nach der Präsentation meiner verschwitzten Achseln kaum blöder hätte laufen können.

»Ja, also, schön, dass ihr da seid – ich kann doch du sagen, oder?« Marie, wo ist deine Kinderstube? Obwohl ich bestimmt zwei Jahre älter bin als die Braut. Aber wie ist das mit Kunden? Müssen nicht die mir das Du anbieten? Egal, zu spät.

»Ja klar«, sagt die Braut, die ihre Augenbrauen immer noch auf Masthöhe trägt, »haben Sie denn schon eine Vorstellung, wo wir anfangen?«

»Ich habe vorhin schon mal die Location gecheckt«, schwindle ich, »dort drüben sind ein paar schöne Strandkörbe, die eignen sich ganz gut.«

Was folgt, beginnt etwas zäh und wird zum Glück immer besser. Susanne und Patrick stellen sich als viel lockerer und netter heraus, als sie anfänglich wirkten, und nach ein paar Probefotos merke ich, wie ich mich langsam warmschieße, ohne dabei erneut Probleme mit dem Achselschweiß zu bekommen. Nach einer Stunde ist das Shooting auf dem Höhepunkt angekommen, die beiden albern verliebt in einem Beet mit pinkfarbenen Rosen rundherum, die Sonne steht im perfekten Winkel und lässt Susannes blonde Haare golden leuchten, und ich merke, dass mir diese Arbeit eigentlich sehr viel Spaß macht. Um den beiden echtes Lachen zu entlocken, das auch ihre Augen erreicht, greife ich auf meinen alten Trick zurück: Ich lasse sie von den geplanten Flitterwochen erzählen, um sie in eine lockere Stimmung zu versetzen, und mache dann beim Fotografieren unnötige, aber lustig anzusehende Verrenkungen, »wegen der Perspektive«, lege mich sogar ins feuchte Gras und freue mich, als sie über mich lachen und ich diesen Moment mit der Kamera einfangen kann.

Nach zwei Stunden habe ich 300 Bilder auf dem Chip, und die Sonne steht mittlerweile so hoch am Junihimmel, dass das Licht zu hart zum Fotografieren wird.

Ich entlasse die beiden Verliebten in den Sonntag und beschließe, mir zur Belohnung für die erfolgreiche Sonntagsarbeit noch einen kurzen Moment der Entspannung zu gönnen. Es ist elf Uhr, und immer noch sind am Bamberger Haus ein paar Liegestühle frei. Ich verpacke meine Kamera in der Tasche, hole mir im Restaurant einen Milchkaffee und ein Croissant und lege mich in einen der Stühle, diesmal in eine orangefarbene Jägermeister-Liege.

An der Rutsche, die sich ein paar Meter weiter befindet, haben sich mittlerweile ein paar Kleinkinder mit Eltern angesammelt. Während ich meinen Kaffee trinke, schaue ich ihnen beim Klettern, Rutschen, Halten, Loben und Lachen zu. Ich bin froh, dass Franziska gerade nicht hier ist, und vermisse sie gleichzeitig schrecklich. Diese paradoxen Gefühlswelten sind irgendwie typisch fürs Muttersein. Schmerz und Glück liegen so nah beieinander. Und das fängt ja schon in der Schwangerschaft an. Die ersten Wochen, ein Taumeln zwischen heller Freude und nackter Angst. Später, wenn der Bauch sich rundet und man das Kind strampeln fühlt, wird die Angst ein wenig besser, doch neue Sorgen nehmen rasch ihren Platz ein und geben der Freude immer wieder ein paar auf die Mütze. Nackenfaltentransparenzmessung, statistische Werte, Feindiagnostik, Gewichtstabellen ... Und natürlich die bange Frage: Werde ich das alles schaffen? Kann ich eine gute Mutter sein? Werden wir finanziell über die Runden kommen, oder müssen wir unter die Wittelsbacher Brücke oder gar zu meinen Eltern ziehen? Knapp zwei Jahre später weiß ich: Es geht alles. Irgendwie. Man wurschtelt sich so durch, lernt jeden Tag dazu, stößt immer wieder an seine Grenzen, überschreitet sie und schafft es dann doch. Mal gut, mal weniger gut. Aber man kommt durch.

Zum Glück lernt man ja, sobald man im Club der Mütter ist, viele andere Vereinsmitglieder kennen, die einem über den Verlust von alten Freundinnen hinweghelfen. Ein wenig zumindest. Trotzdem hätte ich nie gedacht, dass meine Freundschaft mit Beate einmal so enden könnte. Wobei sie ja eigentlich gar kein richtiges Ende hatte. Hätte es wenigstens einen ordentlichen Krach gegeben, einen bösen Streit, ein »Ich will dich nie wieder sehen«, vielleicht könnte ich damit besser umgehen. Aber unsere Freundschaft ist langsam gestorben, qualvoll verendet, und wir haben beide danebengestanden und tatenlos zugesehen. Unterlassene Hilfeleistung, das ist es, was ich mir vorwerfe, aber ich war wie gelähmt, und je mehr Zeit verging, desto schwieriger wurde es, einen Finger zu rühren. Und irgendwann war es unmöglich.

Das iPhone spielt ein Gitarrensolo und reißt mich aus meinen Gedanken. Es ist Jan.

»Bist du schon fertig, Spatz? Wir sind auf dem Grünwaldspielplatz. Nein, Franziska, nicht das Wasser über den Jungen schütten!«

»Gerade fertig geworden«, sage ich fast wahrheitsgemäß. »Ich trinke nur eben meinen Kaffee aus, und dann komme ich zu euch, okay?«

»Super. Sag mal, kommt aus der Pumpe neben dem Spielplatz eigentlich Trinkwasser?«

»Keine Ahnung, aber es steht nicht dran, dass es kein Trinkwasser ist, also denke ich …«

»Egal. Zu spät. Sie hat's schon getrunken, und ein Haufen Sand war auch mit dabei.«

»Das macht nichts. Ist sicher gut für die Darmflora!«, hoffe ich und trinke einen großen Schluck von meinem Milchkaffee. Der Alltag hat mich wieder.

Auf dem Spielplatz sind auffällig viele Männer heute. Als ich Franziska betrachte, die hingebungsvoll Sand auf die

Terrasse des Holzhäuschens schaufelt, fällt mir auch ein, warum: Heute ist ja Fußball! Das Achtelfinale! Meine Tochter trägt ein Deutschlandtrikot, die kleinste Größe, die H&M hatte, und es reicht ihr bis über die Knie.

»Die sind bestimmt alle Opfer von fiesen Deals«, meint Jan, dem die überdurchschnittlich hohe Väterquote auch aufgefallen ist, »so nach dem Motto: Du darfst heute Nachmittag zum Public Viewing, aber nur, wenn du dich bis dahin um den Kleinen kümmerst und ich ausschlafen und zum Friseur gehen kann!«

»Wieso, ist doch nur fair«, entgegne ich. »Apropos, wo schauen wir uns heute eigentlich das Spiel an?«

»Daheim«, sagt Jan, ohne zu zögern, »aber wenn es dir recht ist, wollte ich noch jemanden einladen, zum Beispiel Markus, Silvia und Kilian oder die Brotmanns.«

Ich rufe im Geiste kurz den Zustand unserer Wohnung ab und befinde ihn als akzeptabel und keiner größeren Aufräumaktionen bedürftig.

»Gute Idee«, sage ich dann, »ruf doch gleich mal an, ist ja schon fast Mittag.«

Jan fischt sein Handy aus der Hosentasche.

»Grüß dich, Markus! Na, alles klar? Du, wo schaut ihr denn heute das Achtelfinale an? Wenn ihr Lust habt, könnt ihr gerne bei uns vorbeischauen ... Ach so. Ja, klar, nee, schon in Ordnung. Oh, danke, das ist nett ... Ich glaube eher nicht, aber ich rede mal mit Marie und melde mich dann noch mal, ja?«

Ich sehe meinen Freund fragend an, obwohl ich mir schon denken kann, was Markus gesagt hat. Jan winkt ab und wählt gleich die nächste Nummer, die der Brotmanns.

»Ja hallo Moni, hier ist Jan! ... Ja, danke, wir sind gerade im Grünwaldpark. ... Genau. Du, wo schaut ihr denn später? Wollt ihr vielleicht bei uns mitgucken? ... Ach so. Verstehe. Das ist nett, danke, wir überlegen's uns, okay? Auf jeden Fall viel Spaß und auf einen Sieg der Unseren!«

»Lass mich raten – sie bekommen schon Besuch, aber wir dürfen gerne auch dazukommen.«

»Genau.«

»Aber so gerne, dass sie uns von selber eingeladen hätten, nun auch wieder nicht.«

»Marie, sei doch nicht gleich beleidigt.«

»Ich bin gar nicht beleidigt. Ich finde es nur schade, dass wir von unseren Freunden nachnominiert werden, und zwar erst, wenn wir uns selber melden.«

»Ach Spatz, das darfst du nicht persönlich nehmen. Die Leute haben halt auch noch andere Freunde, und du weißt doch, wie es ist, man möchte nicht immer gleich die ganze Bude voll haben, gerade wenn kleine Kinder dabei sind. Wir machen das doch auch nicht anders.«

»Hm. Ich will jetzt trotzdem nicht zu Markus und Silvia oder zu den Brotmanns.«

»Musst du ja auch nicht. Wir machen es uns einfach zu dritt gemütlich, okay? Und sei bitte nicht so empfindlich. Dieses ›Keiner-hat-mich-lieb-Ding‹ ist echt ein bisschen kindisch, meinst du nicht?«

Bei jedem anderen, der es gewagt hätte, mich derart zu kritisieren, wäre ich an die Decke gegangen oder, wahrscheinlicher, eingeschnappt und verletzt von dannen gezogen. Aber Jan schafft es, dass ich mich durch seine Worte nicht klein fühle. Vielleicht liegt es an dem liebevollen Grinsen, mit dem er seinen Worten die Schärfe nimmt, das aber nicht von oben herab kommt. Vielleicht liegt es auch daran, dass er mich liebt, und zwar mich, Marie all-inclusive, nicht nur die lustige, coole, dynamische und attraktive, sondern auch die melancholische, manchmal etwas depressive und gar nicht so selbstsichere Marie.

Franziska spielt inzwischen nicht mehr alleine, sondern einträchtig mit Felix zusammen, dem kleinen Jungen in ihrem Alter, dem sie vorher noch das Wasser über den Kopf kippen wollte. Sie schaufelt den Sand ins Häuschen, und Felix kehrt ihn mit seinem Rechen wieder hinaus. Und sie lachen sich kaputt dabei. Während ich die beiden noch amüsiert beobachte und meine Kamera aus der Fototasche hole, um ein paar Bilder zu machen, stehen die zwei auf einmal gleichzeitig auf, und Franziska nimmt den kleinen Jungen an der Hand und läuft zielstrebig mit ihm zur Wippe auf der anderen Seite des Spielplatzes. Dort versuchen die beiden, selber auf die Wippe zu klettern, was natürlich nicht klappt, weil die unbesetzte Seite der Wippe ungefähr einen Meter hoch in der Luft hängt. »Mami, helfen!«, ruft Franziska, und ich eile, halbherzig »Wie sagt man?« murmelnd, hinüber.

»Darf er?«, frage ich die junge Frau, die ich für Felix' Mutter halte, denn sie hat das Kind schon eine Weile aus der Distanz beobachtet und nähert sich jetzt schlendernd der Wippe.

»Klar, gerne!«, antwortet sie und zeigt beim Lachen eine Reihe schöner weißer Zähne. Jetzt erkenne ich auch ihre Ähnlichkeit mit Felix. Beide haben kupferrote

Haare, sehr helle Haut und viele Sommersprossen, eine zierliche Nase und ein herzförmiges Gesicht. Allerdings hat der Kleine dunkelbraune Augen, während die seiner Mutter richtig grün sind.

»Ich bin Natalie«, sagt sie und streckt mir ihre Hand hin, »und den Felix kennt ihr ja schon.«

»Marie«, sage ich und erwidere den Händedruck, »und das ist Franziska, und der da drüben, der gerade telefoniert, das ist ihr Vater, Jan.«

»Freut mich«, sagt Natalie, »wir sind gerade erst von Berlin hier nach München gezogen und kennen noch niemanden in der Stadt. Aber dieser Spielplatz ist schön, ist hier immer so wenig los?«

»Nee, unter der Woche, am Nachmittag, da wird es hier fast zu voll«, informiere ich sie, »aber am Wochenende ist es ruhiger.«

Wir schubsen die Kinder beim Wippen an, freuen uns über ihr fröhliches Quietschen und tauschen ein paar Belanglosigkeiten über das Leben in Berlin und in München aus, über die Schwierigkeit der Kita-Suche, die Mietpreise und die Fußball-WM, nichts Besonderes, aber dennoch fühle ich mich auf einer Wellenlänge mit Natalie. Felix ist genau einen Monat jünger als Franziska, erfahre ich, und leider hat sie keinen Krippenplatz für ihn, weil der Umzug etwas kurzfristig kam.

»Mein Freund war bisher immer Freiberufler und selbständig, er wollte sich nie festlegen«, erzählt sie, »also jobmäßig, meine ich«, und sie lacht wie über sich selbst. »Und eigentlich lief es in Berlin ganz gut, wir konnten dort in seiner Eigentumswohnung mietfrei wohnen und kamen ganz gut über die Runden. Aber irgendwie zog es ihn immer nach München, er hat hier mal länger gelebt und mir immer von der tollen Zeit hier vorgeschwärmt. Vom Chinaturm, vom Englischen Garten, vom Oktoberfest ... Und dann kam auf einmal das Jobangebot – ein fester Job, das, was er nie wollte –, aber der Job war halt in München. Das war vor sechs Wochen, und jetzt sind wir hier!«

»Und ihr wohnt hier um die Ecke?«

»Ja, gleich da drüben in der I...«

»Mami! Runter, runter, runter!«, brüllt Franziska panisch, und ich springe zu ihr und reiße sie erschrocken von der Wippe, während Natalie ihren Sohn abbremst. »Was ist denn passiert?« Ich denke an einen Bienenstich oder eine gequetschte Hand und sehe mich schon in der Notaufnahme des Rotkreuzklinikums landen, weil ich mal einen Moment nicht aufgepasst habe, doch als ich Franziska auf dem Boden absetze, rennt sie sofort los, ihrem Vater entgegen, der mit zwei Mini Milks in der Hand von der Tankstelle gegenüber des Parks kommt.

»Für Felix auch ein Eis?«, fragt Jan Natalie automatisch, bevor er dem Kleinen, der schon an seiner Jeans zupft und »Haben, haben!« intoniert, das Mini Milk gibt.

»Na logo, danke!«, sagt Natalie, und ich bin froh, dass sie keine von den Müttern zu sein scheint, die ihre Kinder zucker-, fleisch-, weißmehl- und genussfrei ernähren. Natürlich wollte ich früher alles ganz anders machen. Sechs Monate voll stillen und dann Bio-Pastinake selbst kochen und pürieren, später eine ausgewogene Ernährung mit viel Obst und Gemüse, etwas Fisch, wenig Fleisch, kaum Süßigkeiten und natürlich nie zu McDonald's. Das mit dem Stillen hat sogar geklappt, allerdings lag mein Hauptantrieb darin, dass ich zu faul war, nachts aufzustehen und ein Fläschchen warm zu machen. Aber nach einem halben Jahr war's dann vorbei mit der Gemütlichkeit. Die erste selbstgekaufte und pürierte Pastinake spuckte Franziska empört wieder aus und bekam spontan einen Rückfall zum Vollzeit-Milchvampir. Mit Hipp & Co. sah das anders aus, und so habe ich nie wieder einen Brei selbst gemacht. Ich füllte ihn lediglich in kleine Tupperdosen um, wenn ich mit meinem Baby unterwegs war, um unter den ganzen pflichtbewussten Selbstkochmüttern nicht negativ aufzufallen. Bis heute ist es mein Geheimnis geblieben, wie ich die Breie so schön bunt bekam. Und heute? Heute bin ich froh, dass Franziska in der Krippe zweimal täglich streng bio isst. Das beruhigt mein Gewissen, wenn ich ihr abends Brot mit Käse und Gelbwurst gebe oder ihr Lieblingsessen, Nudeln ohne Sauce. Und natürlich bekommt sie ab und zu Pommes. Ich habe ihr erzählt, dass die Dinger Kartoffeln heißen, und versuche, das P-Wort von ihr fernzuhalten. Kommt besser, wenn sie »Poffeln« auf die Frage antwortet, was es denn heute zu essen gab.

»Mami! Das Eis ist alle. Poffeln haben!«

Natalie lacht.

»Felix will auch immer Pommes, wenn er was Süßes gegessen hat ...«

Als es langsam Zeit für Essen und Mittagsschlaf wird, verabschieden sich Natalie und ihr Sohn, und wenig später gehen auch Jan, Franziska und ich den kurzen Weg nach Hause.

»Die war ja nett«, sage ich, als wir die Waisenhausstraße überqueren, »oder was meinst du?«

»Ja, sie wirkte sehr sympathisch«, stimmt Jan zu, »vielleicht triffst du sie ja jetzt öfter am Spielplatz. Und der Kleine ist ja auch süß.«

»Schon toll, wie leicht man mit einem Kind neue Leute kennenlernt«, denke ich laut, »die Mädels von der Rückbildung, vom Pekip und vor allem die anderen Mütter aus der Kita. Eigentlich ist mein Bekanntenkreis nicht kleiner, sondern größer geworden, seit Franziska da ist. Und das, obwohl ich so gut wie gar nicht mehr abends weggehe.«

»Warum solltest du auch weniger Freunde haben, nur weil du jetzt Mutter bist? Eine echte Freundschaft muss das aushalten, finde ich, und tut es auch.«

»Na ja, aber Beate? Und Marlene?«

»Marlene ist eine Ausnahme. Das musst du verstehen. Versetz dich mal in ihre Lage.«

»Glaub mir, das habe ich zur Genüge getan. Und ich verstehe auch, warum sie sich von mir abgewandt hat, vom Kopf her. Aber mein Herz will es trotzdem nicht ganz begreifen. Ich kann doch nichts dafür, dass ihr Traum von Mann, Kind und Eigenheim geplatzt ist, nachdem alles so gut aussah. Es hat doch nichts mit mir zu tun, dass der Idiot im letzten Moment kalte Füße bekommen hat.«

»Natürlich nicht. Aber schau mal, Marie, du lebst das, wovon Marlene immer geträumt hat und was für sie zum Greifen nahe war. Das ist doch logisch, dass sie es nicht gut erträgt, immer nur zuzusehen, und sich Leute sucht, die in einer ähnlichen Situation sind wie sie. Irgendwann wird sich das wieder ändern. Entweder findet sie doch noch einen Mann, der ihren Ansprüchen genügt und der zu ihr steht, und dann bekommt sie mit 38 Zwillinge, sie kaufen ein Haus auf dem Land, und alles ist gut. Oder sie findet sich irgendwann damit ab, dass ihr Lebensmodell eben ein anderes ist, und freundet sich damit an. Schließlich hat es auch Vorteile, keine Familie zu haben. Man kann Karriere machen, ist ungebunden, hat mehr Geld, kann reisen, tun und lassen, was man will …«

»Das klingt ja fast so, als wärst du neidisch auf Marlenes Leben«, sage ich und beeile mich, ein Grinsen nachzuschieben, damit Jan das auch wirklich als Spaß versteht.

»Manchmal schon ein bisschen«, gibt er zu und grinst ebenfalls, »aber schau dir doch unsere Tochter an, wie süß sie aussieht.« Er bleibt stehen und wirft einen verliebten Blick in den Buggy. Ich tue es ihm nach.

»Kein Wunder, die pennt ja auch.«

»Ja. So mag ich sie am liebsten.«

Das Gute an meinem neuen Leben ist, dass ich gezwungen bin, in kürzeren Phasen zu denken. Was morgen ist, ist nicht so wichtig, denn der Tag teilt sich in kleinere Abschnitte und Herausforderungen ein, die bewältigt werden müssen. Und wenn es nur die ist, eine schlafende Zweijährige in den dritten Stock hinaufzubekommen, ohne dass sie dabei aufwacht.

Später schauen wir zu dritt das Achtelfinale gegen England. Als das 3:1 für Deutschland fällt, kann ich mich ein wenig entspannen und beginne langsam, daran zu glauben, dass dieser Spieltag ein gutes Ende nehmen wird. Nach dem Schlusspfiff trichtern wir Franziska noch rasch die einzig richtige Antwort auf alle Fragen an diesem Tag ein und beschließen dann spontan, uns noch ein wenig unters Volk zu mischen an diesem warmen, sonnigen und höchst erfreulichen Sonntagabend. Da die Leopoldstraße wohl nicht der beste Ort für jemanden unter einem Meter Körpergröße ist, fahren wir mit der U-Bahn zur Fraunhoferstraße und gehen die Baaderstraße entlang. Überall feiern Menschen in Deutschlandtrikots und mit Augustinerflaschen in der Hand den Einzug ins Viertelfinale. Vor der Unhaltbar trifft Jan ein paar Fußballkumpels, und Franziska ist sofort im Mittelpunkt, weil sie immer wie aus der Pistole geschossen »vier eins!« antwortet, wenn sie jemand nach dem Fußballspiel fragt. München ist in Feierlaune, München singt, München ist golden beleuchtet, und ich freue mich einfach nur über diesen Tag. Das nächste Spiel ist weit weg, fast eine Woche, und wer weiß, was bis dahin noch alles passiert.

MITTWOCH, 30. JUNI 2010.
DAS IST NICHT MEINER.

Das Kleinkindbecken im Dantebad ist gut gegen figurbedingt depressive Verstimmungen. Dort halten sich ausschließlich Mütter auf. Und nach eingehender Betrachtung dieser vielen Frauen zwischen 20 und 45 bin ich zu dem Schluss gekommen, dass man jedem, aber auch wirklich jedem Bauch ansieht, dass in ihm schon einmal ein Kind herangewachsen ist. Straff sind nur die bereits wieder gefüllten Bäuche, von denen es dort auch viele zu bewundern gibt, vom 10-Wochen-Blähbauch bis zu Riesenkugeln, deren Entbindungstermin bereits ein paar Tage in der Vergangenheit zu liegen scheint.

Ich bin gerne am Kleinkindbecken im Dantebad. Mit nicht eingezogenem Bauch sitze ich am Rand, lasse mir die Sonne auf die Schultern scheinen und beobachte Franziska, die mit ihrer kleinen roten Gießkanne durch das für sie hüfttiefe Wasser watet.

»Franziska, nicht über den Kopf …«, rufe ich halbherzig mahnend, eigentlich nur, um es gesagt zu haben, als sie einem kleinen Jungen einen Schwall Wasser direkt über die roten Haare gießt. Der Kleine lacht, und Franziska lacht auch. Ich schaue mich nach seiner Mutter um, nur um sicherzugehen, dass sie es auch lustig findet, kann dem kleinen Rotschopf aber keine weibliche Person zuordnen. Da nimmt Franziska den Jungen an der Hand und zieht ihn durch das Becken zu mir. Etwas zu schnell, denn der Kleine stolpert im Wasser, verliert das Gleichgewicht und fällt vornüber ins flache Wasser. Mit einem Satz bin ich bei den Kindern und ziehe den Buben, der erschrocken blinzelt und weint, aus dem Wasser. Wo ist nur die Mutter? Weiß sie nicht, wie schnell und leise so ein Kind ertrinken kann? Da erkenne ich den Kleinen.

»Hey, Felix, alles ist gut, nichts passiert«, tröste ich ihn und nehme ihn auf den Arm, aber er lacht schon wieder und will runter, um weiter mit Franziska zu spielen. Keine Spur von Natalie. Langsam werde ich nervös. Ich hatte sie nicht so eingeschätzt, dass sie ihr Kind unbeaufsichtigt im Planschbecken spielen lässt.

Dann höre ich eine mir sehr vertraute Stimme rufen.

»Felix! Felix, wo steckst du? Felix!«

Die Stimme kommt von der anderen Seite des Beckens. Ein großer rot-weiß geringelter Turm mit Rutsche versperrt mir den Blick, aber ich muss gar nichts sehen, um sofort zu wissen, wer da nach Felix ruft.

»Mensch, da bist du ja, warum haust du denn auf einmal ab?«

Zwei muskulöse, gebräunte und blondbehaarte Arme heben Felix hoch und wirbeln ihn durch die Luft. Er quietscht vor Freude.

»Noch mal, noch mal!«

Und mir schießt durch den Kopf: Warum, verdammt noch mal, habe ich es versäumt, meine Bikinizone zu enthaaren?

Mit wild klopfendem Herzen und tausend Gedanken pro Sekunde schlage ich rasch meine Beine übereinander, um mein Miranda-Syndrom zu verbergen, und fixiere meinen Blick auf meine Tochter. Nur nicht nach oben schauen. Vielleicht geht er ja gleich wieder, ohne mich zu erkennen, zum Glück habe ich die XL-Sonnenbrille ausnahmsweise nicht in den Haaren, sondern auf der Nase.

Geh weg, Paul. Hau ab. Ich will dich nicht sehen. Und vor allem will ich nicht, dass du mich siehst.

»Marie?«

Felix' Aufsichtsperson geht vor mir in die Knie und sagt noch einmal, mit tiefer, nun eine Spur heiser klingender Stimme:

»Marie?«

Widerwillig hebe ich den Blick, lasse die Sonnenbrille aber an Ort und Stelle. Soll er sich doch selbst sehen, verzerrt gespiegelt im gebogenen Plexiglas, wie er da hockt, lässig das Kind auf dem sportlich trainierten Oberschenkel balancierend, leicht und keineswegs nahtlos gebräunt, tausend funkelnde Wassertröpfchen auf der Haut, die nassen Haare zerzaust und seine graugrünen Augen mit großen Fragezeichen darin.

»Hallo, Paul.« Ich sage es so leise, dass es im Lärm der planschenden und kreischenden Kinder untergeht.

»Das ist nicht meiner«, sagt Paul und stellt Felix neben sich ins Wasser.

Ich ärgere mich sofort über diese Bemerkung. Warum sagt er das? Meint er etwa, es könnte mich schockieren, wenn er ein Kind hätte? Und warum, glaubt Paul, sitze ich hier am Rand des Kleinkindbeckens, statt im 50-Meter-Becken meine Bahnen zu ziehen oder mit einem guten Krimi in der Sonne zu liegen? Der verleugnete Felix klettert währenddessen wieder an Paul hinauf und sagt: »Papa, Papa, aufn Arm! Wasser is kalt!«

»Aha.«

»Na ja«, sagt Paul und grinst das Grinsen, das mich früher dazu gebracht hätte, mich so schnell wie möglich meiner Unterhose zu entledigen. Zum Glück habe ich meine Hormone mittlerweile besser im Griff und verzichte darauf, die Bikinihose auszuziehen oder auch nur meine Beine ein Stück zu öffnen. Denn da ist ja auch immer noch das Miranda-Syndrom.

»Na ja, ich habe Felix' Mutter kennengelernt, als sie mit ihm schwanger war.«

»Aha.« Mehr fällt mir offensichtlich momentan nicht ein. Ich würde jetzt gerne aufstehen, mir Franziska unter den Arm klemmen und einfach verschwinden, aber das geht leider nicht. Abgesehen davon, dass ein Abgang mit einem wütend brüllenden und strampelnden Kleinkind unter dem Arm nicht die Souveränität besitzen würde, die mir in dieser Situation vorschwebt.

Apropos Franziska – wo ist sie eigentlich? Ein eiskalter Schreck fährt mir durch die Glieder, und ein paar endlose Sekunden verstreichen, bevor ich sie im Gewimmel der kleinen, nassen Körper entdecken kann. Sie steht wenige Meter von mir entfernt auf der obersten Stufe am Beckenrand und hält mit verbissenem Gesichtsausdruck ihre kleine rote Gießkanne fest, die ihr ein ungefähr fünfjähriger Junge, der im Becken steht, gerade zu entreißen versucht.

»Meine Gießkanne!«

Paul folgt meinem erschrockenen Blick und ist schneller als ich. Mit zwei großen Schritten ist er, Felix immer noch auf dem Arm, bei meiner Tochter, spricht drei ruhige, aber ernste Worte mit dem Fünfjährigen, der daraufhin sofort die Gießkanne loslässt und sich trollt, und mit einer einzigen geschmeidigen Bewegung nimmt er mein heulendes Kind auf seinen zweiten, noch freien Arm und kehrt mit ihr zu mir zurück.

»Ist die süß«, sagt er und betrachtet Franziska mit einem liebevollen Blick, den sie mit einem zauberhaften Lächeln erwidert, »und ganz schön mutig! Da ist deine Mama, schau.« Und noch bevor ich mich beschweren kann, dass er Franziska einfach ungefragt auf den Arm genommen hat, hat er sie mir auf den Schoß gesetzt, wo sie sich an mir festklammert und mir empört vom versuchten Gießkannenraub berichtet.

»Danke«, sage ich, obwohl ich das gar nicht will.

»Ich muss dann mal«, sagt Paul und grinst wieder das Unterhosenausziehgrinsen, »es war sehr schön, dich zu treffen, Marie. Bis bald!«

»Tschü-hüüüüs!«, ruft Felix und winkt uns, während er auf »Papas« Arm davonreitet und sofort von der Menge der Freibadbesucher verschluckt wird.

Ich bleibe zurück und bin verwirrter, als ich es mir zunächst eingestehen will. Und ich bin sauer auf Paul. Wieso schafft er es immer wieder, mich aus der Bahn zu werfen, wenn alles gerade so gut war? Ungern erinnere ich mich an unser letztes Wiedersehen nach langer Zeit.

Am 18. Januar 2007 war das, ich weiß das Datum noch genau, denn an diesem Tag fegte ein gewaltiger Wintersturm durch München und meine Seele. Und auch damals, als ich Paul in einem zugigen Durchgang im Arabellapark traf, machte er sich wieder vom Acker, bevor ich das tun konnte. Was darauf folgte, möchte ich mir lieber nicht genau in Erinnerung rufen. Ich bin nicht gerade stolz darauf. Und wenn ich daran denke, dass die Sache mit Paul damals um ein Haar meine Beziehung zu Jan zerstört hätte, nein, dass ich beinahe meine Beziehung zu Jan zerstört hätte, weil ich noch einmal mit Paul ins Bett gegangen bin, dann wird mir noch schlechter, als mir sowieso schon ist. Es gäbe Franziska nicht. Unvorstellbar. Und das alles nur wegen ein paar Stunden Leidenschaft und der Illusion von der großen Liebe.

Aber die Geschichte muss sich nicht wiederholen, sie darf und wird sich nicht wiederholen. Ich bin inzwischen eine andere. Ich bin Mutter, ich bin erwachsen, ich trage Verantwortung, und ich weiß, wer und was mir im Leben wichtig ist. Dass mir jetzt das Herz bis zum Halse schlägt und ich nicht aufstehen kann, weil ich Angst habe, meine Knie könnten versagen, hat nichts damit zu tun, dass Paul noch irgendeine Rolle spielt. Es ist lediglich die Erinnerung, es ist nur Sentimentalität und ein Rest von allgemeiner Sehnsucht nach dem Unerreichbaren, der noch in mir ist und der noch nicht durch die Anforderungen meines neuen Lebens absorbiert wurde. Paul steht stellvertretend für alles, was ich nun nicht mehr sein kann, weil ich endlich glücklich bin: unglücklich zum Beispiel, unzufrieden, rastlos und getrieben.

»Mami, was machtu?«

»Entschuldige, Franziska. Deine Mami ist ein bisschen bescheuert.«

»Scheuert! M-hm ...« Franziska nickt zustimmend. »Heile, heile Segen, drei Tage Regen ...«

»Komm, kleine Maus, wir gehen mal aus dem Wasser, du hast ja schon ganz blaue Lippen. Magst du was essen? Ich habe lecker Apf...«

»Ein Eis und Pommes!«

»Was?!«

»Bitte.«

Ich habe gerade keine Kraft für einen Apfel-gegen-Ungesundes-Kampf. Supermama macht Pause, und wir gehen einträchtig zum Kiosk, um klebriges Mini Milk und fettige Pommes frites zu kaufen.

SAMSTAG, 3. JULI 2010.
WIE GEIL IST DAS DENN?

Das Leben geht weiter. Es ist früher weitergegangen, wann immer ich Paul wiedergesehen habe, und es geht auch jetzt weiter. Es ist sogar weitergegangen, als er mich verlassen hatte, und erst recht ging es weiter, als ich ihm letzten Endes den Laufpass gab, damals auf der Gerner Brücke über dem Nymphenburger Kanal, an diesem schönen Spätsommerabend.

Und ich bilde mir nicht nur ein, mich verändert zu haben, ich habe es wirklich. Denn zum ersten Mal, wenn Paul mich durcheinanderbringt, habe ich nicht das Gefühl, dass die Welt sich einfach weiterdreht, während ich gelähmt danebenstehe und ihr dabei zusehe. Dieses Mal drehe ich mich mit. Früher waren, wenn Paul sich nicht meldete, mich vor den Kopf stieß oder mich verließ, auf einmal alle anderen Dinge ihrer Wichtigkeit beraubt. Ich kann mich noch gut an das Gefühl erinnern, dass alles, was vorher das Leben bunt und lebenswert machte, all diese Kleinigkeiten von gutem Essen über Reisen bis zu Geburtstagen und Weihnachten, mit einem Schlag verblassten und mir unendlich leer und sinnlos erschienen, wenn mit Paul Schluss war. Als ob ich ihn dazu bräuchte, die kleinen Dinge zu genießen, die das Leben mit Leben füllen.

Das ist im Jahr 2010 anders. Wir haben Fußball-WM, es ist Sommer, die Autos tragen schwarz-rot-goldene Flaggen an den Fenstern, und bei der Müller-Bäckerei im Supermarkt gibt es WM-Schnitten mit dunkelblauen, roten und gelben Beeren. Mein Kind zieht fast täglich sein WM-Trikot an, lernt jeden Tag ein neues Fußballwort, und ich diskutiere mit den anderen Müttern aus der Kita, wie man Public Viewing, Biertrinken und die Aufsichtspflicht miteinander vereinbaren kann. Das Leben ist wunderbar, es macht Spaß, und ich nehme weiter teil an der Party, obwohl ich Paul wiedergesehen habe!

Beschwingt starte ich gegen neun Uhr an diesem wunderschönen Samstagmorgen, der einen heißen und sonnigen Tag verspricht, zu einem Fotojob. Treffpunkt ist der Hubertusbrunnen am Beginn des Nymphenburger Kanals, der, flankiert von der Südlichen und Nördlichen Auffahrtsallee, schnurgerade und zweifach überspannt von der Gerner Brücke und der Auto- und Trambahnbrücke Menzinger Straße zum Schloss führt. Heute glitzert sein Wasser in der Morgensonne, und außer ein paar Hundebesitzern und vereinzelten Joggern ist noch kaum jemand unterwegs. Ich mache ein paar Testfotos und stelle ISO 200, Blende und Verschlusszeit meiner Kamera ein. Die Aufgabe wird sein, eine sechsköpfige Familie zu fotografieren, einzeln und in der Gruppe, woraus dann eine Collage als Geschenk für die Mutter des Auftraggebers entstehen soll. Um kurz nach halb zehn trifft die Familie ein, und erleichtert sehe ich auf den ersten Blick, dass nicht nur Manuel, der mir den Auftrag gegeben hat und den ich über Jan kenne, gut aussieht, sondern auch seine Freundin, seine Schwester, deren Mann und die zwei Kinder. Alle sechs tragen bayerische Tracht, die Frauen und Mädchen Dirndl, die Männer Lederhosen und weiße Hemden. Das wird ein leichter Job, freue ich mich und beginne nach einer kleinen Vorstellungsrunde und ein paar einleitenden Worten mit der Arbeit. Die ersten Bilder werden – wie immer – noch nicht perfekt, das Lächeln meiner Objekte wirkt etwas gekünstelt, und ich habe noch nicht den richtigen Winkel zur Morgensonne gefunden, aber nach ein paar Minuten löst sich die anfängliche Verspannung auf beiden Seiten, und als ich ihnen die ersten wirklich gelungenen Porträts direkt auf dem Kameradisplay zeigen kann, merke ich, wie Selbstbewusstsein und Spaß am Fotografiertwerden bei allen spürbar steigen.

Nur einmal verlässt mich meine Konzentration kurz. Und zwar, als wir auf der Gerner Brücke fotografieren und aus der Winthirstraße, die darauf zuführt, eine Familie auf Fahrrädern kommt und Richtung Grünwaldpark in die Nymphenburger Straße abbiegt. Das Kind kann ich nicht erkennen, weil es in seinem Fahrradsitz direkt hinter der Mutter von ihr verdeckt wird, aber mir fallen ihre leuchtend kupferroten Haare auf, die in einem Pferdeschwanz hin und her schwingen, während sie in die Pedale tritt. Doch der Mann auf dem Mountainbike, der Mutter und Kind begleitet, ist dunkelhaarig. Erleichtert traue ich mich, genauer hinzusehen, und merke, dass die Frau nicht Natalie und das Kind nicht Felix ist.

Aber es hätte ja sein können.

Früher oder später werden sie mir über den Weg laufen oder radeln, schließlich wohnen wir jetzt im selben Viertel. Und Natalie wird bestimmt wieder auf den Spielplatz im Grünwaldpark gehen, um dort die Bekanntschaft mit mir und meiner Tochter zu vertiefen.

»Können wir noch ein paar Fotos von den Mädchen ohne die Erwachsenen machen?«

»Äh, ja klar, gerne!« Ich mache einen unnötigen Objektivwechsel, um meine Abgelenktheit zu überspielen und etwas Zeit zu gewinnen.

»So, jetzt bin ich wieder startklar. Wollt ihr zwei euch auf das Brückengeländer setzen? Aber nicht in den Kanal fallen, mit Entengrütze und Karpfenkacke in den Haaren seht ihr nicht mehr so gut aus!«

Zum Glück finden die Vier- und die Neunjährige das witzig und kichern begeistert. Bereitwillig und talentiert posieren sie auf der Steinbrüstung der Gerner Brücke, und als ich wenig später mit 500 neuen Bildern auf der Speicherkarte der Kamera hinüber in den Park gehe, um dort Jan und Franziska abzuholen, habe ich schon fast vergessen, dass irgendwo in diesem Viertel auch Paul mit seiner kleinen Familie herumschwirrt und es nur eine Frage der Zeit ist, bevor sich unsere Wege kreuzen und ich erneut mit einem verwirrenden Paul-Moment konfrontiert werde, der Schlimmeres zur Folge haben könnte als die Entdeckung meines mittlerweile längst gerodeten Miranda-Syndroms.

»Hallo, kleine Maus!«

»Mamiiiiii!« Franziska lässt ihre kleine gelbe Schaufel fallen, rennt freudestrahlend auf mich zu und wirft sich in meine Arme. Ein kleiner, intensiver Glücksmoment, der nur unwesentlich davon getrübt wird, dass sich die Mischung aus Eis und Sand, die bis eben an Franziskas Händen und in ihrem Gesicht klebte, nun vollständig auf meinem hellgelben T-Shirt befindet. Ich überlege kurz, ob ich Jan schimpfen soll, weil er ihr das Zeug nicht abgewischt hat, lasse es dann aber. Jetzt ist es eh zu spät, und ich lasse mir diesen schönen Tag doch nicht von ein bisschen Dreck verderben. Später werde ich sowieso mein Deutschlandtrikot anziehen.

»Hey, da bist du ja«, sagt Jan, legt die Süddeutsche neben sich auf die Holzumrandung des Sandkastens, steht auf und gibt mir einen Kuss. »Und, wie lief es?«

»Super«, berichte ich wahrheitsgemäß, »du, die ganze Familie von Manuel sieht toll aus, das war nicht schwer, von denen schöne Fotos zu machen. Die sind jetzt alle sechs zum Rotkreuzplatz gegangen, ein Eis bei Sarcletti essen, wollen wir nachkommen?«

»Noch mehr Eis!«, schaltet sich Franziska mit einer Idee ein, und ich beschließe, dass heute wieder mal kein Bio- und Gemüsetag sein wird. Ist schließlich Fußball-WM.

Wir schlendern also im Kleinkindtempo die Nymphenburger Straße entlang Richtung Sarcletti. Ich stelle fest, dass es heute von Frauen mit kupferroten, langen Locken in der Stadt nur so wimmelt. Vor der Stadtbibliothek, an der Ampel, am Aufzug zur U-Bahn, überall blitzt und leuchtet es im Mirandaton. Ob ich Jan eigentlich erzählen soll, mit wem Natalie zusammen ist? Und dass ich Paul … Nein. Auf keinen Fall. Wir haben eine ganz klare Abmachung: Paul ist und bleibt aus meinem Leben verschwunden, restlos und ohne Ausnahmen. Und bisher habe ich mich auch daran gehalten, was mir nicht mal schwerfiel. Ich habe Pauls Handynummer damals zum ungefähr dreißigsten Mal gelöscht und zum ersten Mal nach kurzer Zeit vergessen. Auch seine E-Mail-Adressen habe ich aus meinem Adressbuch getilgt, sie sind zwar noch in meinem Gehirn gespeichert, aber ich habe sie kein einziges Mal benutzt, nicht mal in die Versuchung, das zu tun, geriet ich. Bei Facebook war ich damals im Jahr 2007 noch nicht, und ich weiß zwar, dass Paul mittlerweile auch dabei ist, da die Seite ihn mir mit schöner Regelmäßigkeit als Freund vorschlägt, weil wir einige gemeinsame Bekannte haben. Aber ich habe meine Privatsphäre so eingestellt, dass er nichts von mir sehen kann, nicht mal mein Profilbild oder meine Basisdaten. Und seltsamerweise konnte ich der Versuchung, mal zu schauen, wie Paul es denn mit diesen Einstellungen hält, bisher erfolgreich widerstehen.

Marie, mach nicht alles kaputt, warnt mich meine innere Stimme. Denk dir eine plausible Ausrede für Natalie aus, damit du sie nicht öfter treffen musst. Schließlich gibt es noch ein paar tausend anderer Mütter hier in der Stadt, mit denen sie sich anfreunden kann. Und falls du Paul noch mal über den Weg läufst, sagst du ihm einfach, dass er dich in Ruhe lassen soll und du ihn in Zukunft wie Luft behandeln wirst, falls du ihn nochmals zufällig triffst. Mal ehrlich, wie oft siehst du deine direkten Nachbarn? Manche von ihnen würdest du nicht mal erkennen, wenn sie vor dir in der Schlange in der Nespresso-Boutique stehen würden. Und so klein ist

Neuhausen auch wieder nicht. Genau genommen ist es mit Gern und Nymphenburg zusammen sogar der größte Stadtteil Münchens.

»Becher oder Waffel? Und welche Sorten magst du?«

Ach ja, richtig. Eis. Sarcletti. Samstag. Sommer. Sonne. Familie. Hallo, Realität!

Realität? Kann man da parken?

»Zwei Kugeln im Becher bitte«, informiere ich Jan, der fast an der Reihe ist, »Cookies und Honigmelone, nein, Yogurette und weiße Schokolade, nein, doch Honigmelone und Cookies. Ach was, nimm vier Kugeln. Und für Franziska ...«

»... eine Kugel Vanilleeis in der Waffel, schon klar.«

»Nilleeis! Waffel! Haben!«

»Ja, sofort, Franziska, der Papa muss das erst bezahlen.«

»Der Papa braucht ein Geld!« Franziska drängelt sich zu Jan vor, holt aus der Hosentasche ihrer Jeans virtuelles Kleingeld und drückt es ihm in die Hand.

»Danke, Franziska, jetzt kann ich dein Eis bezahlen!«

Ich grinse stolz und sehe mich beiläufig um, ob jemand diese intellektuelle Glanzleistung meiner knapp Zweijährigen bemerkt hat, aber die Leute sind alle viel zu sehr damit beschäftigt, aus den vielen Eissorten auszuwählen. Egal. Es genügt ja, wenn ich weiß, dass mein Kind nicht nur hübsch und lustig, sondern auch ausgesprochen schlau ist.

Später am Nachmittag bin ich mit einer riesigen Schüssel Obstsalat und meiner Tochter, die sich mehr oder weniger friedlich den Fahrradanhänger teilen, Richtung Maxvorstadt unterwegs. Es ist Viertel nach vier, als ich die Nymphenburger Straße entlangfahre und mir irgendetwas seltsam vorkommt. Die Stadt wirkt verändert, aber ich kann zunächst nicht herausfinden, was genau anders ist. Bis ich Franziska von hinten leise, aber deutlich sagen höre: »Bitte ein Wasser trinken, Mami!« Da wird mir klar: Es ist still. Ruhe liegt über der Nymphenburger Straße, die sonst immer belebt ist, egal, zu welcher Tageszeit ich sie entlangradle oder -gehe. Man hört die Vögel in den immer noch leicht eyjafjallajökullverrußten Bäumen singen, so ruhig ist es. Deutschland, ein stummes, sonniges und staubiges Sommermärchen, kurz vor Anpfiff des Viertelfinales. Franziska bekommt ihre Wasserflasche, und kurz darauf biegen wir an der Augenklinik ab, um zum Garten des Mehrfamilienhauses zu gelangen, in dem meine Kita-Freundin Gudrun mit ihrem Mann Sebastian und Karla, Franziskas bester Freundin, und deren zwei Monate alter Schwester Miriam wohnt. Dort ist es weniger ruhig als draußen auf der großen Straße, denn die Männer versuchen gerade, den Fernseher über den Balkon in den Garten hinunterzulassen.

»Warum tragen sie ihn nicht einfach über die Treppe runter?«, frage ich Gudrun und stelle den Obstsalat auf den mit einer schwarz-rot-gelb gestreiften Decke dekorierten Biertisch. Gudrun zuckt mit den Schultern.

»Warum gefahrlos, wenn es auch riskant geht!« Belustigt sehen wir zu, wie der Fernseher beinahe ins Rosenbeet fällt, und ich bin einen Moment lang ganz froh, dass Jan zu Hause geblieben ist.

»Ich packe das nervlich nicht, mit so vielen Leuten und einem Haufen Kleinkinder«, hatte er gesagt, »ich muss mir das Spiel in Ruhe anschauen können, und am Ende haben die dort nur einen kleinen Fernseher, auf dem man nichts erkennen kann …«

Ich hatte keine Zeit mehr für Diskussionen und wusste genau, dass sie zwecklos waren, also ließ ich meinen blassen, nervösen Freund zu Hause beim Flatscreen und dem gekühlten Augustinerbier.

Sebastian und sein Freund Mark haben das TV-Gerät aus den Neunzigerjahren nicht im Rosenbeet zerschellen lassen, sondern es unbeschadet auf einen Tisch unter einem Baum gestellt. Nach einigem Hin und Her, es ist mittlerweile 16 Uhr 25 und noch ruhiger geworden, hoffentlich verpassen wir die Nationalhymne nicht, geht dann auch das Bild und nur Sekunden später der Ton. Ich atme auf. Man kann Fußball schauen! Zumindest sieht man einen grünen Rasen, auf dem sich etwas auf symmetrische Weise bewegt, und hört das bienenstockartige Summen der Vuvuzelas. Scheint der richtige Sender zu sein.

»Geschafft! Wo ist das Bier?« Die Männer strahlen stolz und lassen sich in der ersten Reihe vor dem TV-Gerät nieder, um sofort dieselbe Erfahrung wie ich zu machen. Man sieht etwas, aber es hat nur wenig Ähnlichkeit mit einem Fußballspiel.

»Äh, Sebastian, kann man an diesem … Ding da noch etwas einstellen?«, fragt Mark mit leichter Panik in der Stimme. Es ist 16 Uhr 28. Noch zwei Minuten bis zum Anpfiff. Der Kommentator erzählt uns, dass die Mannschaften vollzählig das Spielfeld betreten haben.

»Das Ding da ist mein alter Fernseher, den habe ich mit in die Ehe gebracht«, flüstert Gudrun mir belustigt zu und schaukelt ihr Baby auf dem Arm. Mir selbst ist das Grinsen mittlerweile auch vergangen, und ich überlege fieberhaft, ob es auffällt, wenn ich mich bei Gudruns Nachbarn aus dem Erdgeschoss, bei denen hörbar ein Fernseher läuft, ins Wohnzimmer schleiche. Vorsichtig werfe ich einen Blick über die niedrige Hecke, die als Terrassenbegrenzung dient, und ändere meine unausgegorenen Pläne angesichts eines riesigen Dobermanns, der im Schatten auf der Terrasse liegt und arrogant die Lefzen hochzieht, als er mich sieht.

Die Männer haben mittlerweile in Rekordzeit eine sogenannte Strandmuschel aus dem Keller geholt, so eine Art Zelt, das nach vorne offen ist, und stellen es als Sonnenschutz über den Fernseher. Und das Wunder geschieht: Es hilft! In dem Moment, als die ersten Töne der deutschen Nationalhymne erklingen, wird das Bild klarer und kontrastreicher.

»Super gemacht, Jungs!«, lobe ich die beiden aufrichtig und bringe jedem eine Flasche Beck's, von denen ungefähr fünfzig in einer Babybadewanne mit Eiswasser lagern. Beck's. Gut, dass Jan, mein zugewandertes Nordlicht, das inzwischen nur noch bayerisches Bier trinkt, zu Hause geblieben ist.

Der Nachmittag nimmt seinen Lauf. Die Kinder, Karla, Franziska und die zwei Jungs von Mark, rennen nackt durch den Garten, spielen im Planschbecken, essen uns Erwachsenen die Knabbermischung weg und schubsen sich gegenseitig in die Brennnesseln hinter dem Sandkasten. Doch weil wir Eltern zu beschäftigt mit dem Spiel sind, um mehr Aufsichtspflicht zu leisten, als zum Überleben der Kinder notwendig ist, gibt es nicht mal Geheul, kleine Streitereien ums Sandspielzeug werden untereinander geregelt, nach dem Motto »Der Stärkere gewinnt«. Klappt alles ganz gut. Vielleicht sollte man sich nicht so oft einmischen, Ansagen wie »Karla, der Jonas darf auch mal mit deinem Bagger spielen« sind bisher sowieso immer wirkungslos verhallt.

Es ist ein großartiges Spiel, temporeich und spannend, und am Ende gewinnen die in den schwarzen Trikots mit vier zu null. Gegen Argentinien. Deutschland hat einen neuen Nationalhelden, er heißt Thomas Müller und kommt vom Ammersee. Drei Beck's zeigen Wirkung auf meinen alkoholentwöhnten Körper, die Sonne scheint immer noch heiß vom wolkenlosen Himmel, Käsekrainer und Putensteaks braten hinreißend duftend auf dem Grill, und Franziska sitzt kichernd mit Karla im Fahrradanhänger und kann somit nichts Schlimmeres anstellen, als hineinzupinkeln, und selbst das könnte mich heute nicht aus der Ruhe bringen.

Ich bin rundum glücklich, stelle ich fest, und im selben Moment fällt mir auf, warum das nicht ganz stimmt: Jan ist nicht da. Ich hätte mich schon gerne mit ihm zusammen gefreut. Als ich an ihn denke, wie er wohl bei jedem der vier Tore gejubelt und gestrahlt hat, an die vielen kleinen Knitterfältchen, die dabei um seine blauen Augen herum entstehen, und wie er trotzdem in seiner Freude mehr einem Kind als einem fast vierzigjährigen Mann gleicht, sticht es mich ein wenig zwischen Herz und Magen. Ich krame das iPhone aus meiner Tasche und entriegle es mit einem Fingerwisch. Oh. Fünf neue SMS. Vier von Jan, für jedes Tor eine, Begeisterung ansteigend. Und eine von einer mir unbekannten Nummer.

Wie geil ist das denn? Lust, zu feiern? Auf eine Maß im Löwenbräu?

Ich weiß sofort, von wem die Nachricht ist, obwohl ich mir selbst gegenüber kurz so tue, als wäre mir das nicht hundertprozentig klar. Und ich fühle mich gleich persönlich angesprochen. Wütend über das heftige Klopfen meines Herzens, ausgelöst durch diese banale Kurzmitteilung, versuche ich zu überlegen, was nun zu tun ist. Ignorieren? Lässig absagen? Zusagen und nicht hingehen? Zusagen und hingehen? Hallo, Marie? Die Zeit, in der so eine kindische Kommunikationsform wie SMS dich aus der Bahn geworfen und zu unüberlegten Handlungen verleitet haben, ist doch längst vorbei. Dass dich das zufällige Treffen mit Paul im Dantebad aufgewühlt hat, ist eine Sache, und wenn er dich angerufen hätte und du unvermittelt seine Stimme gehört hättest, hätte dir das ebenfalls das Recht gegeben, kurz verwirrt zu sein. Aber eine SMS? Ich lese sie noch einmal. Und da fällt mir auf, dass das gut und gerne eine Nachricht sein könnte, die er an sein gesamtes Münchner Telefonbuch geschickt hat, im Überschwang der WM-Gefühle. Ja, so wird es sein. Vielleicht hat er sie sogar nur aus Versehen auch an mich geschickt. Doch irgendetwas in meinem Inneren sagt mir, dass dem nicht so ist und dass diese Nachricht nur für mich ist. Telepathie? Instinkt? Oder doch einfach nur Eitelkeit?

Der Biergarten des Löwenbräukellers am Stiglmaierplatz ist lediglich ein paar hundert Meter von dem Garten entfernt, in dem ich gerade im Schatten eines Vogelbeerbaumes sitze, Kaskrainer esse, mein viertes Beck's öffne und meiner Tochter beim Spielen mit den anderen Kindern zusehe.

Es wäre mehr als einfach, Gudrun von einem spontanen Treffen mit einer Bekannten zu erzählen, die auf Durchreise in München ist, Franziska für eine Stunde in ihrer Obhut zu lassen und in zwei Minuten zum Löwenbräu zu radeln. Die anderen werden eh noch eine Weile essen, und die Zubettgehzeit der Kinder beginnt heute sicher nicht vor halb neun.

Es wäre so einfach.

Aber ich tu's nicht. Ich lasse bleiben, was ich tun könnte. Einfach so. Stolz bin ich nicht darauf, sondern eher erschrocken über mich selbst, weil ich zwar kurz, aber nicht weniger ernsthaft überlegte, Paul zu treffen.

Das kann ja heiter werden. Verdammt, warum konnte er nicht einfach in Berlin bleiben? Hat er mir nicht vor zwei Jahren, als wir uns in Hamburg in diesem Hotel im Gewerbegebiet Billstedt trafen und an der Bar Duckstein-Bier tranken – nicht daran denken, was danach geschah –, hat er mir da nicht erzählt, er habe sich in Berlin eine Eigentumswohnung gekauft? Ob er Natalie da schon kannte? Und für sie und sich und den Kleinen … Etwas sticht mich schmerzhaft in der Gegend zwischen Herz und Magen. Nein, nein, bitte nicht. Mit mir wollte Paul damals nicht mal in eine Mietwohnung ziehen, und mit Natalie kaufte er gleich eine Immobilie? Um mir davon zu erzählen, ohne die Frau zu erwähnen, und kurz darauf mit mir ins Bett zu gehen? Wie …

»Marie, geht's dir nicht gut?«

Ich blinzle, aber ich bekomme den Nebel nicht weg, der meinen Blick zu trüben scheint, als ob meine Kontaktlinsen schmutzig wären. In diesem Nebel taucht Gudrun auf und geht vor mir in die Hocke. Sieht mich besorgt an. »Du bist ganz blass, ist dir schlecht? Möchtest du vielleicht ein Wasser?«

Ich will nach meinem Beck's greifen, stelle aber fest, dass ich es im Gras neben meinem Stuhl abgestellt habe und es umgefallen ist. Das Bier ist im Rasen versickert.

»Passt schon, danke«, sage ich und bin erschrocken, wie piepsig meine Stimme klingt, »ich glaube, ich vertrage einfach keinen Alkohol mehr …«

»Na ja, viel hast du ja nicht getrunken«, hilft mir Gudrun, »aber es ist schon sehr heiß heute, und dann die Aufregung beim Spiel, da kann schon mal der Kreislauf spinnen. Magst du dich oben in unserer Wohnung ein bisschen aufs Sofa legen? Ich kann inzwischen auf Franziska aufpassen, die ist hier eh gut beschäftigt.«

Ich merke, wie mir die Tränen heiß und stechend in die Augen schießen. Gudrun ist so nett zu mir, dabei habe ich das gar nicht verdient. Und das Schlimmste: Sie ist nicht nur nett, weil sie ein höflicher Mensch ist, sondern weil sie mich mag. Allerdings kennt sie mich nur als Marie, Mutter von Franziska und Freundin von Jan, sie kennt meine Vergangenheit nicht, denn darüber habe ich mit ihr nie gesprochen. Vielleicht werde ich es irgendwann tun, aber so lange sind wir noch nicht befreundet.

Gudrun weiß nicht, dass es einen Paul in meinem Leben gab und was ich seinetwegen alles für Dummheiten gemacht habe. Dass ich seinetwegen beinahe meine Beziehung zu Jan weggeworfen hätte, dass meine Freundschaft mit Beate neben anderen Problemen so sehr unter der Sache mit Paul gelitten hat, dass sie eigentlich heute gar nicht mehr existiert.

»Das ist lieb, danke, aber es geht schon wieder«, sage ich, versuche zu lächeln und brülle mich innerlich selbst an: Reiß dich zusammen, Marie!

Gerade als ich mich wieder gefangen habe und in Gedanken mit einem dicken roten Edding das Bild von Paul, wie er im Löwenbräubiergarten sitzt und nach mir Ausschau hält, durchgestrichen habe, fällt mir ein, dass er die Wohnung nicht für Natalie und sich gekauft haben kann.

»Na ja, ich habe Felix' Mutter kennengelernt, als sie mit ihm schwanger war.« Das waren Pauls Worte im Dantebad. Und da Felix Ende August 2008 geboren wurde, kann Paul Natalie im Frühjahr 2007 noch gar nicht gekannt haben. Erleichtert atme ich auf. Kurz huscht der Gedanke an meinem Großhirn vorbei, dass Pauls herausstechende Charaktereigenschaft nicht gerade die Ehrlichkeit ist. Er legt zwar sehr viel Wert auf die Wahrheit, verbiegt diese aber selbst gerne nach Gutdünken und hat schon manches Mal so sehr an ihr gezogen, dass sie beinahe gerissen wäre. Dieses Mal wird es mir allerdings ein Leichtes sein, herauszufinden, ob er gelogen hat oder nicht. Schließlich kenne ich seine Freundin. Ich muss grinsen.

»Jetzt siehst du schon wieder viel besser aus«, freut sich Gudrun, »und schau mal, wer da kommt, ist das nicht Jan?«

Tatsächlich. Im Gegenlicht sehe ich eine Gestalt, deren Gang mir sehr vertraut ist, den Weg zum Garten entlanggehen.

»Der Papa, der Papa!«, ruft Franziska, lässt den Plastikbagger fallen, den sie gerade noch Karla mit viel körperlichem Einsatz abgerungen hatte, und rennt, so schnell sie die kleinen Beine tragen, auf Jan zu.

»Hey, kleine Maus!« Er geht in die Hocke, fängt Franziska auf und wirbelt sie ein paarmal im Kreis herum. Ein Bild wie aus der Merci-Werbung, und ich kann nicht verhindern, dass mir ein paar Rührungstränen in die Augen schießen, die gerade wieder getrocknet waren.

Hier bin ich richtig. Und nicht im Löwenbräubiergarten.

MONTAG, 12. JULI 2010.
ZU NEUNUNDNEUNZIG PROZENT.

Die WM ist vorbei, und ich weiß immer noch nicht, warum dieser Tintenfisch, der so sympathisch war, bis er das Ausscheiden der Deutschen im Halbfinale vorhersagte, ausgerechnet Paul heißt. Jan und ich haben uns heute jedenfalls zum Abendessen frittierte Calamari vom Pavlos in der Nymphenburger Straße geholt, danach ein paar Stamperl Ouzo getrunken und damit ein wenig den Frust über die Niederlage gegen die Spanier zu betäuben versucht.

Am Nachmittag war ich jedoch im Dantebad. Mit Natalie. Zum zweiten Mal haben wir uns nun verabredet. Erst trafen wir uns zufällig wieder auf dem Spielplatz im Grünwaldpark und tauschten dann Handynummern und E-Mail-Adressen aus. Ein paar Tage später fragte Natalie mich, ob ich mit ihr aufs Tollwood käme, und heute war ich diejenige, die vorschlug, ins Schwimmbad zu gehen. Ich weiß auch nicht, warum ich das mache. Ich finde Natalie sympathisch, lustig und nett. Und wundere mich selbst darüber. Müsste ich sie nicht hassen? Oder zumindest nicht mögen? Immerhin ist sie die Frau, mit der Paul ohne großes Zögern zusammengezogen ist. Seine Freundin. Und er ist so etwas wie der Stiefvater für ihren Sohn und wird von Felix »Papa« genannt! Das alles ist weit mehr, als Paul mit mir je gewagt hat. Ja, er ist damals für ein Frühstück mit mir extra bis nach Sydney geflogen. Und wir hatten ein paar schöne Wochen in Neuseeland. Bisher hatte ich immer geglaubt, dass das etwas bedeutete. Aber wenn ich mir jetzt ausmale, wie Paul den Alltag mit Natalie und Felix lebt, wird mir klar, dass er mit mir nur Ferien gemacht hat. Ich war der Urlaub, und Natalie ist das echte Leben. So schaut's aus. Und da keine zehn Jahre zwischen meiner Beziehung (?) mit Paul und seiner mit Natalie liegen, keine zehn Jahre, in denen er einen wichtigen Reife- und Wandlungsprozess hätte durchmachen können, bedeutet das, dass es an mir liegt.

Aber es stört mich erstaunlich wenig. Ich mag Natalie und bin gern mit ihr zusammen. Obwohl ich natürlich dauernd daran denken muss, dass sie Pauls Freundin ist. Vielleicht bin ich ja endlich geheilt. Es wäre zu schön, um wahr zu sein.

»Na, und dein Freund, muss der heute arbeiten?«, frage ich beiläufig, während wir nebeneinander am Beckenrand sitzen und zusehen, wie Felix und Franziska friedlich miteinander spielen und sich Wasser über den Kopf gießen. Wir sitzen genau dort, wo ich vor zwei Wochen saß, als auf einmal Paul vor mir stand. Nur dass Natalie das nicht weiß. Sie weiß nicht mal, dass ich weiß, dass ihr Freund Paul heißt, geschweige denn, was Paul und ich schon alles zusammen erlebt haben. Sie weiß nicht, dass ich weiß, wie er kurz vor dem Orgasmus seinen Unterkiefer hin- und herschiebt, und sie hat keine Ahnung, dass ich auf den Millimeter genau die Stelle kenne, an der auf seinem Schlüsselbein ein kleines Muttermal sitzt. Natalie ist nicht bekannt, dass Paul mir damals in Hamburg einen Heiratsantrag gemacht hat, und sie weiß auch nicht, warum ich ihn nicht angenommen habe.

Irgendwann, wenn ich Natalies Freund dann mal offiziell kennengelernt habe, werde ich ihr erzählen, dass wir uns von früher kennen, aber wenn es nach mir geht, wird sie nie erfahren, wie gut ich über Paul, seinen Körper und seine geheimsten Träume Bescheid weiß.

»Ja, der hatte kürzlich noch ein paar freie Tage, aber jetzt muss er wieder jeden Tag ins Büro«, erzählt sie, »Urlaub ist erst wieder im September.«

»Und wisst ihr schon, wo ihr hinfahrt?«

»Paul will unbedingt an die Masurische Seenplatte«, sagt Natalie, und ich kaschiere ein leichtes Zusammenzucken dadurch, dass ich mir mit Franziskas kleiner Gießkanne kühles Wasser über die Schultern gieße. Es war klar, dass ihr Freund Paul heißt, dass er Paul ist. Und es macht mir ja auch erstaunlich wenig aus. Trotzdem gibt es mir noch einen kleinen Stich, seinen Namen aus ihrem Mund zu hören. Und außerdem wollte Paul damals schon immer mit mir nach Polen reisen. Ich weiß noch genau, wie abgefahren ich diese Idee fand, die er mir mitteilte, als wir gerade auf der Südinsel Neuseelands zum Milford Sound unterwegs waren. Da befindet man sich am Ende der Welt und bekommt vor lauter Staunen ob der faszinierenden Landschaft den Mund kaum mehr zu, und der Kerl erzählt etwas von der lieblichen Seenlandschaft Nordostpolens.

»Und du, möchtest du nicht nach Polen? Es soll doch sehr schön dort sein …«

»Doch, prinzipiell schon, aber du weißt ja, wie das Reisen mit Kleinkind ist«, sagt Natalie, »es wäre halt einfacher und stressfreier, sich in ein Flugzeug zu setzen und anderthalb Stunden auf eine griechische Insel zu fliegen. Oder einfach mit dem Auto in die Toskana. Dort ist es auch wunderschön, und man verplempert nicht so viel Zeit mit der Anreise.«

Paul im Pauschalurlaub auf Kreta? Ungefähr so gut vorstellbar wie ein Hip-Hopper auf einem Arcade-Fire-Konzert. Ich verkneife mir natürlich dieses Insiderwissen und erkundige mich lieber: »Wann und wie hast du deinen Paul eigentlich kennengelernt?« Und was ist mit Felix' Vater, will ich noch hinzufügen, aber dann fällt mir gerade noch ein, dass ich ja gar nicht wissen kann, dass Paul Felix nicht gezeugt hat. Wahrscheinlich. Ich werde es wohl gleich erfahren.

»Ach, das war ganz lustig«, beginnt Natalie, »als ich Paul kennenlernte, wollte ich alles, nur keine Beziehung. Ich hatte gerade eine Geschichte hinter mir mit einem Mann, mit dem ich fünf Jahre lang zusammen war und die ganz übel endete. Er hatte mich von vorne bis hinten belogen.«

»Oh, hatte er 'ne andere?« Würde Paul ja nie tun.

»Nein, schlimmer ...«

»Schlimmer??«

»Er hat sein Leben frei erfunden. Mir hat er erzählt, er sei Unternehmensberater und wahnsinnig erfolgreich. Nicht dass mir das so wichtig wäre«, beeilt sie sich hinzuzufügen, und ich glaube ihr. »Aber er hat das ja schon erzählt, bevor wir uns überhaupt richtig kannten. Auch seine Studienjahre in den USA und in Südafrika, seine Reisen nach Asien und Australien, sein Sabbatical bei einem UNICEF-Hilfsprojekt in Afrika – alles ausgedacht. Angeblich hatte er in Brandenburg einen historischen, denkmalgeschützten Bauernhof renoviert, aber wir waren nie dort, weil er ihn mir immer erst zeigen wollte, wenn er komplett fertig wäre.« Sie seufzt. »Ich könnte noch zwanzig Minuten von seinen Lügen erzählen und hätte immer noch nicht alle erwähnt. Nicht mal sein Name war richtig. Aber das habe ich erst gemerkt, als ich mich nach Felix' Geburt mit meinen Unterhaltsansprüchen an ihn wenden wollte und ihn nicht ausfindig machen konnte ...«

»Krass.« Ich bin ernsthaft geschockt. So eine Geschichte habe ich noch nie gehört. Dagegen ist Paul natürlich ein Inbegriff von Integrität.

»Das heißt, dieser Mann ist Felix' Vater? Nicht dein Freund Paul?« Jetzt kann ich ja offen fragen.

»Ja. Also mit neunundneunzigprozentiger Wahrscheinlichkeit«, sagt Natalie und grinst. Ich lasse Fragezeichen in meinen Augen aufblinken.

»Als ich rausfand, dass Johannes – oder wie auch immer er in Wirklichkeit heißt – mir eine riesige Lügengeschichte aufgetischt hat, habe ich ihn sofort verlassen. Da wusste ich noch nicht, dass ich von ihm schwanger bin, ich konnte es noch gar nicht wissen. Und zwei Wochen später habe ich Paul kennengelernt.«

»Ja, aber du sagtest doch, du wolltest gar keine Beziehung? Was ich gut verstehen kann!«

»Wollte ich ja auch nicht. Aber gegen Sex hatte ich nichts«, sagt Natalie und grinst erneut. Ich bemühe mich, meine Mundwinkel ebenfalls nach oben zu zerren, und bin froh, dass ich eine Sonnenbrille trage, die vertuscht, dass meine Augen nicht mitlachen.

»Johannes oder wer auch immer«, fährt sie mit einem verächtlichen Schnauben fort, »hat nämlich nur selten einen hochgekriegt. Eigentlich nur, wenn er betrunken genug war, um vergessen zu können, dass seine beruflichen und finanziellen Erfolge reine Phantasie waren, und nicht so besoffen, dass gar nichts mehr ging. Diese Gratwanderung hat er nur alle paar Monate einmal hinbekommen, und bei einem dieser seltenen Male muss Felix entstanden sein.«

Romantisch, denke ich und erinnere mich daran, wie Franziska entstanden ist. Als es damals eine Weile nicht klappen wollte mit dem Kindermachen, hatte Jan sich etwas ausgedacht: Jeden Monat rund um meinen Eisprung entführte er mich an einen ganz besonderen Ort, um dort Sex zu haben. Beim ersten Mal taten wir es in einem Baumhaus tief im Wald bei München, dann oben in einem rot-weiß gestreiften Leuchtturm auf Juist bei einem spontanen Wochenendtrip an die Nordsee. Und im Spätherbst, als Franziska gezeugt wurde, hatte Jan ein orientalisches Dampfbad gemietet und mir damit eine Phantasie erfüllt, die schon lange in meinem Kopf herumgeisterte und von der ich ihm irgendwann einmal erzählt hatte. Als ich an den Nachmittag im Hamam denke, ergreift mich nachträglich eine leichte Erregung. Mein Körper kribbelt, und ich bekomme eine Gänsehaut, gegen die auch die fleißig auf meine Schultern brennende Julisonne machtlos ist.

Passend zum Thema spricht Natalie weiter: »Jedenfalls kannst du dir vorstellen, dass ich ziemlich ausgehungert war. Nach Nähe, nach Zärtlichkeit und nach gutem Sex. Aber bitte ohne Verbindlichkeiten. Dann kam Paul ...«

»... und wollte genau dasselbe?«, hoffe ich.

»Nicht direkt«, lacht Natalie und wirft die roten Locken nach hinten, »eigentlich eher im Gegenteil.«

Mir schwant nichts Gutes, aber da muss ich jetzt durch, und außerdem bin ich ja über Paul hinweg.

»Erzähl.«

»Wir trafen uns auf dem Weihnachtsmarkt am Gendarmenmarkt. Es war saukalt und schneite ausnahmsweise in dicken Flocken. Ich war alleine dort und stellte mich gerade am Glühweinstand in die Schlange. Da sprach Paul mich an. Er hatte eine bescheuerte Panzerknacker-Mütze auf, aber ich sah sofort sein schönes Gesicht und seine freundlichen Augen.« Ja, diese Mütze kenne ich auch, denke ich.

»Dir ist kalt, oder? – Das waren seine ersten Worte an mich, und als ich nickte, schlug er vor, sich hier nicht länger die nassen Füße in den Bauch zu stehen, sondern in einer gemütlichen Kneipe etwas essen zu gehen, er würde mich gerne einladen. Glühweinfee nannte er mich, wegen meiner roten Haare.«

Ich fröstle trotz der Sommerhitze und kann die Kälte spüren, die damals von Natalies Füßen ihren Körper hinaufkletterte.

»Als wir dann in der Kneipe saßen und Bratkartoffeln mit Spiegelei aßen, nahm er auf einmal meine Hand, sah mich ganz ernst an und sagte: ›Ich habe so etwas noch nie gemacht. Ich meine, ich habe früher schon mal die eine oder andere Frau abgeschleppt, aber immer nur ins

Bett. Bei dir ist das anders. Ich glaube, ich habe mich verliebt. Und deswegen will ich jetzt gar nicht gleich mit dir schlafen. Nicht dass du nicht attraktiv wärst, im Gegenteil, verdammt, das bist du. Aber ich will mehr. Ich weiß, es klingt komisch, aber es ist so.‹«

Mir dreht sich nun doch beinahe der Magen um. Aber nur, weil diese Art der Anmache so furchtbar platt ist.

»Wenn ich das so erzähle, klingt es nach platter Anmache«, sieht auch Natalie ein, »aber Marie, wie er das gesagt hat und wie er dabei geschaut hat – glaub mir, das war sein absoluter Ernst. Und ich war und bin wirklich ein gebranntes Kind, was Lügen angeht.«

»Und was ist dann passiert?« Konzentriert versuche ich, das aufgeweichte Preisschild von Franziskas roter Gießkanne zu fummeln.

»Ich habe ihn gnadenlos ausgenutzt«, sagt Natalie, »habe so getan, als ob ich mich auch verliebt hätte, obwohl ich nur Sex von ihm wollte. Und den habe ich dann auch bekommen, gleich am selben Abend. Es war wie eine Offenbarung für mich, nach all den frustrierenden Jahren mit Johannes, dem Schlappschwanz. Endlich wieder Leidenschaft, ganz ohne Alkohol. Echte Lust, Durchhaltevermögen, Standfestigkeit, Phantasie und Zärtlichkeit. Genau das, was ich brauchte. Eine ganze Nacht lang, immer und immer wieder.«

So genau wollte ich es eigentlich gar nicht wissen. Aber ich kann gut verstehen, dass Natalie begeistert von Paul war. Im Bett suchte er wirklich seinesgleichen. Gut, dass das auf lange Sicht nicht so wichtig ist.

»Wir hatten also ein paar Wochen lang eine wilde, leidenschaftliche und absolut heiße Affäre. Und irgendwann, es war zwischen Weihnachten und Silvester, stellte ich fest, dass ich mich verliebt hatte. Und zwar ganz schön heftig.«

Wie originell, will ich einwerfen, Frauen verlieben sich doch immer, wenn sie ein paarmal mit einem Kerl ins Bett gehen und der Sex nicht ganz indiskutabel ist. Wenn er auch noch gut ist, geht es umso schneller. Weiß Natalie das nicht?

»Vielleicht waren es anfangs nur die Hormone«, räumt sie da auch schon ein, ohne dass ich meinen Mund aufgemacht hätte, »denn es kam ja hinzu, dass ich schwanger war, wie ich Anfang Januar bemerkte. Aber ich machte mir keine Gedanken darüber. Ich war einfach verliebt und genoss es. Dass ich schwanger von einem anderen Mann war, störte Paul nicht. Er freute sich auf das Kind und schmiedete schon Pläne für ein zweites, von dem er dann auch der biologische Vater sein würde.«

»Echt?« Ist das wirklich der Paul, der nicht mal mit mir zusammenziehen wollte?

»Ja, und seltsamerweise glaubte ich das Paul immer, ohne zu zweifeln. Obwohl ich traumatisiert war. Ich bin echt dankbar, ihn getroffen zu haben, und mittlerweile sind fast drei Jahre vergangen, meine Hormone sind wieder auf dem Normallevel, und verliebt bin ich trotzdem noch.«

»Das klingt schön …«

»Klar, da ist mittlerweile auch viel Alltag, das kennst du ja, mit einem Kind hat man einfach eine riesige Portion davon. Und wir hatten ja kaum Zeit, Dinge zu zweit zu erleben, weil relativ bald Felix auf die Welt kam. Trotzdem ist das Grundgefühl noch wie am Anfang, und man kann sich ja auch mit Kind seine Freiräume schaffen und ab und zu mal verrückte Dinge zu zweit tun.«

Bevor Natalie nun anfangen kann, en détail von diesen Unternehmungen zu berichten – ich muss mir ja noch ein wenig Kopfkinomaterial für später aufheben, wenn das gerade erworbene verbraucht ist –, schlage ich vor, die Kinder für eine Pause, eine neue Ladung Sonnencreme und einen kleinen Snack aus dem Wasser zu fischen und zu unseren Handtüchern zu gehen.

Als wir zusammen über die Liegewiese des Freibads spazieren, denke ich darüber nach, dass gerade mal wieder eine goldene Regel des Lebens zugetroffen hat. Und zwar die, dass es immer anders kommt, als man es sich vorstellt. Und leider meistens schlimmer. Ich hatte damit gerechnet, dass Paul Natalie in einer Bar abgeschleppt haben könnte, dass er sie aus Spaß ihrem Mann oder Freund ausgespannt hat und sogar, dass aus einer Affäre so etwas wie Liebe wurde. Allerdings nicht so, wie Natalie es erzählt hat sondern andersherum. Dass Paul sich auf den ersten Blick unsterblich in Natalie verliebt hat, diese Möglichkeit hat sich mein Gehirn geweigert, mir vorzuschlagen.

Aber es geht mir gut. Noch vor drei Jahren hätte mir diese Geschichte dermaßen den Boden unter den Füßen weggezogen, dass ich mich erst mal drei Tage zum Heulen in mein Bett verkrochen und ernsthaft darüber nachgedacht hätte, wie ich an eine große Menge Schlaftabletten gelangen könnte. Ja, so schlimm wäre das damals gewesen. Aber jetzt habe ich ja ein eigenes Leben.

Der vielleicht wichtigste Teil dieses Lebens stellt sich mir in den Weg, streckt mir die Ärmchen entgegen und sagt: »Mami, Arm!« Ich nehme Franziska hoch, und ihr nasser, aber erstaunlich warmer kleiner Körper drückt sich an mich, mit dem Kopf kuschelt sie sich an meine Schulter und schlingt ihre Arme um meinen Nacken. »Ziska hat Mami liep«, murmelt mir meine Tochter ins Ohr, und es ist das erste Mal, dass sie das so direkt sagt. Ich gehöre nämlich nicht zu den Müttern, die ständig verbale Zuneigungsbekundungen von ihren Kindern einfordern. Mit Tränen in den Augen setze ich Franziska sanft auf unserem Handtuch ab. Ich gebe ihr einen dicken Kuss und eine Bio-Banane.

SONNTAG, 25. JULI 2010.
BALKONPORNOGRAPHIE.

Was Freundschaften angeht, bin ich nicht gerade eine von der schnellen Sorte. Das war ich noch nie, und je älter ich werde, desto vorsichtiger werde ich im Umgang mit dem großen Wort »Freundschaft« und mit den Menschen, die meine Freunde sind – oder eben auch nicht. Früher dachte ich immer, dass zwischenmenschliche Beziehungen, die Liebe mal ausgeklammert, etwas ziemlich Kompliziertes sind, das mit zunehmendem Alter und dem Erwachsenwerden immer entspannter und einfacher wird. Heute weiß ich: Freundschaften sind etwas ziemlich Kompliziertes, das immer komplizierter wird, je mehr Jahre ins Land gehen. Wenn ich mir meine Eltern und ihren Freundeskreis ansehe, sind meine schwierigen Bekanntschaftsgeflechte noch relativ einfach zu entwirren. Bei den Rentnern wird gezickt, beleidigt geschwiegen, geschnitten und gelästert, was das Zeug hält. »Wenn Herbert die Uschi zu meinem Geburtstagsbrunch mitbringt, kann er gleich zu Hause bleiben, das Pferdegesicht brauche ich nicht auf meiner Feier!«

Ich habe jedenfalls in den letzten Jahren ziemlich viel Trauriges erlebt, was Freundschaften betrifft. Mit Vroni fing es an, meiner ehemals besten Freundin, die sich komplett zurückzog, als sie endlich glücklich mit Bernd zusammen war. Weil ich annahm, dass sie ihre neue Zweisamkeit genießen wollte, auf die sie so lange gewartet hatte, hörte ich nach ein paar Wochen auf, ihr erfolglos auf die Mailbox zu sprechen, und ließ ihr ihre Ruhe, die sie, wie ich meinte, gerne haben wollte. Ich vermisste sie zwar sehr und war auch ein bisschen gekränkt, übte mich aber in Verständnis und dachte mir nichts Böses dabei. Bis eines Tages dieser Brief kam. Ein langer, trauriger und wütender Brief voller Vorwürfe. Ich gönne ihr wohl ihr Glück mit Bernd nicht, sei neidisch und missgünstig, weil ich mit Paul lediglich eine Art chaotische On-and-off-Beziehung zustande brächte, interessiere mich nicht die Bohne für sie und hätte mich einfach still und leise aus ihrem Leben verpisst. Sie sei sehr enttäuscht, lege aber keinen Wert auf so eine Freundschaft, die nur funktioniert hätte, solange sie, Vroni, unglücklicher Single gewesen sei. Der Abschlussvorwurf lautete, ich hätte mich lediglich an ihrem Leid gelabt und sie benutzt, um mich im Vergleich mit ihr besser zu fühlen – kein Wunder, dass ich jetzt kein Interesse mehr an ihrer Person hätte.

Im allerersten Moment hielt ich das Pamphlet für einen schlechten, makabren Scherz von Vroni. Dann erwog ich die Möglichkeit, sie könnte unter bewusstseinsverändernden Drogen gestanden haben, als sie diese Zeilen schrieb. Doch irgendwann musste ich einsehen, dass dieser Brief Vronis bitterer Ernst war. Ich griff spontan zum Handy und tippte mit zitternden Fingern ihren Namen ein. Speiübel war mir, das weiß ich noch genau. Mailbox. Ich versuchte es auf ihrem Festnetz, es klingelte durch, kein Anrufbeantworter wollte, dass ich ihn bespreche. Dann schrieb ich ihr einen Antwortbrief. Einen Brief, keine E-Mail. Doch als ich die drei Blätter Papier im Umschlag in den Briefkasten werfen wollte, zog ich das Kuvert im letzten Augenblick aus dem Schlitz und riss es wieder auf. Ich las mir noch einmal durch, was ich geschrieben hatte, und zerriss den Brief an Ort und Stelle in kleine Schnipsel. Drei Seiten gestammelte Entschuldigungen und Erklärungen, das hatte ich nun wirklich nicht nötig. Vielleicht hatte ich etwas gründlich missverstanden, aber deswegen musste ich noch lange nicht so demütig zu Kreuze kriechen. Auf einmal wurde ich wütend. Und schrieb einen neuen Brief, der genau wie der erste im Altpapier landete. Diesmal bestand er aus gefauchten Gegenvorwürfen und Unverschämtheiten. Auch nicht besser. Ich versuchte noch ein paarmal, die goldene Mitte und den richtigen Ton zu treffen, doch es wollte mir nicht gelingen. Deswegen ließ ich Vroni schließlich über alle möglichen Kanäle – SMS, E-Mail, Postkarte, Mailbox, ja sogar Fax – eine kurze, neutrale Nachricht mit der Bitte um ein Treffen im Café Neuhausen zukommen, am nächsten Sonntagvormittag um elf Uhr.

Meinen Milchkaffee trank ich alleine, und um 12 Uhr mittags verließ ich das Café mit einem Gefühl, das meinem allzu vertrauten und mich seit Jahren treu begleitenden Paul-Liebeskummer verblüffend ähnlich war.

Seit diesem Brief habe ich nie wieder etwas von Vroni gehört. Ich denke nicht mehr jeden Tag an sie, aber ab und zu, wenn beim Einkaufen eine hochgewachsene Frau mit brünettem Pagenkopf vor mir steht oder wenn ich im Schaufenster eines Schuhgeschäfts Stiefel sehe, bei deren Anblick Vroni glänzende Augen bekommen würde. Einmal habe ich sie, glaube ich, beim Friseur in der Nymphenburger Straße sitzen sehen, als ich von der U-Bahn nach Hause ging, aber ich war mir nicht ganz sicher und blieb auch nicht stehen, um mich zu vergewissern. Und an dem Sonntagmorgen, als Franziska geboren wurde, schickte ich ihr aus Versehen auch die SMS, die ich noch aus dem Kreißsaal an meine Freunde versandte:

Franziska ist da! Sonntag, 20. Juli 2008, 2790 Gramm, 52 cm und lange, dunkle Wimpern.

Vroni war die einzige SMS-Empfängerin, die keine Antwort schickte. Als mir das vier Wochen später auffiel, löschte ich ihre Nummer und ihren Namen aus meinem Telefonbuch.

Manchmal, wenn ich heute über die ganze Sache nachdenke, beschleicht mich der unangenehme Gedanke, dass ihr abrupter Rückzug vielleicht ganz andere Gründe gehabt haben könnte als die, die sie in ihrem Brief anführte. Vielleicht hatte sie einfach keine Lust mehr auf meine Freundschaft, aus Gründen, die ich nicht kenne, und vielleicht war ich selbst schuld daran. Vielleicht hätte ich noch hartnäckiger sein, ihr vor ihrer Wohnung auflauern sollen, um sie zur Rede zu stellen, vielleicht hätte ich versuchen sollen, über Bernd an sie heranzukommen. Aber jetzt ist es zu spät.

Und außerdem habe ich mittlerweile ganz aktuellen Stress mit Beate, die in der Zeit nach Vronis Verschwinden langsam an deren Stelle als beste Freundin nachrückte. Wobei Stress das falsche Wort ist. Klar, als Beate damals aus der Wohnung in der Ysenburgstraße aus- und Jan bei mir einzog, sahen wir uns zwangsläufig nicht mehr jeden Tag. Aber es war ja nicht so, als hätte ich sie gebeten auszuziehen – im Gegenteil, sie hatte das Angebot einer für fünf Jahre nach Dubai ausgewanderten Freundin angenommen, mietfrei in deren Laimer Zweizimmerapartment zu wohnen, und war ganz froh darüber gewesen, dass Jan freiwillig bei mir einzog, um sich mit mir die Miete zu teilen. 2007 ging unsere Freundschaft dann auch weiter wie gehabt, ich erzählte ihr sogar die ganze schlimme Geschichte mit Paul und verschwieg ihr nicht einmal, dass ich Jan mit ihm betrogen hatte, obwohl ich solche Dinge, die mich selbst in eher ungünstigem Licht erscheinen lassen, gerne mal elegant unter den Tisch fallen lasse. Beate war eine tolle Freundin. Sie hörte mir zu, sie machte mir keine Vorwürfe, obwohl sie auch keinen Hehl draus machte, dass sie meinen erneuten Geschlechtsverkehr mit Paul nicht gerade zu den Sternstunden im Leben der Marie Sandmann zählte. Aber genau darin lag der feine Unterschied: Beate kritisierte mein Verhalten, nicht gleich meine gesamte Person.

Ich weiß nicht, was mit dieser Freundschaft passiert ist. Genauer gesagt: Ich weiß, dass nichts passiert ist, aber trotzdem ist heute alles anders. Vielleicht fing der schleichende Prozess der Entfremdung damit an, dass ich Beate relativ spät von meiner Schwangerschaft erzählte. Sie erfuhr es nicht als Erste von mir, wie beste Freundinnen das eigentlich tun sollten, ich sagte es ihr erst, als ich

Angst haben musste, sie würde die Neuigkeit sonst über den Freundeskreis erfahren, der bereits fast vollständig im Bilde war. Oder noch schlimmer: über Facebook. Ich war schon in der 15. Woche, als ich Beate endlich eines Abends im Trachtenvogl erklärte, warum ich Apfelschorle statt Augustiner trank. Sie reagierte sehr euphorisch. Vielleicht einen Tick zu euphorisch. Aber da Beate zu Übertreibungen neigt, immerhin ist sie Sängerin und lebt davon, Dramatisches auf die Bühne zu bringen, dachte ich mir nichts dabei und war froh, dass sie sich mit mir freute. Natürlich wusste ich, dass in ihrer Lebensplanung unbedingt auch Kinder vorgesehen waren. Aber es bestand meiner Meinung nach noch kein ernsthafter Anlass zur Sorge, dass dieser Plan nicht aufgehen könnte. Beate war damals gerade mal 34 geworden und immer noch wahnsinnig verliebt in ihren Nic, den sie im Frühjahr kennengelernt hatte, weil er seine EC-Karte im Zigarettenautomaten stecken gelassen hatte. Sie waren ein Dreivierteljahr zusammen und hatten sogar schon, theoretisch zumindest, über die Familienplanung gesprochen. Nic wollte auch Kinder, am liebsten Zwillinge, wie er Beate erzählt hatte. Ich ging also davon aus, dass sie in absehbarer Zeit nachziehen und ebenfalls schwanger werden würde. Warum ich es dennoch so lange vor mir hergeschoben hatte, ihr von dem Baby zu erzählen, das in meinem noch flachen Bauch herumturnte, wusste ich selbst nicht so genau. Vielleicht war es Instinkt.

Während meiner Schwangerschaft und kurz danach war Beate sehr interessiert an meinen Erfahrungen, Erlebnissen, Freuden und Wehwehchen. Sie baute mich auf, wenn ich mir Sorgen um mein Ungeborenes machte, ging mit mir die ersten Babyklamotten shoppen und war die erste Nicht-Verwandte, die mich nach der Entbindung in der Klinik besuchte. Sie schien Franziska sofort ins Herz geschlossen zu haben, auch wenn diese an ihrem zweiten Lebenstag, als sie Beate kennenlernte, gerade sehr hungrig war und meine Freundin keines Blickes würdigte, sondern beim ersten Körperkontakt lediglich gierig nach ihren Brüsten schnappte, die sie durch Beates dünnes Sommerkleid bemerkt hatte.

Die Probleme begannen, als sich meine erste hormonbedingte Neumama-Euphorie gelegt hatte und ich tief im Loch des Baby-Blues versank. Wobei diese Phase nicht mit ein paar Heultagen abgehakt war. Monatelang lag ein dunkler Schleier über meinem neuen Leben. Es war Herbst, es wurde Winter. Ich stillte, wickelte, kaufte Windeln ein. Die letzten fünf Schwangerschaftskilos hielten sich hartnäckig, obwohl ich sowieso fast nicht zum Essen kam, und in meinem Job als Cheftexterin beim Startup beNemo wurde ich nicht mehr gebraucht, denn auf meinem Stuhl saß Beate und vertrat mich fabelhaft.

So kam es, dass ich eines grau-gelben Novembertages, als ich zum gefühlt tausendsten Mal den Kinderwagen mit meinem schlafenden Baby, das aufwachen und brüllen würde, sobald ich eine Pause von mehr als einer Ampelphase einlegte, den Schlosskanal in Nymphenburg hinaufschob, im Gehen eine ziemlich frustrierte SMS an Beate schickte, deren Wortlaut ich noch heute ganz genau weiß, obwohl ich das Handy, auf dem ich sie schrieb, längst nicht mehr besitze:

> Sei froh, dass du keine Mutter bist. Manchmal würde ich das Ganze so gerne rückgängig machen! Alles ist futsch: meine Figur, mein Job, meine Freiheit, mein Sexleben und vermutlich auch bald meine Beziehung.

Heute kann ich kaum mehr verstehen, dass ich das damals wirklich ernst meinte. Aber ich kann mich trotzdem noch gut an das Gefühl erinnern, das ich hatte, als ich diese Worte tippte. Natürlich liebte ich Franziska. Allerdings war dieses Gefühl nicht mit dem zu vergleichen, das ich heute für sie habe. Ich liebte mein Baby aus einem mütterlichen Instinkt heraus, ich wollte es beschützen, es gehörte zu mir, aber ich fand es außer niedlich auch unberechenbar, anstrengend und manchmal ein bisschen unheimlich. Zeitweise hatte ich direkt Angst vor dem kleinen Wesen, das so unvermittelt losbrüllen und dabei rot anlaufen konnte, sei es mittags in der U-Bahn oder nachts um drei zwischen Jan und mir im breiten Bett. Und mir war durchaus klar, dass sich mein Leben innerhalb weniger Sekunden um 180 Grad gedreht hatte und ich mit dieser brutalen Umstellung ganz und gar nicht klarkam.

Natürlich war Beate nicht die richtige Adressatin für diese SMS. Sie als kinderlose Mittdreißigerin mit akutem Babywunsch und Jobstress. Für sie musste es damals eine himmlische Vorstellung gewesen sein, an einem Nachmittag unter der Woche gemütlich am Nymphenburger Kanal spazieren zu gehen, auf dem Rückweg in aller Ruhe ein paar Dinge in der Drogerie einzukaufen und sich dann mit dem niedlich anzusehenden und meist appetitlich riechenden Baby zum Stillen auf die Couch zu kuscheln und nebenbei eine Folge Grey's Anatomy zu schauen. Aber wem hätte ich meinen Frust sonst mitteilen sollen? Meine Mütterkolleginnen aus dem Rückbildungskurs kannte ich noch nicht lange und gut genug, um ihnen so etwas anzuvertrauen, und die Mütter, die ich schon länger kannte, rieten mir ständig unaufgefordert dazu, die ersten, ihrer Meinung nach einfachsten Monate mit dem Baby in vollen Zügen zu genießen. Dass einige von ihnen die gleiche dunkle Phase durchgemacht und sie nach Überstehen erfolgreich verdrängt hatten, weiß ich erst heute. Im November 2008 war ich der festen Überzeugung, die Einzige zu sein, die mit ihrem Baby nicht glücklich war.

Beate schrieb jedenfalls zurück:

> Überleg mal, was du da schreibst. Ganz schön egoistisch und undankbar. Es gibt viele Menschen, die gerne und sofort mit dir tauschen würden. Denk mal darüber nach.

Ich war so erschrocken über ihre Zeilen, dass ich sie umgehend löschte, was natürlich nichts half, da mein Gehirn Beates Worte schon gespeichert hatte. Sie trafen mich sehr, weil ich mich ja selbst undankbar und egoistisch fühlte. Franziska war immerhin ein Wunschkind gewesen, und ich war auch nicht überraschend schnell schwanger geworden, sondern hatte einige Zeit warten müssen, bis es klappte. Ich hatte eine wunderbare Schwangerschaft und eine vergleichsweise harmlose Geburt erlebt, mein Kind war gesund, bildhübsch und ein meistens braves Baby. Jan war ein nahezu vorbildlicher

Vater, der sich gerne und viel um Franziska kümmerte, und er hatte nie ein Wort darüber verloren, dass wir seit ihrer Geburt keinen Sex mehr gehabt hatten und ich nicht mal von ihm angefasst werden wollte, weil ich sowieso fast den ganzen Tag das Baby an mir und meinen Brüsten hängen hatte.

Ich hatte glücklich zu sein.

Und wenn ich das schon nicht sein konnte, hatte ich wenigstens nicht Beate mit meinen Problemen zu belästigen.

Aber manchmal endet eine Freundschaft eben leider genau dort, wo die Gemeinsamkeiten aufhören und das Verständnis füreinander anfangen und diese Kluft überbrücken sollte.

Trotz all dieser schmerzhaften Erfahrungen der letzten Jahre bin ich gerade dabei, mich auf eine neue Freundschaft einzulassen. Mit Natalie. Wir haben noch nicht viel Zeit miteinander verbracht, aber diese Zeit war sehr intensiv. Mit Erstaunen habe ich mir selbst dabei zugehört, wie ich ihr ziemlich private Dinge erzählte. Und zwar nicht als Gegenleistung dafür, dass sie mir ihre ganze Geschichte mit Paul detailliert dargelegt hat, sondern eher aus dem Gefühl heraus, ihr vertrauen zu können. Dass ich Paul kenne, das allerdings weiß sie noch nicht. Ich habe den Moment verpasst, in dem ich es ihr noch ganz locker hätte berichten können, jetzt muss ich darauf warten, bis wir uns sehen und Paul dabei ist. Dann muss ich die Überraschte spielen und die Sache auflösen. Und mir graut schon ganz gewaltig vor diesem Tag. Hoffentlich vergeht bis dahin noch ganz viel Zeit.

Heute jedenfalls ist wieder mal ein Fotoshooting angesagt. Dafür, dass ich mich als Texterin und Online-Beraterin selbständig gemacht habe und das Arbeitsamt diese Idee so prima fand, dass es mir sogar einen Gründungszuschuss gewährte, verdiene ich nun einen ganz schön großen Anteil meines Geldes mit meiner Kamera. Heute allerdings nicht. Natalie bekommt die Fotos von mir geschenkt.

Wir treffen uns an diesem sonnigen Sommernachmittag am Aumeister, dem großen Biergarten im Nordteil des Englischen Gartens. In der näheren Umgebung gibt es schöne, große Wiesen und den Schwabinger Bach, der sich in diesem Teil des Parks ziemlich naturbelassen durch Büsche und Bäume schlängelt. Und da es heute nicht so heiß ist, wie man es beim Blick auf den Kalender vermuten könnte, liegen nur wenige mehr oder weniger bekleidete Bräunungswillige in den Wiesen, die uns beim Fotografieren stören könnten. Franziska habe ich bei Jan gelassen, und auch Natalie hat ihren Sohn heute nicht dabei.

»Ich bin ja jetzt auch bei Facebook und so weiter«, sagte sie mir, als sie mich fragte, ob ich sie fotografieren würde, »und als ich neulich ein Profilbild hochladen wollte, habe ich tatsächlich keines gefunden!«

»Macht denn Paul nie Fotos von dir?«, wollte ich wissen und konnte mir gerade noch auf die Zunge beißen, bevor ich »Er ist doch Fotograf« hinzufügte.

»Könnte man meinen, zumal er ja Fotograf von Beruf

ist«, sagte Natalie, als hätte sie meinen unausgesprochenen Satz gehört, »aber er fotografiert privat seltsamerweise sehr wenig, und wenn, dann irgendwelche Schilder oder Häuser.«

»Schilder? Häuser?«

»Ja, er sagt immer, die sind nicht so anstrengend, denen muss man nicht erzählen, wie gut sie aussehen, wenn man sie fotografieren will.«

Paul ist sicher gut in seinem Job, fuhr mir durch den Kopf, denn das kann er – jemandem erzählen, wie gut er oder sie aussieht. Er musste mich nur ansehen, ohne etwas zu sagen, und ich fühlte mich stets wie eine Königin. Ein kleiner Wundschmerz fing in meinem Inneren an zu brennen, und ich erlaubte mir nur noch einen kurzen Paul-Gedanken, bevor ich das Thema wechselte: Fotografiert hat er mich auch nie. Wahrscheinlich besitzt er kein einziges Bild von mir.

Natalie trägt eine weiße, leicht transparente Tunika, dunkelblaue Jeans und die langen roten Locken offen. Mein Fotografenherz frohlockt. Dieses Haar im Gegenlicht ... Noch dazu ist Natalie wirklich hübsch und gleichzeitig nicht durchschnittlich, eine gar nicht so häufige Mischung. Und ihre Sommersprossen machen sich auf Fotos sicher auch gut.

»Ich habe auch noch ein Top dabei, die Tunika ist nämlich ein bisschen durchsichtig«, sagt sie und zupft an ihrer Bluse herum, »du musst mir halt sagen, wenn das blöd aussieht, okay?«

»Mach ich«, sage ich und denke mir, dass Paul Fotos von Natalie in durchsichtiger Bluse sicher gefallen werden. Ein bisschen verrückt ist das ja schon. Jetzt mache ich Porträts von der Frau, die die Freundin des Mannes ist, der mein Leben in den letzten acht Jahren immer wieder massiv durcheinandergebracht hat, dessentwegen ich beinahe Jan verloren hätte und der jetzt, als alles endgültig vorbei schien, meinetwegen nach München gezogen ist, um meine Kreise erneut zu stören. Meinetwegen? Moment mal, Marie. Wie hatte Natalie es formuliert? »Irgendwie zog es ihn immer nach München, er hat hier mal länger gelebt und mir immer von der tollen Zeit hier vorgeschwärmt.« Nicht von Marie Sandmann, sondern von der tollen Zeit. Chinaturm, Oktoberfest und so. Ich bin nicht München. Aber war ich für Paul nicht ein Teil dieser tollen Zeit hier? Waren seine Jahre in München nicht auch deswegen so schön, weil er sie teilweise mit mir verbrachte? Oder ist das Wunschdenken? Und wenn, warum wünsche ich mir überhaupt, Paul sei meinetwegen nach München gegangen?

»Na, dann fangen wir mal an«, zwinge ich mich mit einem Lächeln zu sagen und marschiere los, bevor Natalie sehen kann, wie gequält es ist. »Magst du dich da drüben an den Baum lehnen? Das Licht kommt schön von der Seite.«

Natalie tut wie geheißen, schüttelt die Locken und lehnt sich an die Buche. Ihr Lächeln allerdings sieht mindestens so aufgesetzt aus wie meines eben gerade.

»Nicht lächeln bitte«, erkläre ich meinem verdutzten Fotomodell, »ich mache sowieso erst mal nur ein paar Probeaufnahmen, um Blende und Verschlusszeit einzustellen, die richtigen Fotos kommen später.« Schon entspannt sie sich, und ich bin mir ziemlich sicher, dass ich das ein oder andere Probebild durchaus gebrauchen kann.

Zwei Stunden streifen wir durch den nördlichen Englischen Garten, und das Shooting, von dem ich anfänglich gehofft hatte, es möge so schnell wie möglich vergehen, macht mehr und mehr Spaß. Natalie wird immer lockerer und ist für jede meiner Ideen zu begeistern. Sie zieht sogar ihre Schuhe aus, krempelt die Jeans hoch und steigt in den eiskalten Schwabinger Bach, damit ich sie im mittlerweile schön warmen und bereits leicht schräg einfallenden Spätnachmittagslicht im Wasser stehend fotografieren kann.

»Jetzt bitte mal kurz die Luft anhalten und nicht bewegen«, rufe ich vom Ufer und lasse die Blende meiner Kamera eine halbe Sekunde lang geöffnet, um die Fließbewegung des Wassers einzufangen. Es wird das schönste Bild der Serie. Und das, auf dem die Durchsichtigkeit von Natalies Bluse am meisten zur Geltung kommt.

Mein Herz schlägt etwas schneller, als ich mir vorstelle, wie sich Paul dieses Bild seiner schönen Freundin ansieht, und doch ist es nicht die Eifersucht, die meinen Puls beschleunigt. Es ist eher Wehmut und ein bisschen Traurigkeit, weil wir es nicht zusammen geschafft haben, Paul und ich. Doch unsere Chancen sind vorübergezogen. Und es wird keine mehr geben. Aus, vorbei, Vergangenheit.

»Vergangenheit ist, wenn es nicht mehr weh tut.« War klar, dass mir jetzt dieser Satz einfallen musste, der auf dem Einband eines meiner zahlreichen Notizbüchlein steht, in die ich selten etwas hineinschreibe, weil sie mir zu schade zum Vollkritzeln sind. Sicher ist er von Mark

Twain. Die klugen und wahren Zitate sind immer von Mark Twain, Oscar Wilde oder Oliver Kahn.

Aber es tut ja auch gar nicht mehr weh. Ich bin bloß sentimental.

»Marie, kann ich wieder raus aus dem Wasser?«, ruft Natalie und tritt von einem Fuß auf den anderen. »Ich spüre meine Füße langsam nicht mehr!«

»Ja klar, entschuldige!«, rufe ich in den Bach und beschließe, dass dieses Foto der krönende Abschluss unseres Shootings sein soll.

Wir wärmen uns gerade mit einem Kaffee beim Aumeister auf, als Natalies Handy klingelt.

»Paul! Hallo, Schatz! Na?«

Ich bin ganz ruhig, als ich seine Stimme leicht verzerrt aus ihrem Nokia knarzen höre, und meine Hand zittert auch kaum, während ich mein Kaffeehaferl hebe, um hineinschauen zu können und meinen Blick irgendwo zu versenken.

Leider verstehe ich kein Wort von dem, was Paul sagt.

»Ja klar …«, sagt Natalie nun, »ich frag sie mal, ob sie Zeit hat.« Sie lächelt mir zu. »Mann und Kind auch, klar! Moment mal …« Sie nimmt das Handy vom Ohr und fragt mich: »Paul hat Lasagne gemacht und auch sonst Unmengen an Essen vorbereitet, weil heute Abend eigentlich ein paar Kollegen von ihm zu Besuch kommen sollten. Die haben aber gerade abgesagt. Er möchte nun wissen, ob du nicht mit uns essen willst, natürlich mit Jan und Franziska!«

Ich schlucke. Essen, bei Paul und Natalie, mit meiner

Familie? Hat der sie noch alle? Oder weiß er wirklich nicht, wer ich bin, und fiele gleich aus allen Wolken?

»Ähm, danke, aber ich müsste Jan erst kurz anrufen und fragen, ob er nicht schon was anderes …«, sage ich lahm und fange lustlos an, mein iPhone zu suchen.

»Ja, tu das! Das wäre schön, wenn ihr bei uns essen würdet!«, freut Natalie sich und nimmt ihr Handy wieder ans Ohr: »Du, Paul, Marie ruft kurz ihren Freund an, ich melde mich gleich noch mal bei dir, okay?«

Ist Paul jetzt beim Namen Marie zusammengezuckt, oder war ihm schon lange klar, wer da gerade mit seiner Freundin im Biergarten sitzt? Und überhaupt, was wird das bitte alles hier? Pärchenabend mit Paul und Natalie und den Kindern?

Ich finde mein Handy leider nach kurzem Kramen und lasse es Jans Mobilnummer wählen. Hoffentlich geht er wie meistens nicht dran. Hoffentlich …

»Na du, schon fertig mit dem Fotografieren?« Im Hintergrund höre ich Spielplatzgeräusche: kreischende Kinder, raschelnde Brezntüten und das Plappern der Mütter. Mist.

»Äh, ja, hallo! Du, Natalie und ihr Freund haben uns eingeladen, später zum Essen zu ihnen zu kommen …«

»Das ist ja nett, aber jetzt habe ich schon für nachher was mit Thomas im Biergarten ausgemacht. Er will mir irgendwas erzählen, klang dringend. Sorry.«

»Und Franziska?«

»Die wollte ich mitnehmen, wir gehen in den Taxisgarten und setzen uns neben den Spielplatz. Außer du möchtest sie abholen, damit sie mit zu Natalie kommt.«

»Nein, nein.« Franziska zu Natalie mitnehmen? Jan

geht also davon aus, dass ich alleine zu ihr und Paul gehe. Wobei er ja nicht weiß, dass Paul Paul ist. Mein Gott.

Ich berichte Natalie, dass Jan leider schon was anderes vorhat. »Ein Männergespräch«, füge ich noch hinzu und könnte mich im nächsten Moment dafür ohrfeigen, denn sie antwortet:

»Na, dann kann er dich ja eh nicht brauchen, dann kommst du halt alleine mit zu uns und isst mit uns. Du musst doch Hunger haben nach der ganzen Arbeit heute Nachmittag!«

Ich gebe mich geschlagen. Früher oder später musste es sowieso einmal zu dieser Begegnung kommen, und vielleicht ist es besser, wenn Jan nicht dabei ist und Paul, Natalie, Jan und ich uns auch nicht zufällig auf der Straße begegnen.

Natalie und ich machen uns gemeinsam auf den Weg nach Neuhausen. Mir ist gar nicht gut, aber ich versuche, mich zu beruhigen. Paul ist Vergangenheit. Natalie ist gerade dabei, meine Freundin zu werden, und Paul ist ihr Freund. Vielleicht wollte das Schicksal es so, dass wir uns auf diese Weise wiedersehen, beide in festen Beziehungen, beide mit Kind, und vielleicht wird aus der chaotischen Beziehung, die wir mal hatten, eine Freundschaft. Etwas Besseres kann mir doch gar nicht passieren. Nur dass ich mir nicht sicher bin, ob ich eine Freundschaft mit Paul will. Aber wenn ich merke, dass es keinen Sinn hat, kann ich schlimmstenfalls immer noch den Kontakt zu Natalie abbrechen und einfach beide vergessen. München ist schließlich eine große Stadt, und auch Neuhausen ist nicht klein.

»Wo wohnt ihr eigentlich?« Damit ich weiß, welche Straße ich in Zukunft eventuell großräumig umgehen muss.

»In einer Querstraße der Nymphenburger. Vielleicht kennst du das Ysenegger? Da gegenüber, in der Ysenburgstraße.«

»In der Ysenburgstraße?« Ich wusste bisher nicht, wie sich ein Hörsturz anfühlt, aber ich glaube, ich erlebe es gerade.

»Kennst du die? Die ist nur ganz kurz, und bis auf diese Kneipe ist dort nicht wirklich viel.«

»Wir wohnen auch dort.«

»In der Ysenburgstraße?«

»In der Ysenburgstraße.«

Ich muss spontan an Sex denken. Und zwar an Sex mit Jan, der sich im Stehen von hinten an mich drängt, während seine Hände meine Brüste umspannen. In meinem Unterleib zieht es angenehm, und ich erwäge gerade, kurz vor der Realität in einen erotischen Tagtraum zu flüchten, wie ich es manchmal tue, wenn mir mein echtes Leben zu viel wird. Doch dann drängt sich ein anderes Bild dazwischen, und auf einmal weiß ich auch, warum ich an diese Szene denken musste. Weil ich die gerade erlebte, während Paul und Natalie aus ihrem Umzugs-LKW stiegen und gegenüber unserer Wohnung einzogen. Ist das nun Zufall, oder hat Paul absichtlich eine Wohnung ausgesucht, die sich direkt gegenüber der befindet, in die er damals nicht bereit war, mit mir zusammen einzuziehen?

»Ist ja witzig«, freut sich Natalie, »da sind wir Nachbarn und merken das wochenlang nicht einmal. Wir hätten uns doch eigentlich mal über den Weg laufen müssen!«

Und das werden wir bestimmt bald tun, denke ich und stelle mir vor, wie Jan und Paul sich auf der gleichen Straßenseite begegnen. O Gott. Ich muss Jan unbedingt erzählen, wer Natalies Freund ist. Ich muss ihn vorwarnen. Spätestens wenn er ihm mal begegnet, kommt eh raus, dass ich Bescheid weiß, und dann …

»Marie, geht's dir gut? Du bist ganz weiß im Gesicht.« Schon zum zweiten Mal in diesem Monat sagt das jemand zu mir.

»Mir ist nur gerade etwas ganz Blödes eingefallen …«, sage ich, ohne zu wissen, was das denn sein könnte.

»Ich … ich habe ganz vergessen, meine Steuererklärung zu machen …« Arme Steuererklärung. Wie oft muss sie als Ausrede herhalten, ob bei Orgasmusproblemen oder langweiligen Pärchenabenden, an denen man nicht teilnehmen möchte.

»Aber da hast du doch noch zwei Monate Zeit, mit Steuerberater noch über ein halbes Jahr!«, wundert sich Natalie.

»Ja, aber ich rede von der Steuererklärung für 2008!« Das sitzt. Sie reißt erschrocken die Augen auf.

»Oh. Du, wenn du die lieber jetzt gleich angehen möchtest, verstehe ich das schon, das ist ja wirklich dringend!«

Da ist sie, die Gelegenheit, elegant aus dem Essen mit Paul herauszukommen. Auf dem Silbertablett serviert. Eine Steilvorlage. Greif zu, Marie, sonst musst du mit deinem Ex und seiner Familie Lasagne essen!

»Ach nee, das passt schon«, höre ich mich sagen, »ich stehe einfach morgen ein, zwei Stunden früher auf und erledige das dann schnell. Kein Problem.«

So ähnlich muss es einem Fußballer gehen, der beim Elfmeter den Ball drei Meter über die Torlatte hebt. Innerlich breche ich auf der Wiese des Englischen Gartens zusammen und vergrabe mein Gesicht zwischen meinen Knien.

In der U-Bahn versuche ich, möglichst unauffällig herauszufinden, wie ich aussehe. Eigentlich ganz okay, glaube ich meinem Spiegelbild zwischen Alte Heide und Nordfriedhof, allerdings komme ich mir neben der zierlichen Natalie etwas trampelig vor, und meine blondgesträhnten, kinnlangen Haare sehen farblos und dünn aus, wenn man sie mit Natalies Kupferlocken vergleicht. Egal, Marie. Es geht heute um vieles, aber bestimmt nicht darum, Paul zu gefallen oder in Konkurrenz mit seiner Freundin zu treten.

Als wir am Sendlinger Tor in die U1 umsteigen, ist mir leicht übel vor Nervosität, und am Rotkreuzplatz muss ich mich anstrengen, um die Stufen bis zur Oberfläche zu schaffen.

Wir betreten den schlichten Altbau, in dem Natalie, Paul und Felix wohnen. Direkt gegenüber locken die Erkerfenster meiner Wohnung. Wie gerne wäre ich jetzt da oben im dritten Stock, alleine, wie gerne würde ich mich im Flur auf den Dielenboden gleiten lassen und einfach nur dort sitzen, meine Knie umklammern und an nichts denken. Oder mich gleich ins Bett legen und schlafen, tief und traumlos. Und am nächsten Morgen würde ich aufwachen und Paul wäre noch in Berlin und nie auf die bescheuerte Idee gekommen, nach München zu ziehen. Du Idiot, warum musstest du das tun? Warum kannst du mich nicht einfach in Ruhe lassen und endgültig aus meinem Leben verschwinden? Es war gerade alles so schön, so richtig, so ruhig, ich war doch glücklich.

»Die Schuhe kannst du gerne anlassen«, sagt Natalie, aber ich habe meine silberfarbenen Ballerinas schon vor der Wohnungstür abgestreift. GEZ bezahlt, steht auf der Fußmatte. Normalerweise fände ich das witzig, aber im Moment könnte Bastian Pastewka im Spidermankostüm vor mir stehen und würde mir höchstens ein müdes Lächeln entlocken. Ich fühle mich ungefähr so elend wie im September 1992, als ich zu meiner praktischen Fahrprüfung antrat.

Wir betreten die helle, mit abgetretenem Parkett ausgelegte Altbauwohnung, in der es so gut nach Hackfleisch und geschmolzenem Käse duftet, dass mein Magen unweigerlich zu knurren beginnt. Pauls berühmte Lasagne. Komplett selbstgemacht, ohne Maggi und Knorr. Wie damals im Hostel in Ahipara, Neuseeland, als er einen halben Tag lang auf die Jagd nach frischen Zutaten gegangen war und abends das ganze Haus bekochte. Ich wette, das Bild von ihm, wie er mit tomatenbespritzter Schürze und rotem Kopf stolz die riesige Form mit der Lasagne in die Kamera hält wie ein Fischer seinen metergroßen Karpfen, hängt dort immer noch am Schwarzen Brett im Flur, so legendär fanden die mitessenden Neuseeländer, Australier, Engländer, Schweden und Koreaner Pauls Kochkünste. Es war einer unserer schönsten und lustigsten Abende im Land der langen weißen Wolke, und ich weiß noch genau, wie stolz ich auf meinen Freund war. Auf meinen Paul, der alle Frauen im Backpacker-Hostel mit seinem Essen und seinem Charme bezirzte, später in der Nacht aber mit mir aufs Zimmer ging und mich unter dem offenen Fenster liebte, während draußen der fast volle Mond auf die Tasmanische See schien und der leichte Wind den salzigen Geruch des Meeres auf unsere Körper wehte.

Ist es nicht gemein, wie übermächtig Erinnerungen sind, die durch Gerüche ausgelöst werden? Musik funktioniert so ähnlich, auch Melodien können starke Gefühle auslösen und fast Vergessenes wieder hervorholen. Aber nie ist der Effekt so gewaltig wie mit Gerüchen. Und wie fein das Gedächtnis sie differenzieren kann. Natürlich habe ich seit dem Abend in Ahipara ungefähr zwanzigmal den Duft einer frisch zubereiteten Lasagne in der Nase gehabt. Und nie habe ich dabei an Paul denken müssen und an den Mond über dem Meer. Weil es eben irgendeine Lasagne war. Und nicht Pauls Lasagne.

»Mamaaaaaa!!!«

»Hallo, Marie.«

»Ach nee, so was …« Gut, dass Natalie gerade damit beschäftigt ist, Felix' stürmische Wiedersehensfreude zu genießen und seine feuchten Küsse abzuwehren, denn wenn sie mich in diesem Moment ansehen würde, würde ihr meine schauspielerische Leistung auffallen, deren

Niveau sich irgendwo zwischen Vorabendserie und Softporno bewegt. Mit Tendenz Softporno.

Trotzdem, gehört hat sie meine Worte natürlich.

»Ihr kennt euch?«

»München ist halt doch ein Dorf«, rettet Paul die Situation mit einem Gemeinplatz, »wir waren mal Kollegen, Mensch, wie lange ist das her, Marie?«

»Lange«, echoe ich einfallsarm, »nicht lange genug«, füge ich still hinzu.

»Witzig«, findet Natalie.

Überraschenderweise verzichtet Paul darauf, zu berichten, ich sei die Liebe seines Lebens gewesen, die er nur deswegen nicht sofort geheiratet und geschwängert hat, weil er damals leider noch zu unreif war. Stattdessen fährt er weiter die Job-Nummer und erkundigt sich bei mir nach weiteren gemeinsamen Exkollegen. Da ich zu keinem der Leute von damals mehr Kontakt habe, endet diese Schiene schnell auf dem Abstellgleis. Rasch geht Paul in die große, gemütliche Wohnküche, hantiert dort kurz mit Gläsern und Flaschen und kehrt mit drei vollen Weißweingläsern ins Wohnzimmer zurück.

»Hier, bitte schön, ein Hugo, das ist der neue Spritz!«, sagt er und drückt mir ein Glas in die Hand. Darin befindet sich eine helle, kalte Flüssigkeit mit Eiswürfeln, ein paar grünen Blättern und Limonenvierteln.

»Und was ist drin im Hugo?«, will ich wissen.

»Prosecco, Holundersirup, Minze und Limone«, sagt Paul, »probier mal, schmeckt dir sicher!«

Ich bin sehr froh um den Alkohol. In diesem Moment hätte ich auch zu Sechsämtertropfen nicht nein gesagt, aber ein neuer In-Drink ist mir natürlich lieber. In zwei Zügen stürze ich das erfrischende Zeug hinunter und fühle mich sofort um einiges besser.

Aber nicht zu sehr betrinken, Marie, warnt mich eine innere Stimme, die auf den Namen Erfahrung hört, du weißt ja, Betrunkene sagen die Wahrheit, und du tust das gerne schon bei einem mittelprächtigen Schwips, also sei vorsichtig! Die Wahrheit ist heute Abend nicht eingeladen. Wir sind nur Exkollegen, die Wahrheit und ich, also Paul und ich.

Die Lasagne schmeckt köstlich. Den Vino nobilde di Montepulciano aus dem Jahr 2003, den Paul in der perfekten Temperatur dazu kredenzt, kenne ich aus der Weinhandlung Garibaldi um die Ecke. Die Flasche kostet 25 Euro. Aber der Wein ist es wert, das muss ich zugeben. Als Vorspeise gab es knackigen grünen Salat mit Knoblauch-Balsamico-Dressing, Avocado und gebratenen Riesengarnelen, und zum Nachtisch serviert Paul mein Lieblingsdessert: Crème brûlée. Im Tonschälchen. Ich fühle mich wie Amélie Poulain, als ich mit meinem Löffel den karamellisierten Zucker aufklopfe. Paul sieht mich lächelnd an, und ich weiß, dass er weiß, in welchem Film ich gerade bin.

Gegen halb neun steht Natalie auf und bringt Felix ins Bett. Paul und ich sind alleine.

»Magst du auch eine rauchen?« Er hebt seine Espressotasse an die Lippen, trinkt mit einer mir sehr vertrauten Bewegung den letzten Schluck Kaffee aus und deutet auf die offene Balkontür.

»Okay.«

Eigentlich habe ich ja mit dem Rauchen aufgehört, aus Versehen, weil ich so selten Gelegenheit dazu habe. Aber jetzt brauche ich unbedingt eine Zigarette.

Wir treten auf den Balkon, der spärlich möbliert ist, aber vollgestellt mit gutgepflegten und blühenden Pflanzen. Paul schließt die Tür hinter uns. Damit der Rauch nicht in die Wohnung ziehen kann. Dann zieht er eine zerknautschte Packung Blaue Gauloises aus der hinteren Hosentasche und schüttelt mit einer geübten Handbewegung zwei Zigaretten und ein Feuerzeug heraus. Ich strecke meine Hand aus, doch Paul ignoriert sie, steckt eine Zigarette in den Mund, zündet sie an, nimmt einen Zug und reicht sie mir dann. Genau so hat er das früher auch immer gemacht. Und mit dieser intimen Geste schwappen hundert Erinnerungen in mir hoch. Seine Wohnung in Haidhausen, die feuchten und zerknitterten Laken nach unserem ersten Liebesnachmittag, der Geruch nach Spätsommer und Sex. Es war am 2. September 2004, ich weiß es noch genau. Vor acht Jahren. Meine alte Wohnung in der Hedwigstraße, mein Bett und Paul darin. Die rote Boje auf dem Kirchsee. Die Stufen der Bavaria, Pauls Liebeserklärung und der Kuss danach. Unser Wiedersehen nach fünf Monaten im Kiosk am Max-Weber-Platz. Das Frühstück bei Hugo's am Bondi Beach in Sydney. Neuseeland. Womit wir wieder bei der Lasagne in Ahipara wären. Schließt sich hier der Kreis? Nur wenn ich unter den Tisch fallen lasse, worauf ich wirklich nicht stolz bin: mein Treffen mit Paul in Hamburg, als ich schon eine Weile mit Jan zusammen war. Rückblickend gesehen gerade mal ein halbes Jahr, bevor ich schwanger wurde! Was habe ich damals doch für ein Glück gehabt. Wie wahnsinnig von mir, ohne Verhütung mit Paul zu schlafen. Ein Kind von ihm wäre jetzt zweieinhalb, nur unwesentlich älter als Franziska ...

»A penny for your thoughts, my dear.«

»Ich dachte gerade an unseren Sex«, sage ich, ziehe an meiner Zigarette und blicke über die Dächer von Neuhausen.

Ich höre, wie Paul trocken schluckt, und sehe aus dem Augenwinkel, dass er mit einem schnellen Blick kontrolliert, ob die Balkontür auch wirklich geschlossen ist. Feigling.

»Ja, der ... der war wirklich ... um ehrlich zu sein, ich habe so etwas wie mit dir nie zuvor und nie danach erlebt.«

Das ist mal wieder ein typischer Paul-Satz. Ausgesprochen, um mich dahinschmelzen zu lassen, um mir das Gefühl zu geben, ich wäre etwas ganz Besonderes. Und nicht nur was er sagt, sondern auch wie er es sagt: das Zögern, das scheinbare Suchen nach Worten, diese leicht belegte Stimme, als wundere er sich selbst über die Intensität seiner Gefühle für mich. Ha.

»Ach komm.«

»Nein, wirklich. Das ist mein voller Ernst. Empfindest du es etwa nicht so?«

»Na ja ...« Ich mache eine bedeutungsschwere Pause. »Es war schon nett mit dir.«

»Nett?!?«

»Ja. Doch.«

»Nett ist der kleine Bruder von langweilig.«

»Nö, langweilig war's nicht. Aber mal ehrlich – Sex ist Sex und bleibt Sex, oder? Damit er wirklich unvergleichlich wird, müssen schon die Gefühle stimmen.«

Großartig, Marie. So war das zwar nicht geplant, aber es sieht so aus, als hättest du seinen wunden Punkt getroffen. Jetzt nur nicht übertreiben. Sonst denkt Paul noch, ich würde billige Rache üben.

»Und die haben bei dir nicht gestimmt?«

»Oh, ich war schon sehr verliebt in dich. Sogar wahnsinnig verliebt. Deswegen fühlte sich ja auch der Sex so toll an.«

»Aber er war es nicht?«

»Ach, Paul, das hat doch keinen Sinn. Damals fühlte er sich toll an, weil ich verliebt war, genügt das nicht?«

»Nein.«

»Warum nicht?«

»Weil es sich für mich immer noch unbeschreiblich anfühlt, wenn ich nur daran denke. Wenn ich dich ansehe, Marie ...« Er tut, was er sagt, das spüre ich, aber ich beobachte stur weiter die langsam dunkler werdende Silhouette der Häuser vor dem tiefblauen Abendhimmel. »Wenn ich dich ansehe, spüre ich immer noch, wie es war, mit dir zu schlafen. Dich zu küssen, zu umarmen, in dir zu sein, dich zu lieben, zu riechen, zu schmecken, dein Stöhnen zu hören ...«

Hör auf damit, Paul. Er hört auf, obwohl ich nichts gesagt habe.

»Mein Gott, Marie, wie lange ist das her?«

»Drei Jahre und drei Monate, also wenn du das letzte Mal meinst«, sage ich wie aus der Pistole geschossen und merke im nächsten Moment, dass das ein Fehler war. Aber Paul geht nicht darauf ein, dass ich das auswendig weiß.

»Ich kann nichts dafür, Marie. Es tut mir leid. Aber ich würde dir jetzt am liebsten hier an Ort und Stelle das T-Shirt ausziehen und die Jeans abstreifen und dich ...«

»Na, ihr zwei, lästert ihr heimlich über gemeinsame Exkollegen?« Die Balkontür öffnet sich, und eine etwas erschöpft aussehende Natalie tritt zu uns auf den kleinen Balkon. Sie stellt sich neben Paul, so dass der einen Schritt zur Seite machen muss, näher an mich herantritt und dabei meine Hüfte streift. Unabsichtlich, denke ich, doch trotzdem kann ich für einen Moment ganz deutlich seine Erektion spüren. Und zu meinem grenzenlosen Ärger merke ich, wie erregt ich bin. Durch Pauls Worte, durch meine Erinnerungen und nicht zuletzt durch diese ganz flüchtige Berührung seines harten Gliedes, durch zwei Lagen Jeans hindurch. Ich versuche, mich zu wehren, doch ich habe einen Moment lang, es sind nur ein paar Sekunden, keine Chance, den Film abzustellen, der vor meinem inneren Auge abläuft. In diesem Streifen sehe ich mich selbst, wie ich Paul hastig die Jeans von den Hüften zerre und wie er mich dann auf den schmalen Tisch hebt, der an der Hausmauer steht, und sich keuchend an und in mich drängt. Cut, cut, cut! Mein Herz schlägt so hart, dass ich das Gefühl habe, es würde an meine Rippen stoßen. Es tut richtig weh.

»Boah, der wollte heute echt nicht ins Bett«, berichtet Natalie von ihren Erlebnissen im Kinderzimmer, »dreimal musste ich ihm ›Der Mond ist aufgegangen‹ vorsingen, alle sieben Strophen! Wusstet ihr, dass der Satz ›Kalt ist der Abendhauch‹ aus dem letzten Vers dieses Liedes ist? Gab's da nicht auch mal einen Film?«

»Ursprünglich ist das ein Buch von Ingrid Noll«, sage ich, dankbar für Natalies Plappern. Danke, Fast-Freundin, dass du mit deiner Geschichte den Kopfporno stoppen konntest, der gerade in meinem Inneren ablief und in dem dein Freund die männliche Hauptrolle spielte.

»Und dann gab es den gleichnamigen Film mit August Diehl und Fritzi Haberlandt«, referiere ich weiter, froh, etwas Unverfängliches sagen zu können und meinen Puls langsam wieder auf normalere Taktzahlen zu drosseln. Ein kurzer Seitenblick auf Pauls Jeans verrät mir, dass auch er auf einem guten Weg ist. Kleinkinder sind eben zum Glück tatsächlich oft Lustkiller.

Als ich gegen 23 Uhr auf der anderen Seite der Ysenburgstraße drei Stockwerke hinaufsteige und unsere Wohnung betrete, brennt kein Licht mehr, und es ist ganz ruhig. Im Dunkeln gehe ich über den Flur und öffne zunächst die Tür zum Kinderzimmer. Franziskas Bett ist leer, sieht aber benutzt aus. Im Schlafzimmer finde ich meinen Freund und meine Tochter, beide tief schlafend, beleuchtet nur von Franziskas rosafarbenem Barbapapa-Nachtlicht, das Jan aus ihrem Zimmer mit ins Schlafzimmer genommen und dort in die Steckdose gesteckt haben muss. Franziskas kleine Hand hält Jans Zeigefinger fest. Ich muss lächeln, während mir Tränen der Rührung in die Augen steigen, und möchte mich am liebsten sofort zu meinen beiden Lieblingsmenschen kuscheln. Doch dann fällt mir ein, wo ich gerade herkomme, und das schlechte Gewissen macht dem Glücksgefühl den Garaus. Nein, natürlich habe ich nichts getan. Diesmal nicht. Nichts Körperliches zumindest. Aber gedacht. Mich durch Pauls Worte erregen lassen und pornoähnliche Phantasien gehabt.

Ich verlasse leise das Schlafzimmer, gehe in die Küche und setze mich dort an den Tisch, ohne das Licht einzuschalten. Ich kann jetzt noch nicht ins Bett gehen, ich muss erst mal sortieren, was passiert ist.

Es täte gut, jetzt mit jemandem reden zu können. Ich könnte ja mal eine Liste anlegen mit Menschen, die ich jetzt, an einem Sonntagabend um halb zwölf Uhr nachts, noch anrufen kann. Ich hole mein Notizbuch aus meiner Tasche und will gerade Licht machen und einen Kugelschreiber suchen, als mir aufgeht, dass eine Liste gar nicht nötig ist. Die paar Namen kann ich gerade noch im Kopf aufzählen.

Beate fällt natürlich aus, ich weiß nicht mal, ob sie gerade in München ist oder auf Tour irgendwo in der Welt unterwegs. Marlene kommt ebenfalls nicht in Frage. Als nach und nach immer mehr Leute aus unserem gemeinsamen Freundeskreis heirateten und Kinder bekamen, suchte sie sich gezielt neue, kinderlose Freunde, mit denen sie jetzt Trekkingtouren in Nepal macht, jeden Monat eine neue Extremsportart ausprobiert und spontane Shoppingtrips nach New York oder ins Ingolstadt Village unternimmt. Soweit ich weiß, ist sie immer noch ohne Freund und findet Kinder mittlerweile richtig blöd.

Ob das ihre ehrliche Meinung ist oder ob sie selbst gerne eine Familie hätte und jetzt aus Trotz und Verzweiflung das Gegenprogramm fährt, weiß ich nicht. Ich habe versucht, es herauszufinden. Aber dieser Versuch scheiterte bereits in der frühen Phase der Terminfindung. Und als wir uns dann endlich mal zufällig auf der Geburtstagsfeier einer gemeinsamen Bekannten trafen, erzählte sie zwar ausdauernd und detailliert von ihrer letzten Mountainbiketour im Montafon und zeigte mir begeistert ein ganzes Fotoalbum mit Bildern ihres neu erworbenen Australian Shepherd (das ist kein hochfloriger Teppich, sondern ein zotteliger Hund), schaffte es aber, sich den gesamten Abend mit keinem einzigen Wort nach Franziska zu erkundigen. Nicht dass ich ihr gefragt oder ungefragt Anekdoten von meinem Kleinkind erzählt hätte, ich kann mich da durchaus beherrschen und belästige vor allem Kinderlose nur mit Details, wenn sie explizit nachfragen. Aber einen kleinen Satz à la »Und, was macht dein Kind?« hätte ich irgendwie schon erwartet.

Marlene also auch nicht.

Bleiben meine neuen Freundinnen.

Kathrin? Der muss ich erst mal erzählen, dass es überhaupt einen Paul in meinem Leben gab, bevor ich damit rausrücken kann, dass es ihn aktuell wieder gibt. Das dauert Tage bis Wochen. Und fast Mitternacht an einem Sonntag ist nicht der geeignete Zeitpunkt, um damit zu beginnen.

Gudrun? Sie würde am ehesten Verständnis haben, denn sie ist eine ganz Liebe, aber keine von der harmlosen Sorte, glaube ich. Außerdem ist sie ein paar Jahre älter als ich und hat sicher schon viel erlebt. Gut möglich, dass sie selbst ein paar Leichen im Keller hat oder zumindest ein Leben vor Sebastian und ihren Töchtern. Sie könnte ich theoretisch anrufen. Praktisch nicht. Sie hat ein kleines Baby und braucht jede Minute kostbaren Schlafes. Es wäre sehr egoistisch, sie jetzt zu wecken, nur weil ich ein Problem mit meinem Liebesleben habe.

Ich vertage also die Aufarbeitung meines Problems auf den kommenden Tag, nein auf die nächste Woche, die morgen beginnt, und lege die Akte Paul vorübergehend als unerledigt im Fach »Maries Altlasten« ab. Paul ist ein Idiot, der nur an sich denkt, dich nur ärgern und sein Ego polieren will, schreibe ich auf ein gelbes, gedankliches Post-it und klebe es auf den Ordner.

DONNERSTAG, 29. JULI 2010.

STOLICHNAYA.

Gestern wurde in Katalonien der Stierkampf verboten. In Pakistan stürzte ein Flugzeug ab, alle 152 Passagiere kamen dabei ums Leben. Die Vereinten Nationen erklärten in einer völkerrechtlich nicht bindenden Resolution den Anspruch auf sauberes Wasser zu einem Menschenrecht, während es in München bei gefühlten fünfzehn Grad regnete. Das waren die Fakten des vergangenen Tages, der von Anfang an kein guter war.

Vormittags versuchte ich zu arbeiten. Eigentlich hätte ich ein Konzept für die redaktionellen Inhalte eines neuen Onlineshops erstellen sollen, aber ich konnte mich einfach nicht konzentrieren. Immer wieder schweiften meine Gedanken von Kategorien wie »Kochen und Genießen« oder »Life und Style« ab und wanderten auf den Balkon einer Wohnung in der Ysenburgstraße. Und zwar auf den falschen Balkon. Auf Pauls Balkon nämlich, genauer gesagt auf Pauls und Natalies Balkon. Ich war mir inzwischen sicher, dass ich einen Fehler gemacht hatte, als ich den letzten Sonntagabend bei den beiden verbrachte. Natürlich war nichts passiert. Aber ich hatte es zugelassen, dass Paul nun wieder hochpräsent in meinem Leben hockte wie die gleichnamige Krake bei der WM in ihrem Aquarium und in sämtlichen Fernsehsendern. Ständig musste ich an ihn denken und an unsere kurze Berührung auf dem Balkon, die so viel bei mir ausgelöst hatte. So viel Begehren. Zu viel Begehren. Sehnsucht.

Oder nur Sentimentalität? Woher soll ich das wissen? Wer sagt mir, was da noch ist und ob das, was ich fühle, noch irgendetwas mit Liebe zu tun hat?

Als ich um vierzehn Uhr Franziska aus der Kita abholte, traf ich Gudrun im Vorraum der Kinderkrippe, als sie gerade Baby Miriam aus dem Kinderwagen hob. Und ich hatte eine Idee.

»Du, Gudrun, hast du Lust, heute Abend mit mir essen zu gehen? Ich muss unbedingt mal raus. Also ich meine, wenn das geht mit dem Baby, wegen Stillen und so ...«

»Eigentlich eine super Idee. Ich bin seit Miriams Geburt im Mai nicht mehr ausgegangen, wird langsam mal Zeit, oder?«

»Allerdings!«

»Lass mich mal überlegen. Sebastian ist heute Abend zu Hause, und eigentlich kann er sich auch mal um Miri kümmern. Ich glaube, ich habe sogar noch etwas abgepumpte Milch im Gefrierschrank. Du, das machen wir! Wo möchtest du denn hingehen?«

»Wie wäre es mit Sushi im Wasabi in der Volkartstraße? Das ist auch nicht so weit von dir weg, falls Sebastian nicht mit dem Baby klarkommt, dann bist du schnell daheim.«

»Super. Wobei ich das natürlich nicht will, aber sicher ist sicher. Dann treffen wir uns um acht dort? Ach, ich freu mich!«

Gudrun war ganz euphorisch. Ich schämte mich ein bisschen, weil ich sie für meine Ablenkung missbrauchte, andererseits war sie schon eine Art Freundin für mich und hatte ja auch etwas davon, dass ich heute unbedingt mal rausmusste.

Das Wasabi, das nur eine Straße von meiner Wohnung entfernt liegt, war wegen des schlechten Wetters gesteckt voll, als ich um kurz vor acht dort ankam. Ich ergatterte gerade noch einen kleinen Zweiertisch in einer Ecke und bestellte mir als Aperitif einen Martini Bianco. Sushi und Alkohol, das war meine Devise für diesen Mittwochabend. Fast wie früher. Geholfen haben solche Besäufnisse auf Ansage noch nie, aber trotzdem sind sie manchmal einfach notwendig.

Gudrun traf um halb neun ein – Miriam hatte sich beim Stillen und dabei Einschlafen etwas länger Zeit gelassen als sonst, als ob sie die Ungeduld ihrer Mutter gespürt hätte. Und sie hatte kaum zwei Stücke ihrer California-Rolle gegessen, als ihr Handy klingelte und Sebastian dran war. Karla, die schon geschlafen hatte, war aufgewacht und hatte das Bett vollgekotzt. Durch den Radau war auch das Baby wieder wach geworden, und nun brüllten beide Mädchen im Chor, was Sebastian ziemlich überforderte.

»Das war so klar! Wenn ich ein Mal weggehen will!« Gudrun war sichtlich genervt und überlegte, ob sie ihren Mann einfach mal mit der Bredouille alleine lassen sollte, das sah ich ihr an. Und ich bin mir sicher, dass ich an ihrer Stelle noch mindestens eine Stunde lang im Wasabi sitzen geblieben wäre. Vor allem, weil ich in meinem mittlerweile ganz schön angeheiterten Zustand sowieso keine große Hilfe im Handling von kotzenden Kleinkindern und brüllenden Babys gewesen wäre. Andererseits hätte ich, wenn ich Zweifachmutter wäre und stillen würde, nicht zwei Martinis und drei Wodka Lychee intus gehabt und wäre wahrscheinlich nahezu nüchtern gewesen.

»Es tut mir leid. Aber ich fürchte, ich muss nach Hause«, sagte Gudrun zerknirscht, »nicht für Sebastian, aber Karla tut mir leid.« Genau, Marie, so denkt eine gute Mutter!

»Versteh ich natürlich, schade für dich, und wir holen das einfach irgendwann nach! Aber lass dir wenigstens das Sushi einpacken und nimm es mit. Und wenn du die Lage daheim schnell klären kannst, komm einfach wieder, okay? Ich bleibe noch. Ich mag jetzt nicht nach Hause.«

Gudrun nahm ihr Doggy Bag, versprach, im Falle von zwei schnell wieder schlafenden Kindern wiederzukommen, und verließ das Wasabi. Ich blieb alleine zurück und bestellte mir noch einen Wodka Lychee. »Aber diesmal mit einem doppelten Wodka bitte!« O Gott, morgen würde es mir schlechtgehen. Trinke ich doch so gut wie keinen Alkohol mehr, seit ich eine arbeitende Mutter im Dauereinsatz bin, und wenn, dann nur mal einen Aperol Spritz, ein Glas Rotwein oder eine Radlermaß im Biergarten.

> Wie geil ist das denn? Lust, zu feiern? Auf eine Maß im Löwenbräu?

Blöd von mir, dass ich diese SMS von vor drei Wochen nicht gelöscht hatte. Denn so war Pauls Handynummer noch in meinem Speicher. Kurzmitteilungen und Alkohol, das war schon immer eine fatale Kombination. Und auch mit 35 bin ich keinen Deut schlauer geworden, was das betrifft.

Lust auf Sushi? Bin im Wasabi, Volkartstraße. Alleine.

Na ja, er würde sowieso nicht kommen. Wie sollte er Natalie erklären, dass er um kurz nach neun Uhr abends noch mal spontan wegmusste, alleine, raus in den Regen? Noch dazu kurz nach dem Empfang einer mysteriösen SMS, die er ihr nicht zeigen konnte?

Vielleicht sah er auch gar nicht auf sein Handy und würde die Nachricht erst morgen lesen, wenn es zu spät war. Oder aber er hielt sie für eine Falle. Möglicherweise hatte er auch einfach schon gegessen und gar keinen Appetit auf Sushi. Oder er schaute auf Qype nach, wo genau das Wasabi ist, und las dort in den Bewertungen, dass das Sushi zwar okay, aber nicht gerade das beste der Stadt ist.

Ich würde jetzt noch einen Wodka Lychee trinken, den Rest von Gudruns California Roll und mein Philadelphia Maki aufessen und dann nach Hause gehen, solange ich noch halbwegs geradeaus laufen konnte. Gedacht, getan, getrunken, gegessen, gezahlt. Das mit der Geradlinigkeit funktionierte nicht mehr ganz exakt, aber der Laden war immer noch so voll, dass keinem die einsame Frau aufzufallen schien, die mit starrem Blick durch das kleine Lokal zum Ausgang steuerte und sich draußen trotz strömendem Regen auf einem Mäuerchen niederließ und wartete, bis der Schwindel weniger wurde.

»Da bin ich.«

Ich hob langsam den Kopf, den ich in meine Hände gelegt hatte. Das Wasser lief von meinen Haaren den Nacken entlang in den Kragen meiner dünnen Sommerjacke und in einem kühlen Rinnsal den Rücken hinunter. Vor mir stand eine große, dunkle Gestalt, die ich sofort erkannte, obwohl ich ihr Gesicht nicht sehen konnte, weil ich von der Straßenlaterne geblendet wurde, die sich direkt hinter ihr befand.

»Was … was machst'n du hier?«

»Du hast nach mir gerufen, und ich bin gekommen.«

»Das … das war nicht … ich wollte nicht … es geht … ich muss nach Hause.«

»So kannst du unmöglich nach Hause gehen«, sagte Paul, »außerdem ist es noch gar nicht so spät, wie es dir vielleicht vorkommt. Komm.«

Er nahm meine Hand und zog mich hoch. Willenlos ließ ich geschehen, dass er seinen Arm um mich legte und mit mir ein paar Schritte ging, gerade mal eine Tür weiter. Irgendwie schaffte ich es, an seinem Arm hängend die steile Steintreppe ins Hide Out, eine Kellerkneipe, hinabzugelangen, ohne auszurutschen und mir den Hals zu brechen.

»Was soll ich'n hier?« Diese Spelunke gehört nicht gerade zu den wenigen Lokalen, die ich noch besuche, seit ich ein Kind habe und sowieso kaum mehr ausgehe.

»Genau der richtige Ort für dich, mein Schatz, zumindest heute Abend«, sagte Paul, und ich hörte sein belustigtes Grinsen, als er mich in eine dunkle Ecke des Kellergewölbes bugsierte und ich dort auf eine Holzbank fiel. »Magst du noch was trinken?«

»Ein Wasser«, bestellte ich in einem Anfall von Vernunft.

»Kommt sofort«, sagte Paul und ging zur Bar. Zurück kam er mit zwei Gläsern und einer Flasche, die eine klare Flüssigkeit enthielt. Hier endeten die Gemeinsamkeiten mit Wasser.

»Wasisndas?«

»Wodka«, sagte Paul und schenkte uns ein, »aber kein Absolut- oder Smirnoff-Fusel, sondern Stolichnaya. Der beste Wodka, den es gibt. Russisch.«

»Ich glaube, ich sollte nichts mehr trinken.«

»Probier wenigstens mal.«

Also gut. Ich nahm einen Schluck und dachte mir, dass ich keinen Unterschied zu Wodka Gorbatschow, Absolut oder Brennspiritus schmeckte. Aber ich wollte nicht als Banausin dastehen, deswegen bemühte ich mich, anerkennend zu nicken.

»Mmmh.«

»Siehste.«

»Und jetzt?«

»Wie, und jetzt?«

»Was machen wir jetzt?«

»Wir sitzen hier und trinken.«

»Das seh ich.«

»Genügt doch. Oder willst du was anderes tun?« So wie Paul das sagte, bekam »tun« gleich einen frivolen Unterton, den ich nicht beabsichtigt hatte. Oder doch? Was wollte ich? Mit Paul hier in der Kellerspelunke sitzen und saufen? Oder nach Hause wanken, zu Kind und Mann, und meinen Rausch ausschlafen? Erklären müssen – zumindest dem Mann –, warum ich mitten in der

Woche klatschnass und stockbetrunken nach Hause komme und ihm nicht mal mit einer SMS oder einem Zettel mitgeteilt habe, dass ich überhaupt ausgehe? Das Babyphon war bei unserer Nachbarin, die einen Schlüssel hatte und nach Franziska sehen würde, sollte sie sich melden. Das an sich war weder ungewöhnlich noch verwerflich, ab und zu mache ich das, und Jan weiß Bescheid. Nur weiß er eben normalerweise auch Bescheid, wo ich mit wem hingehe, wenn ich weggehe, was, wie gesagt, nicht mehr häufig vorkommt. Oder wollte ich nicht doch ganz was anderes tun? Tun? Was tun? Es tun? Mit Paul?

Aus Versehen kippte ich leicht zur Seite und gegen ihn. Seine seit zwei bis drei Tagen unrasierte Wange streifte meine, und ich erhaschte etwas von seinem spezifischen Paul-Geruch. Eine Mischung aus Duschgel, Haut und Zigarettenrauch. Ein Schauer lief mir den Rücken hinunter, der nicht von der Feuchtigkeit meines T-Shirts herrührte.

»Hey.« Paul legte seinen Arm um mich, und ich ließ es geschehen. Seine linke Hand strich von meiner Schulter zum Oberarm herab und wanderte über meinen Ellbogen in meine Taille und dann auf meine Hüfte, wo er sie liegen ließ, warm und fest. Und ich unternahm nichts dagegen. Sondern trank noch einen Schluck vom Stolichnaya, der mir mit jedem Ansetzen des Glases besser schmeckte. Eben doch ein besonders guter Brennspiritus.

Leider reißt an diesem Punkt meine Erinnerung an diesen Abend ab. Oder zum Glück? Wenn ich das nur wüsste. Heute Morgen geht es mir so dreckig, dass ich

Jan bitten muss, Franziska in die Krippe zu bringen. Er sagt kein Wort zu meinem Zustand, sondern kümmert sich um unsere Tochter, die er weckt, wickelt, anzieht und der er erklärt, die Mama sei heute krank und er würde sie in die Kita fahren, bevor er in die Arbeit gehe. »Arme Mami, bittu krank? Wird bald wieder besser sein«, meint mein Kind mitleidig und streichelt mir den Arm, der schlapp vom Bettrand hängt. Ich schäme mich ganz furchtbar und hoffe inständig, dass ich nicht nach Alkohol rieche. Ich fühle mich wie eine Protagonistin einer Mittags-Reality-Serie auf RTL. Die alkoholkranke Mandy, die ihr Kind vernachlässigt, weil sie nachts auf Sauftour war. Wie tief bin ich gesunken?

»Kannst mir ja heute Abend erzählen, was gestern los war«, sagt Jan und wirft mir einen seiner schwer zu deutenden Blicke zu, bevor er mit Franziska die Wohnung verlässt.

Ja, was war gestern los? Ich war Sushi essen mit Gudrun und habe eine Menge getrunken. Erst Martini, dann Wodka Lychee und dann … Stolichnaya. Im Hide Out. Mit Paul. Auf meiner Hüfte spüre ich noch immer seine linke Hand. Nur auf meiner Hüfte? Nach einer Weile schaffe ich es, mich stöhnend aufzurichten und das Bett zu verlassen. Ich tappe ins Bad, um zu duschen. Als ich mich ausziehe, fällt mir zweierlei auf. Erstens: Ich trage noch das T-Shirt und den Rock von gestern Abend. Zweitens: Meine Unterhose fehlt. Ich sehe unter dem Badschränkchen nach, wo ich manchmal meine Slips kurz verschwinden lasse, bevor sie in den Wäschekorb wandern. Eine liederliche Angewohnheit, trotzdem wäre ich froh, würde ich meinen violetten Slip mit den orangefarbenen Blumen darauf, den ich gestern trug, dort finden. Aber der Boden unter dem Schränkchen ist unterhosenfrei, und selbst als ich das kleine Möbelstück zur Seite schiebe, finde ich nicht mehr als ein paar Staubflocken und eine leere Klopapierrolle. Hektisch laufe ich zurück ins Schlafzimmer und fahnde im Wäschekorb, unter dem Bett, im Bett und in allen Ecken nach meinem vermissten Kleidungsstück. Schließlich durchsuche ich die gesamte Wohnung. Ohne Erfolg. Sogar in meiner Handtasche sehe ich nach. Auch dort kein Slip, genauso wenig wie in der Waschmaschine oder in der Schublade mit den sauberen Unterhosen. Das Teil ist und bleibt verschwunden.

Erschöpft steige ich unter die Dusche und lasse lauwarmes Wasser über meinen Körper laufen. Mit 35 sollte man wirklich nicht mehr so die Kontrolle verlieren, dass man einen Filmriss erleidet und unterhosenlos nach Hause kommt. Vor allem nicht, wenn sich diese Ereignisse in direktem Zusammenhang mit einem Mann befinden, von dem man verbotene erotische Träume hat und der eigentlich schon lange keine Rolle mehr spielen sollte.

FREITAG, 6. AUGUST 2010.
UNEINGELADENE GÄSTE.

Anfang dieser Woche behauptete der Wetterbericht, es würde spätestens am Mittwoch aufhören zu regnen und bereits ab Donnerstag sei der Sommer zurück. Am Mittwoch hieß es dann, Donnerstag sei nun derjenige Tag, an dem der Regen langsam nachlassen würde, und wir könnten ab Freitag mit dem im Sommer häufig zu beobachtenden Phänomen Sonnenschein rechnen. Heute ist Freitag. Es regnet immer noch. Ich lehne mich, so weit es ohne Lebensgefahr möglich ist, rückwärts über das schmiedeeiserne Geländer unseres Balkons, um ein großes Stück vom Himmel erkennen zu können. Da drüben ist Westen, glaube ich, zumindest steht dort abends meistens die Sonne, wenn man sie mal sieht. Dort müsste es doch nun allmählich heller werden. Kommt nicht das Wetter immer aus dem Westen, außer in Tschernobyl macht gerade mal ein Reaktor Probleme? Zumindest sollte in den tiefhängenden Wolken eine gewisse Struktur zu erkennen sein. Doch das, was da die Sonne verdeckt, verdient eher den Namen Suppe. Der Himmel präsentiert sich seit Tagen in einheitlichem Mittelgrau. Und nach einer Minute bin ich komplett durchnässt. Missmutig gehe ich zurück in die Küche und dann unter die Dusche. Wenn ich schon mal nass bin. Normalerweise bin ich keine, die sich über das Wetter beschwert oder auch nur die Laune verderben lässt. Es gibt genügend Dinge, über die ich mich grämen kann, die ich aber in der Lage bin zu ändern. Beim Wetter wäre die einzig konsequente Alternative: auswandern. Und da ich das im Moment nicht will und kann, bleibe ich hier, schweige, amüsiere mich über das Regengejammer der anderen auf Facebook und im echten Leben und beschäftige mich nicht weiter mit der Tatsache, ob dieser Sommer nun total verregnet und viel zu kalt ist oder nicht. Manchmal regt es mich auch richtig auf, dass viele meiner Freunde und Bekannten kein anderes Thema zu kennen scheinen als das schlechte Wetter. Dieser beleidigte Unterton dabei – wem gilt der? Deutschland? Petrus? Warum findet man sich nicht einfach mit dem Regen ab und kauft sich einen hübschen Schirm?

Heute allerdings hege ich selbst einen gewissen Groll gegen Petrus, Deutschland oder die CSU, wer auch immer die Schuld an der meteorologischen Misere trägt. Denn heute werde ich auf einer Hochzeit fotografieren. Das Paar, das mein unter den Achseln feuchtes Shirt bewundern durfte. Erstens tun mir die Brautleute leid, die über ein Jahr lang auf diesen einen Tag hingefiebert haben. Zweitens tue ich mir leid, weil meine ganzen Motivpläne über den Haufen geworfen sind. Vor zwei Wochen habe ich die Location besucht, das Schlossgut Oberambach am Starnberger See. Ich bin das Gelände abgelaufen und habe vor meinem geistigen Auge bereits die wunderschönen Fotos gesehen, die ich vom Brautpaar machen würde. Unter den Bäumen der prächtigen Allee, die vom See zum Anwesen führt, Braut und Bräutigam im Gegenlicht laufend, Hand in Hand, Susannes Schleier von der tiefstehenden Sonne anmutig durchleuchtet. Am plätschernden Brunnen vor dem Hotel, ein Märchenbild mit Prinz und Prinzessin, sogar eine goldfarbene Kerze in Kugelform habe ich gekauft, die ich der Braut in die Hand geben wollte. Oder unten am Seeufer in Ambach. Am Ostufer, sogar die Himmelsrichtung habe ich bei meinen Fotoplänen berücksichtigt, weil es sonst nämlich nichts geworden wäre mit meinen romantischen Sonnenuntergangsfotos. Das sich küssende Paar vor dem sinkenden Glutball, der sich genau hinter ihren Profilen befindet und auf dem Foto sternförmig hervorleuchtet. So ein Foto habe ich auf der Website einer befreundeten Fotografin aus den USA gesehen und wollte es unbedingt auch machen.

Aber daraus wird heute wohl nichts. Stattdessen muss ich noch rasch Ersatzakkus für mein Blitzgerät kaufen gehen.

Franziska ist zum Glück schon seit gestern Abend bei meinen Eltern im Vorort untergebracht, so dass ich ein bisschen Luft habe. Um kurz vor acht starte ich meinen Golf und fahre auf den Mittleren Ring, hoffend und betend, dass der tägliche Rushhour-Unfall heute erst hinter dem Luise-Kiesselbach-Platz stattfindet und der Rückstau noch nicht zu weit Richtung Norden reicht, so dass ich unbehindert die Autobahn Richtung Garmisch-Partenkirchen erreiche.

Die Tankstelle kurz vor der A 95 führt keine Akkus, sondern nur Batterien. Ich nehme die teuersten, hoffe, dass sie auch die besten sind, und kaufe mir einen Cappuccino dazu. Als ich auf der Höhe von Fürstenried zum ersten Mal an meinem Heißgetränk nippe, werde ich fast ein wenig melancholisch. Die Zeiten, in denen Tankstellenkaffee billig und abgestanden schmeckte und so schwach war, dass man ihm aus dem Plastikbecher helfen musste, scheinen endgültig vorbei zu sein. Diese Plastikbecher waren meist außen dunkelbraun, innen weiß und geriffelt, und wenn man sie ohne Serviette anfasste, brannte sich der Kunststoff unmittelbar in die Finger ein. Heute gibt es solche Becher wohl nur noch in Kaffeeautomaten von Behörden und beim Frauenarzt, um die Urinprobe hineinzupinkeln. Und dieser Cappuccino? Er schmeckt nach Italien, einer Cimbali und korrekt gelagerten Kaffeebohnen aus fairem Welthandel. Aber ich will nicht meckern.

Während der Autofahrt höre ich eine alte Coldplay-CD, die noch im Player war, und denke an die Zeiten, in denen ich diese Band gerade für mich entdeckt hatte. An das Konzert im Zenith, im November 2002 muss das gewesen sein. Und unwillkürlich erinnere ich mich an Max. Mit ihm zusammen hatte ich meine Lieblingsband kennen und lieben gelernt, und seine Brust war es, an die ich mich während des Konzertes vor fast acht Jahren lehnte. Und das, obwohl wir damals schon gar nicht mehr zusammen waren. Lange habe ich nicht an Max gedacht. Wie es ihm wohl gehen mag? Ob er wohl wieder mit seiner schönen Kati zusammen ist? Oder mit einer anderen Frau? Ist er verheiratet, hat er Kinder? Lebt er noch in München? Geht es ihm gut, ist er glücklich? Auf einmal ergreift mich eine tiefe Sehnsucht. Nicht nach Max, sondern danach, zu wissen, wie es ihm geht. Als unsere Freundschaft nach der Beziehung auf Dauer nicht funktionierte, hatte ich den Kontakt abgebrochen. Nicht mit dem Ziel, nie wieder mit ihm zu sprechen, sondern nur für eine Weile, damit alle Wunden heilen konnten und ein sauberer Schnitt möglich war. Doch dann gewöhnte ich mich daran, nichts von ihm zu hören und mich nicht bei ihm zu melden. Ich schäme mich ein wenig. Max war immerhin sechs Jahre lang der wichtigste Mensch in meinem Leben, und das auch noch in einer so wesentlichen Zeit, nämlich zwischen dem Abitur und dem Ende des Studiums. Ohne ihn würde ich wahrscheinlich immer noch Musik aus den Charts hören und Menschen nach ihren Klamotten beurteilen. Max hat mich geprägt, und ich gewöhne mich einfach an seine Abwesenheit und denke monatelang nicht an ihn. Bin ich so oberflächlich, vergesse ich so schnell, gehen meine Beziehungen so wenig in die Tiefe? Oder ist das, was da zwischen mir und Max passiert ist, das berühmte Loslassen? Konnte ich Max loslassen, weil unser gemeinsamer Weg zu Ende war, oder war er zu Ende, weil ich Max losließ? Und warum gelingt mir das nicht auch bei Paul?

Ich drehe mich im Kreis. Diese Frage kommt mir nämlich verdammt bekannt vor. Vor über drei Jahren stellte ich sie mir schon, auf dem Rand meiner Badewanne sitzend und zu keiner Bewegung fähig, und damals fragte ich mich das nicht zum ersten, sondern, wie ich hoffte, eher zum letzten Mal. Warum kann ich Paul nicht loslassen? Weil unsere Geschichte noch nicht fertig geschrieben ist? Oder andersherum? Das Problem, das älter ist als die Menschheit. Henne und Ei eben.

Aber wenn ich ehrlich bin, kenne ich die Antwort.

Auf dem Parkplatz des Schlossguts Oberambach treffe ich eine Frau, die nicht aussieht wie ein verfrühter Hochzeitsgast.

»Du musst Nicole sein, die Friseurin?«, mutmaße ich. Unter der Kapuze des Ostfriesennerzes nickt es.

»Ja, und du bist die Fototante?«

»Die Fotografin, ja«, sage ich und ärgere mich ein bisschen. Schließlich habe ich mir extra gemerkt, dass Friseurinnen es nicht mögen, wenn man sie Friseuse nennt.

»Na, dann mal auf in den Kampf«, seufzt Nicole missmutig, schüttelt die Wassermassen von ihrem Parka, und wir betreten das Hotel. Man geleitet uns ins Zimmer der Braut. Angesichts ihres Frisier- und Schminkobjekts, das im Bademantel die Tür öffnet, schaltet Nicole ohne Übergang in einen freundlichen und geschäftigen Profi-Modus und schafft es, die nervöse und vor Aufregung zitternde Susanne innerhalb von drei Minuten davon zu überzeugen, dass sie die schönste Braut werden wird, die der Starnberger See und der Rest der Welt je gesehen haben. Ich bin beeindruckt. Und während Nicole Susanne beim Anziehen und Schnüren des Brautkleides hilft, packe ich meine Kameras aus und fange an zu fotografieren. Alles, was in Reichweite meiner Linse ist. Die Braut, ihren Schmuck, die Brautschuhe, die Rosenblätter auf ihrem Bett, den Schleier, die Schminkutensilien und die einzelnen Schritte, die Nicole anwendet, um aus einer nicht unattraktiven, aber eher unscheinbaren, schlanken und nervösen Frau Anfang dreißig eine Göttin in Champagnerfarben zu machen. Mit jeder Haarnadel wird Susanne selbstbewusster und fröhlicher, und als sie fast fertig ist und der Bräutigam auftaucht, der den Brautstrauß beim Floristen vergessen hat, seine Manschettenknöpfe nicht findet und auf dem Weg durch den Wald ein Reh angefahren hat, gelingt es ihr in wenigen Augenblicken, aus Patrick, der durchnässt und fluchend das Zimmer betreten hatte, einen entspannten und lächelnden Mann zu machen. Ich beobachte die Szenerie, drehe dabei sinnlos an den Einstellrädern meiner Kamera und kann nicht verhindern, dass mir ein paar Rührungstränen in die Augen steigen. Jetzt schon. Wir sind ja noch nicht mal in der Kirche. Seit Franziska auf der Welt ist, nein, eigentlich seit sie in meinem Bauch zu wachsen begann und ich davon erfuhr, habe ich näher am Wasser gebaut als früher. Neulich fing ich an zu weinen, als ich Jan von den Zetteln erzählte, die ich rund um den Rotkreuzplatz gesehen habe. Es waren farbkopierte Blätter, die einen Stoffbären zeigten, der auf einem Sofakissen saß. »Wer vermisst mich?«, stand unter dem Foto. »Ich wurde letzte Woche in der Volkartstraße auf dem Gehsteig gefunden und kann von meinem kleinen Besitzer abgeholt werden.« Die Vorstellung, dass sich jemand die Mühe gemacht hatte, den Bären nicht nur nach Hause mitzunehmen, sondern ihn liebevoll zu drapieren, zu fotografieren und im Viertel Bilder zur Fahndung nach dem Besitzerkind aufzuhängen, treibt mir schon bei der bloßen Erinnerung an diese Entdeckung die Tränen in die Augen. Ich hätte das Stofftier wahrscheinlich im nächsten Geschäft abgegeben. Auf die Idee, es zu plakatieren, wäre ich nie gekommen. Aber ich bin ja auch kein guter Mensch.

Sonst würde ich ein bisschen mehr an Jan denken und

daran, wie er sich fühlen würde, wenn er etwas wüsste, statt mich in paulbedingtem Selbstmitleid zu suhlen.

Die Hochzeit nimmt ihren Lauf. Nach der Frisier- und Schminkaktion sind die Paarfotos an der Reihe. Mein wichtigster Part beginnt. Und ich gebe mein Bestes, um Susanne und Patrick trotz immer noch unverminderten Niederschlags möglichst schön in Szene zu setzen. Ich stelle mich sogar selbst in den strömenden Regen, einen Schirm mit dem Kinn festhaltend, um den erforderlichen Abstand für ein stimmungsvolles Foto mit mittlerer Brennweite zu erzeugen. Als die Paarfotos nach einer knappen Stunde auf der Speicherkarte sind, geht es ohne Pause weiter Richtung Kirche in Münsing. Dort wartet schon die Hochzeitsgesellschaft, frisch gestärkt durch ein Weißwurst-Frühstück im örtlichen Wirtshaus. Nette Idee. Muss ich mir merken, falls ich jemals selbst heiraten sollte.

Während der Trauung in der Kirche bin ich heilfroh, privat schon über dreißig Hochzeiten beigewohnt zu haben und die Choreographie ziemlich genau zu kennen. Und ich bin der katholischen Kirche dankbar, dass sie nur selten von ihren Regeln abweicht und im Prinzip immer alles nach dem gleichen Schema abläuft. So kann ich während der Predigt des Priesters im Kirchenschiff nach hinten schleichen und leise die Empore betreten, ohne Angst haben zu müssen, dass unten plötzlich der Programmpunkt mit den Ringen dran ist und ich vielleicht nicht rechtzeitig wieder zum Altar gelange, um dieses wichtige Ereignis zu fotografieren. Es käme sicher nicht allzu gut, nach dem Anstecken der Ringe atemlos vorne anzukommen und den Priester am Talar zu zupfen: »Sorry, Herr Pfarrer, können Sie das bitte eben noch einmal wiederholen? Ich war gerade oben, die Totale schießen!«

Aber es klappt alles. Weder versagen die Tankstellenbatterien, noch quietschen meine Schuhe auf dem Marmorboden des Gotteshauses. Ich ergattere ein paar rührende Bilder von ergriffenen Müttern und kann sogar ein quengelndes Kleinkind ruhigstellen, indem ich es kurzerhand als Fotoassistenten akquiriere. Zufrieden und mit knurrendem Magen, denn der Cimbali-Cappuccino war mein einziges Frühstück, fahre ich zurück zum Schlossgut, um dort die Gratulanten und das Anschneiden der Hochzeitstorte für die Ewigkeit festzuhalten.

Um sieben Uhr abends bin ich nach zehn Stunden Dauerknipsen fast noch erschöpfter als meine Kameraakkus. Für den Partyteil der Feier bin ich eigentlich nicht mehr gebucht, doch die Braut bittet mich, noch kurz ein paar Fotos der Gäste an ihren Tischen zu machen, bevor sie mich in den Feierabend entlässt. Als alle an den runden Tischen im feierlich dekorierten Festsaal Platz genommen haben, eröffnet die Braut den Abend, indem sie anfängt, tischweise die Gäste vorzustellen.

»So, und nun zum Tisch Regensburg dort drüben am Fenster«, sagt Susanne, »eigentlich sollten die zehn, die dort sitzen, gar nicht hier sein. Sie waren nämlich nur zu Kaffee und Kuchen nach der Kirche eingeladen. Aber wir haben die Einladungen falsch rausgeschickt – tja, unser Fehler, da kann man nichts machen!«

Im Saal ist es auf einmal grabesstill. So still, dass man nur das scharf zischende Einatmen einer weiblichen Person an Tisch Regensburg hören kann. Ich schaue zu Susanne. Ihr Lächeln sinkt langsam nach unten aus ihrem Gesicht, genauso langsam, wie die Erkenntnis, was sie da gerade gesagt hat, in ihrem Bewusstsein nach oben steigt. Wie versteinert steht sie da in ihrem traumhaften, champagnerfarbenen Kleid, dessen Pailletten und Schleifen ich heute schon so oft fotografiert habe. Ich merke, dass ich meine Kamera immer noch hochhalte, und lasse sie langsam sinken. Dann kommt auf einmal Leben in die Szenerie, als nämlich ein männlicher Gast von Tisch Regensburg aufspringt, dabei seinen behussten Stuhl umwirft und zu den ebenfalls uneingeladenen Gästen sagt: »Kommt, wir gehen. Wir sind hier nicht erwünscht.« Die anderen folgen seinem Beispiel und erheben sich, um den Saal zu verlassen. Die Braut gibt einen schrillen Laut von sich und stürzt dann zwischen den anderen Tischen hindurch eilig aus dem Saal. Dem Klappern ihrer Absätze nach zu urteilen, ist sie auf dem Weg zur Damentoilette. Ich rüttle die Trauzeugin, die wie erstarrt am Brauttisch sitzen geblieben ist, unsanft an der Schulter: »Los, lauf Susanne hinterher, bevor sie sich auf dem Klo einsperrt!« Sie reagiert nicht, sondern starrt nur weiter auf die liebevoll arrangierte Tischdeko.

Indessen ist Leben in den Bräutigam gekommen. Immerhin einer, der etwas tut. Patrick setzt sich in Bewegung und läuft den ungebetenen Gästen nach, die mittlerweile ihre Taschen genommen haben und schon fast aus dem Saal sind. Sein Bruder und Trauzeuge geht mit, und gemeinsam reden sie auf die Gäste ein, wahrscheinlich um sie zum Bleiben zu überreden.

Was ist nur in Susanne gefahren? Wahrscheinlich haben einfach durch die Aufregung, verstärkt durch den Champagner, den es vorhin gab, ein paar Synapsen in ihrem Gehirn nicht so funktioniert, wie sie sollten, und sie hat etwas ausgesprochen, das eigentlich höchstens zum stummen Denken gedacht war.

Ich weiß noch, wie mir einmal beinahe etwas Ähnliches passiert wäre. Allerdings nicht auf einer Hochzeit, sondern in einem Meeting. Wenn ich meinem damaligen Chef wirklich gesagt hätte, wie wenig ich an die Anwesenheit von Eiern in seiner Anzughose glauben kann, hätte ich allerdings wohl nur meinen Job verloren und mir nicht den schönsten Tag in meinem Leben verdorben, wie Susanne es gerade praktiziert.

Da sich keine ihrer Freundinnen auf den Weg zur Damentoilette macht, sondern die Mädels lieber die Köpfe zusammenstecken und zu tuscheln beginnen, lege ich meine Kamera auf den Tisch zwischen die Stoffservietten und die Blumendeko und gehe in den Keller. Aus der Damentoilette erklingt, wie ich erwartet hatte, lautes Schluchzen.

»Susanne! Ich bin's, Marie!«

»Geh weg!«, ertönt es schwammig zwischen zwei Schluchzern. »Es ist alles vorbei, ich hab's versaut, ich komme hier nie wieder raus!«

»So ein Quatsch. Nichts ist vorbei. Die lachen alle schon wieder darüber!«, lüge ich und hoffe, dass mein Plan aufgeht und Patrick die Gemüter beruhigen kann, bis Susanne bereit ist, wieder in den Saal zurückzugehen. Er hat sicher reichlich Zeit dafür.

»Das glaube ich nicht«, heult Susanne, »ich kann denen allen nie wieder gegenübertreten!«

Es dauert über eine Stunde, bis ich Susanne durch die geschlossene Klotür hindurch überzeugt habe, das alles sei halb so schlimm. Es ist zwar nicht meine ehrliche Meinung, und spontan hätte ich sie am liebsten mitleidig getröstet, doch ich weiß, dass Mitleid in so einem Fall das Schlimmste ist, was man demonstrieren kann. Mitleid verstärkt nur das Bewusstsein der bemitleideten Person, dass die Gesamtsituation wirklich schlimm ist.

Endlich dreht sich langsam das rote Farbfeld über dem Türschloss der Toilette und das weiße Feld für »frei« erscheint. Mit vom Weinen verquollenen Augen, zerlaufener Schminke und zerknittertem Kleid erscheint Susanne und fängt sofort wieder zu heulen an, als sie ihr Spiegelbild erblickt.

»Warte hier«, ordne ich an und drücke sie auf einen Stuhl, der in der Ecke steht, »ich hole ein bisschen Make-up, das kriegen wir schon wieder hin.« Ich nehme ein paar Papierhandtücher, tränke sie in eiskaltem Wasser aus der Leitung und sage Susanne, sie soll sie sich auf die Augen legen, bis ich zurück bin.

Dann renne ich schnell wieder hoch, lasse mir am Empfang den Schlüssel für das Brautzimmer geben, der mir ausgehändigt wird, als ich behaupte, meinen Ersatzakku für die Kamera dort liegengelassen zu haben, und laufe, zwei Stufen auf einmal nehmend, die Treppen hinauf. Im Bad nehme ich einen Müllbeutel, kehre alles, was nach Schminkzeug aussieht, mit dem Unterarm hinein und renne wieder hinunter zu den Toiletten, in deren Vorraum Susanne noch brav sitzt, die Tücher auf den Augen und zum Glück alleine.

Den Job als Visagistin habe ich nicht verfehlt, aber es gelingt mir, mit Wattepads die schwarzen Wimperntuschenbäche auf Susannes Wangen zu entfernen, Grundierung auf ihre vom Weinen fleckige Haut aufzutragen und ihre Augen halbwegs ordentlich neu zu schminken.

»Danke«, sagt Susanne kleinlaut, als sie das Ergebnis im Spiegel begutachtet, »ich weiß gar nicht, was ich sagen soll, das ist so lieb von dir …« Entsetzt sehe ich es erneut in ihren Augen glitzern und falle ihr rüde ins Wort:

»Ja, ja, passt schon, eigentlich will ich ja nur langsam mal nach Hause, mir tun die Füße weh. Können wir jetzt wieder raufgehen? Hoffentlich sind die noch nicht mit dem Hauptgericht fertig!«

Als wir langsam die Treppen hinaufsteigen, wobei Susanne meine Hand fest umklammert hält, bete ich, dass Patrick erfolgreich war und die Situation beruhigen konnte. Wenn Tisch Regensburg jetzt leer ist, verbringt Susanne den Rest ihrer eigenen Hochzeit auf dem Damenklo und empfiehlt mich garantiert nicht als Fotografin weiter.

Doch ich kann aufatmen: Tisch Regensburg lässt sich das Lendensteak vom Weiderind mit Feta-Kräuterfüllung auf rahmigen Thymianzucchini und Polentarauten schmecken, und auch alle anderen Hochzeitsgäste sind korrekt gebrieft und tun so, als sei Susanne nur mal eben die Nase pudern gewesen.

Erleichtert bringe ich Susanne bis an ihren Platz, an dem schon ihr Lendensteak wartet, flüstere Patrick noch kurz ins Ohr, was ich seiner Braut weisgemacht habe, schnappe mir meine Kamera und verlasse ohne weitere Verabschiedung den Saal.

Draußen überfällt mich neben tiefer Erschöpfung auf einmal ein brüllender Hunger. Kein Wunder, denn während die anderen gebruncht und Kuchen gegessen haben und nun gerade bei Gang drei des Menüs sind, habe ich immer noch nicht mehr im Magen als den Tankstellencappuccino. Ob ich doch noch einmal zurückgehen soll? Rahmige Thymianzucchini ... Nein, ich habe hier nichts mehr verloren. End of job. Und außerdem ist es inzwischen fast neun Uhr abends, ich muss unbedingt Franziska bei meinen Eltern abholen, sie sollte schon seit einer Stunde im Bett sein.

Trotz Müdigkeit und knurrendem Magen fühle ich mich gut. Ich habe da gerade etwas getan, was ich nicht hätte tun müssen und wovon ich eigentlich nichts habe. Ich werde mein Brautpaar vermutlich nie wieder sehen, und keiner wird mich für meinen Einsatz loben. Aber gerade deshalb fühlt es sich gut an. Aber natürlich wäre ich nicht Marie Sandmann, würde ich diesen Gedanken einfach angenehm auf mich wirken lassen und ihn nicht weiterspinnen. Vielleicht bin ich normalerweise einfach viel zu egoistisch. »Bei dir ist immer alles nur ich, ich, ich«, warf Paul mir vor langer Zeit einmal vor, und ich wies diese Anschuldigung damals empört zurück, weil Paul in meinen Augen selbst der größte Narziss war, den ich je kennengelernt hatte. Wer im Glashaus sitzt, soll nicht mit Steinen werfen, dachte ich damals und hatte damit sicher recht. Aber wer sagt, dass man mit diesen

Steinen aus dem Glashaus nicht trotzdem einen Treffer landen kann? Auch in Vronis Brief standen Vorwürfe dieser Art. Ich sei egoistisch und interessiere mich nur für mich selbst, nicht für andere.

Meine Erklärung für diese Vorhaltungen hatte ich relativ schnell gefunden, weil mir aufgefallen war, dass einem andere Leute oft etwas vorwerfen, was sie an sich selbst stört. Jan, um ein banales Beispiel zu nennen, schimpft oft mit mir, weil ich so chaotisch bin und nicht in der Lage, Ordnung zu halten. Dabei ist er selbst nicht viel besser, und ich weiß, dass ihn das stört. Dieses Phänomen wandte ich auf Vronis Kritik und im Nachhinein auch auf Pauls Vorwürfe an, zum Beispiel den, ich sei unreif und nicht bereit, erwachsen zu werden. Look who's talking, dachte ich mir und ließ solche Dinge an mir abprallen. Doch so einfach ist es nicht. Denn was ich nicht bedacht habe: Manchmal kann auch beides stimmen. Dass nämlich der Kritiker ein Problem hat und dass es auf den Kritisierten zutrifft.

DIENSTAG, 10. AUGUST 2010.

DAS GELBE EIS IST MÜDE.

Der Sommer ist zurück. Am Tag nach der verregneten Hochzeit rissen die Wolken auf, und der August wurde wieder so, wie er eigentlich sein sollte: warm und sonnig.

Vormittags arbeite ich in meinem kleinen Büro, und die Nachmittage verbringen Franziska und ich mit Felix und Natalie. Manchmal sind auch Gudrun, Karla und Baby Miriam dabei, und wir breiten unsere Picknickdecken auf der Wiese im Grünwaldpark aus, essen die letzten Erd- und die ersten Brombeeren der Saison und sehen unseren Kindern beim Spielen zu. Es ist fast so entspannt wie in der Kinder-Pingui-Werbung. Und so ähnlich, wie ich mir das ausgemalt hatte, bevor ich ein Kind hatte. In der Kinder-Pingui-Werbung beschäftigen sich die Kinder nämlich immer mit ihrem eigenen Sandkastenspielzeug. Franziska hingegen bekommt einen hysterischen Anfall, wenn wir auf den Spielplatz gehen und ich den grünen Einkaufsbeutel aus Australien vergesse. In dieser Tasche, die ich damals auf meinem großen Trip in einem Supermarkt in Cairns, Queensland, mit verschiedenen Biersorten gefüllt ins Mietauto packte, befinden sich wenige Jahre später Franziskas Siebe und Schäufelchen, die kleinen Kuchenbackformen und Eistüten, ein blauer Eimer, die rote Gießkanne und der gelbe Bagger. So ändern sich die Zeiten. Und ich würde lügen, wenn ich mich nicht manchmal nach der großen Freiheit Australiens zurücksehnen würde …

Jedenfalls schleppe ich den grünen Beutel vorsichtshalber jeden Tag mit mir herum, falls ich nachmittags mit meiner Tochter an einem Spielplatz vorbeikomme. Dort packt sie dann alles aus, Stück für Stück, und wehe, ein Teil fehlt. Ich weiß nicht, ob mein Kind hochbegabt oder leicht autistisch ist, aber obwohl sich ungefähr zwanzig einzelne Dinge in der Tasche befinden und sie noch nicht mal bis zehn zählen kann, merkt sie sofort, wenn eines davon nicht dabei ist. »Mami!! Das gelbe Eis haben!« Dann muss ich mir eine Geschichte ausdenken, die erklärt, warum die gelbe Eistüte heute nicht mitgekommen ist.

»Franziska, das gelbe Eis ist heute sehr müde!«

»Das Eis schläft?«

»Ja, das Eis schläft und ruht sich aus.«

»Ziska mag das müde Eis nicht mehr.«

»Och, da ist das Eis aber traurig, wenn du es nicht mehr magst, nur weil es mal müde ist!«

»Das Eis ist traurig?«

»Ja, ein bisschen.«

»Das Eis weint??!« Franziskas Gesicht drückt echte Betroffenheit und Mitgefühl aus.

»Nein, nein, es weint nicht. Außerdem schläft es ja gerade.«

»Ziska Eis aufwecken gehen!« Sie zupft an meiner Jeans. »Mami mitkommen, Eis wecken!«

»Nein, Franziska, lass doch das arme Eis noch ein bisschen schlafen.«

»Das Eis ist arm?? Gaugig? Weint?«

»Nein, es weint nicht und ist auch nicht traurig, ›arm‹ sagt man nur so. Es schläft, pssssst, nicht wecken!«

»Mami?«
»Ja, Franziska?«
»Das Eis schläft zu Hause, im Bett!«

Wenn ich Glück habe und die bunte Plastikkollektion vollständig ist, verliert Franziska komplett das Interesse an ihren Sachen, sobald sie alle um sie herum verteilt im Sand liegen. Dann ist nur noch das Spielzeug der anderen Kinder interessant, und zwar nicht das, was sowieso gerade unbenutzt herumliegt, sondern das, was gerade in Benutzung ist. Zu meiner Beruhigung sind die anderen Kinder aber auch nicht besser. Ich weiß nicht, wie oft ich Sätze wie »Jana, das Mädchen darf aber schon mit deinem Eimer spielen, nicht hauen!« gehört und selbst gesagt habe. Nützen tut dies Reden nichts, es hat eher Alibifunktion, genau wie die halbherzig ausgesprochenen Befehle an das eigene Kind, die Sachen der anderen in Ruhe zu lassen. In jedem Fall ist am Ende eines Spielplatz-Nachmittags der große Rundgang und das Einsammeln aller Teile fällig. »Entschuldigung, kann es sein, dass dein Sohn gerade mit dem Eimer meiner Tochter spielt? Ich weiß, es gibt viele blaue Eimer von Spielstabil, und wir haben auch keinen Namen draufgeschrieben, aber Franziska ist sich sicher, dass das ihr Eimer ist, und wir wollten jetzt nach Hause gehen …«

Wie ich das hasse. Um ehrlich zu sein, finde ich es an manchen Tagen schrecklich auf dem Spielplatz. Vor allem, wenn ich mich nicht mit anderen Müttern treffe, sondern mit meiner Tochter alleine dort bin, wenn die bleierne 16-Uhr-Müdigkeit mich überfällt und kein Kaffee weit und breit ist, während mein Kind, das ja in der Kita von zwölf bis zwei geschlafen hat, gerade zur Höchstform aufläuft. Wenn ich mit meinen Gedanken noch bei der um halb zwei jäh und immer zum unpassenden Zeitpunkt unterbrochenen Arbeit des Vormittags bin, auf meinem iPhone halbstündlich neue Mails von Kunden eingehen und ich weiß, dass ich heute wieder mal eine Nachtschicht einlegen muss, sobald Franziska im Bett ist.

Dann kann ich verstehen, dass arbeitende Mütter permanent vom schlechten Gewissen geplagt sind. Einerseits, weil sie immer zu wenig Zeit für alles haben – für den Job, das Kind, den Haushalt, vom Mann ganz zu schweigen –, und andererseits, weil es so schwer ist, die Gedanken genauso streng zu strukturieren wie den Ablauf eines normalen Tages. Wenn ich von halb neun bis halb zwei in meinem Büro sitze und arbeite, heißt das nicht, dass ich in dieser Zeit nur an meinen Job denke, und wenn ich den Nachmittag mit meinem Kind verbringe, sind meine Gedanken nicht automatisch immer bei ihm, wie es eigentlich sein sollte. Der Kopf hält sich nicht streng an Uhrzeiten. Und so muss ich oft vormittags daran denken, dass die Windeln schon fast wieder aus sind, Franziska neue Schuhe braucht oder was ich mit ihr unternehmen könnte, wenn es regnet. Und am Nachmittag, wenn ich mich eigentlich auf mein Kind konzentrieren sollte, bastle ich an Online-Konzepten, gestalte im Kopf meine Foto-Website um oder überlege, was ich mal wieder bloggen könnte.

Aber diese Woche ist das alles besser. Dank Natalie. Es ist so entspannt mit ihr, als ob ich sie seit Jahren kennen würde, und die Kinder spielen richtig miteinander. Mit der klassischen Rollenverteilung übrigens. Franziska zeigt Felix, wie man mit der richtigen Mischung aus Sand und Wasser einen anständigen Kuchen bäckt, und Felix verrät Franziska die einschlägigen Klettertipps und wie man sich gegen die größeren Kinder durchsetzt.

Ich sitze neben Natalie in der Sonne auf der Wiese am Rand des Sandkastens, der eher ein riesiger See aus Sand ist, schließe die Augen, höre die Kinder plappern und singen und stelle fest, dass ich glücklich bin. Marie Sandmann, du musst verrückt sein. Du sitzt hier neben der Freundin deiner ehemaligen großen Liebe, für die du vor nicht allzu langer Zeit noch, ohne zu zögern, durchs Feuer oder über zu dünnes Eis gegangen, bis zum Grund des Kirchsees getaucht und zu Fuß auf den Wendelstein gestiegen wärst. Nur dass sie, die große Liebe, also Paul, daran ungefähr so viel Interesse hatte wie ein Kinderloser am Petit-Bateau-Lagerverkauf. Und nun ist er mit Natalie zusammen, in die er sich rettungslos verliebt hat, spielt den Papa für ihren Sohn – oder ist er vielleicht doch auch der biologische Vater? – und zieht nach kurzer Zeit mit ihr zusammen.

Nach München!

In meinem Kopf bildet sich wieder dieses große Fragezeichen, das ich seit einigen Wochen mit mir herumtrage. Warum ist Paul nach München zurückgekehrt, und dann auch noch ausgerechnet in meine Straße? Es gibt so viele andere schöne Straßen in dieser Stadt. Er hätte wunderbar in die Pariser Straße ziehen können, Haidhausen hätte eh viel besser zu ihm gepasst, und außerdem hat er dort früher schon mal gewohnt. Oder ins Glockenbachviertel, zum Beispiel in die schöne Westermühlstraße. Na ja, vielleicht zu schwul für Paul, den Superhetero. Aber was ist mit dem Westend, das sich in rasender Geschwindigkeit zum neuen Szeneviertel entwickelt, und zwar schon seit Jahren? Oder Giesing, das genauso angesagt ist, dabei aber noch ein echter Geheimtipp? Meinetwegen auch Harlaching, da ist's zwar ein bisschen langweilig, aber Paul hätte stundenlang am Isarhochufer entlangjoggen und jede Woche mit Felix in den Tierpark gehen können. Warum also ausgerechnet Neuhausen und ausgerechnet die Ysenburgstraße?

Es hilft nichts. Ich muss ihn fragen.

Am Abend, als Franziska im Bett ist, setze ich mich vor mein MacBook und google Paul. Seit ich selbständig bin und hauptsächlich fotografiere oder Internet-Konzepte schreibe, habe ich die Lektüre der Medien-Branchendienste schmählich vernachlässigt und bin gar nicht mehr auf dem Laufenden. Ehrlich gesagt interessiert es mich auch gar nicht mehr so brennend, wer meiner Exkollegen nun wo hingegangen ist und welche Illustrierte entwickelt, auf die der Zeitschriftenmarkt hungrig gewartet hat. Im Prinzip drehen sich sowieso nur alle im Kreis und wandern von einem Verlag zum anderen, um irgendwann entweder plötzlich im chilenischen Hochland Whiskey zu brauen oder nach ein paar Jahren wieder bei dem Verlag anzukommen, bei dem sie einst volontierten. Und weil ich das alles schon tausendmal gelesen habe, weiß ich gar nicht, wo Paul jetzt als Fotochef angefangen hat. Allerdings ist es nicht schwer, es herauszufinden. Gleich der erste Suchmaschinentreffer liefert mir die gewünschte Information und Pauls E-Mail-Adresse.

Mit klopfendem Herzen öffne ich ein neues Mailfenster und tippe diese Adresse in das Empfängerfeld. Gerade noch rechtzeitig fällt mir ein, dass ich diese Mail lieber nicht von meinem offiziellen Account, den ich über das Outlook des Laptops abrufe, verschicken sollte. Nicht dass Jan meine Mails lesen würde, aber der Rechner steht oft angeschaltet und mit offenen Programmen auf dem Küchentisch, und Jan geht auch manchmal dran, um etwas im Internet nachzuschauen oder seine privaten Mails zu lesen. Also rufe ich GMX auf und lege mir eine neue Adresse an. Ich überlege lange, welchen Namen ich verwenden soll, und entscheide mich schließlich für Nemesis, die Göttin des gerechten Zorns und »diejenige, die herzlos Liebende bestraft«. Leider ist nemesis@gmx.de nicht mehr frei. Aber sisemen@gmx.de, diese Adresse gibt es noch.

Von: Marie S. <sisemen@gmx.de>
Datum: Montag, 10. August 2010, 21:34:23 MESZ
An: Paul Neumann <paul.neumann@schoenborn-verlag.de>
Betreff: Eine Frage

So weit, so gut. Und nun?

~~Lieber~~ Hallo Paul,
ich hab da mal 'ne Frage. Warum bist du ~~eigentlich~~ nach München zurückgekehrt? Hat das etwas mit mir zu tun?

Nein. So geht das nicht, denn Pauls lapidare Antwort auf diese plumpe Frage würde lauten: »Nein.« Ich kenne ihn.

»Hallo Spatz! Na, noch fleißig?«

Etwas Warmes, Weiches berührt meinen Nacken. Ich zucke heftig zusammen. So vertieft war ich in meine Mail an Paul, dass ich gar nicht bemerkt habe, wie Jan die Tür aufschloss, die Wohnung betrat und in die Küche kam.

»Uh, hast du mich erschreckt!« Hastig will ich das geöffnete E-Mail-Fenster wegklicken. In meiner Hektik erwische ich eine Taste zu viel, und das Fenster mit der Mail an Paul gefriert, während der regenbogenfarbene Kreis in der Mitte des Bildschirms rotiert, der anzeigt, dass das Programm gerade dabei ist, sich aufzuhängen. Blitzschnell überlege ich: Laptop zuklappen, um Jan die Sicht auf den Bildschirm zu versperren und mich dadurch verdächtig machen, oder hoffen, dass er gar nicht draufschaut, und alles einfach so lassen? Ich entscheide mich für die Variante, nichts zu tun, und drehe mich zu Jan um, um seinen Blick einzufangen. »Nur noch ein paar Mails schreiben«, sage ich und lächle ihn an, hoffentlich nicht zu gezwungen, »und du, wo kommst du so spät her? Hast du bis eben gerade gearbeitet?«

»Ja, leider«, stöhnt Jan, »echt, manchmal kotzt mich dieser Beraterjob total an. Das Projekt, in dem ich momentan bin, ist eigentlich ganz interessant, und es geht auch nicht darum, Leute zu entlassen oder Einsparungen zu machen, sondern ein Start-up auf eigene Füße zu stellen, aber diese Leute kennen einfach keinen Feierabend.«

»So wie du früher«, sage ich und bemühe mich, Jans Blick nicht loszulassen.

»Ja«, gibt er zu, »aber das war vor Franziska. Ich hätte das selbst nie gedacht, aber heute ist es mir wirklich wichtiger, noch einmal Henriette Bimmelbahn mit ihr zu lesen, als bis neun im Meeting zu sitzen. Klappt halt leider nicht immer. Schläft die kleine Maus?«

»Klar, kannst ja mal nach ihr schauen«, sage ich und hoffe, dass er das gleich tut, damit ich endlich den Browser neu starten kann und diese angefangene Mail an Paul vom Bildschirm bekomme. Nicht auszudenken, was passieren würde, würde Jan erfahren, dass wir Kontakt haben. Geschweige denn, er würde mitbekommen, dass Natalie Pauls Freundin ist und ich vor kurzem sogar bei ihnen zu Hause war und mit Paul auf dem Balkon geraucht habe. Daran, was Paul mir bei dieser Gelegenheit gesagt hat, denke ich jetzt lieber nicht. Und noch weniger an das, was ich gedacht und gefühlt habe, als er mir sagte, wie sehr er mich immer noch begehrt. Begleitet von leichter Panik, spüre ich das verdammte Begehren erneut in mir aufsteigen, als ich an die Szene auf dem Balkon denke. An Pauls hartes Glied in seiner Jeans und wie ich mir ausmalte, er würde mich an Ort und Stelle auf dem Balkontisch nehmen …

Ich weiß nicht, ob Jan einen Blick auf meinen Bildschirm geworfen hat, bevor er sich abwendet und in Franziskas

Zimmer geht, um nach ihr zu sehen. Jedenfalls sagt er nichts, und ich schließe schnell den Browser und fange an, in Outlook eine Mail an einen Kunden zu verfassen. Ein ungutes Gefühl bleibt. Eine Mischung aus Angst und schlechtem Gewissen. Jan gehört nicht zu den Männern, die sofort damit rausrücken, wenn sie etwas stört. Es kann gut sein, dass er doch gesehen hat, an wen ich da schreibe, und dieses Wissen erst mal für sich behält, um irgendwann, und das kann auch in drei Wochen sein, mit seinem Wissen rauszurücken, scheinbar unaufgeregt und mit ganz ruhiger Stimme. Ich kann diese Angewohnheit von Jan nicht leiden. Lieber wäre mir, er würde es machen wie ich und immer sofort thematisieren, was ihn stört, beunruhigt, ärgert oder verletzt. Aber er ist nun mal nicht ich, und das ist auch gut so. Trotzdem ist es anstrengend, wenn ich nie sicher sein kann, dass wirklich alles in Ordnung ist zwischen uns.

Ist denn alles in Ordnung zwischen euch, kann es das sein, wenn du dich von ein paar Worten von Paul und einer Erektion unter Jeansstoff so aus dem Konzept bringen lässt?, will eine leise innere Stimme wissen. Bist du nicht eigentlich schon wieder auf dem Weg, Jan mit Paul zu betrügen? Und wohin soll das Ganze überhaupt führen? Willst du ab sofort immer in der Angst leben, dass Jan herausfindet, mit wem du dich da angefreundet hast? Was, wenn Paul und Jan sich auf der Straße treffen? Natürlich hast du bisher hauptsächlich daran gedacht, was passiert, wenn DU Paul im Viertel begegnest, aber du hast noch gar nicht überlegt, wie das für Jan wäre.

Das stimmt. Und mir wird noch schlechter, als mir sowieso schon ist. Jan und ich haben nach dem Spätsommerabend am Nymphenburger Kanal vor drei Jahren, als herauskam, dass ich Jan mit Paul betrogen hatte, nie wieder über das Thema gesprochen. Jan hatte beschlossen, mir zu verzeihen, weil er mich liebt. Und Paul war gegangen. Für immer, das war Jans Bedingung gewesen, und da Paul ja in Berlin lebte, war es nicht schwer gewesen, diese Bedingung zu erfüllen. Ich hatte Pauls Handynummer aus meinem Mobiltelefon und irgendwann auch aus meinem Gehirn gelöscht und mir irgendwann selbst eine neue Nummer zugelegt, um jegliche Gefahr zu vermeiden, wieder mit ihm in Kontakt zu treten. In der ersten Zeit nach diesem Cut hatte ich noch viel an Paul gedacht, aber es half, mir die Alternative zu diesem Verlust vorzustellen: ein Leben ohne Jan. Immer wenn mich die Gedanken an Paul zu überrollen drohten und ich ihn vermisste, stellte ich mir vor, wie es wäre, Jan vermissen zu müssen. Das half. Und schon wenige Monate später begann mit dem positiven Schwangerschaftstest ein neuer Lebensabschnitt. Alles änderte sich von einem Tag auf den anderen, schon in dem Moment, in dem ich erfuhr, dass Jan und ich Eltern werden würden. Und als Franziska dann auf die Welt gekommen war, ich an einem Sonntagmorgen im Hochsommer um neun Uhr erschöpft und glücklich in meinem Klinikbett lag und die SMS mit der frohen Botschaft an Freunde und Verwandte schickte, dachte ich keinen Moment daran, auch Paul mitzuteilen, dass ich soeben Mutter einer 52 Zentimeter großen und 2790 Gramm schweren Tochter geworden war. Ich dachte so wenig daran, dass mir erst

Wochen später auffiel, dass Paul gar nicht wusste, dass ich schwanger gewesen war und nun ein Kind hatte.

Das größte Problem ist also nicht, wie ich mich fühle mit Paul als Nachbar. Problematisch ist, dass ich wieder Kontakt zu ihm habe, obwohl ich Jan versprochen habe, dass ich Paul für immer aus meinem Leben streiche. Natürlich kann ich nichts dafür, dass er nach München gezogen ist und dann auch noch ausgerechnet hier in unsere Straße. Aber ich hätte es Jan erzählen müssen, sobald ich es erfuhr. Dass Natalie Pauls Freundin ist, wo die beiden wohnen und dass ich Paul im Dantebad getroffen habe. Was hätte schon passieren können? Jan hätte mir geglaubt, dass ich Paul bestimmt nicht gebeten habe, mit seiner neuen Freundin und deren Sohn in die Ysenburgstraße zu ziehen. Und wir hätten uns gemeinsam überlegt, welche Konsequenzen wir daraus ziehen. Aber dazu ist es jetzt zu spät. Ich hätte mich nie mit Natalie anfreunden dürfen, wissend, mit wem sie zusammen ist. Und noch viel weniger hätte ich bei ihnen zu Abend essen dürfen. Von der Begebenheit auf dem Balkon mal ganz zu schweigen.

Also, Marie. Zeit für eine deiner geliebten To-do-Listen.

Gegen 23 Uhr geht Jan ins Bett, er hat morgen einen harten Tag, der früh beginnt und spät enden wird.

Und ich schreibe in mein Moleskine:

To dos (P.)

– *Freundschaft mit Natalie beenden (Grund überlegen) -> 15. August*

- *Notlüge gegenüber Jan: erzählen, dass ich erst jetzt erfahren habe, wer Natalies Freund ist -> 15. August*
- *P. aus dem Weg gehen (evtl. Umzug? Mit Jan über Eigenheim sprechen) -> ab sofort*

Eine kurze, einfache und logische To-do-Liste. Sie lässt keine Fragen offen. Und so gern ich Natalie auch jetzt schon habe, ich muss sie leider für meine Beziehung und meinen Seelenfrieden opfern. Aber ich habe ja schon Übung darin, Freundinnen zu verlieren. Erst Vroni, dann Beate, zwischendrin Marlene und nun eben auch Natalie. Es wird sich wieder eine neue Tür öffnen. Vielleicht sollte ich mehr mit Gudrun unternehmen, ich mag sie wirklich. Und sie mich auch, hoffe ich.

Der Gedanke an Gudrun tröstet und beruhigt mich ein wenig, und das Gefühl der Einsamkeit schmerzt etwas weniger stark. Ich werde das schon packen. Und vor allem werde ich es anpacken. Aktiv. Konsequent. Gleich morgen.

MITTWOCH, 11. AUGUST 2010.

MUSCHIPOCHEN.

München im Sommer ist nichts für Melancholiker, selbst wenn es mal ein paar Tage am Stück regnet wie letzte Woche. Denn dann verlegt sich der Münchner eher aufs Schimpfen und das spontane Buchen von Flügen in den Süden als darauf, depressiv durch die Gegend zu laufen. Bei schönem Wetter ist München bunt, frisch, froh, sauber und voller Biergärten, in denen das pralle Leben tobt und man trotzdem immer einen Platz unter einer Kastanie findet. Jetzt im August kann mich höchstens noch die Tatsache trösten, dass der Sommer seinen Zenit bereits überschritten hat und in genau drei Wochen vorbei sein wird, zumindest meteorologisch betrachtet. Mit viel Mühe lässt sich ein bisschen Frühherbst-Melancholie herbeireden, aber wenn ich seufzend zu einer anderen Mutter auf dem Spielplatz sage, dass das bestimmt einer der letzten Tage sein wird, an denen die Kinder barfuß im Sand herumtollen können, kommt sie hundertprozentig mit dem Oktoberfest an und dem traditionell wunderbaren Wetter in diesen letzten beiden Septemberwochen. Münchens fünfte Jahreszeit ist nämlich mitnichten die Starkbierzeit oder gar der Fasching, dieses hier nur randexistente Import-Phänomen aus dem Rheinland, sondern der Altweibersommer, auf den findige Köpfe vor 200 Jahren das Oktoberfest gelegt haben, das im September stattfindet.

Ich habe es also nicht leicht mit meiner To-do-Liste. Der Spätherbst würde viel besser dazu passen, eine gerade gewonnene Freundschaft zu beenden und eine alte Liebe endgültig zu begraben. Ich könnte mich, ohne aufzufallen, ein paar Wochen lang im Selbstmitleid suhlen und dann einfach normal weitermachen. Doch auch die Tatsache, ein Kleinkind zu haben, ist solch einem Plan eher abträglich. Kinder sind, ganz wie das Klischee es befiehlt, so schrecklich fröhliche Personen, die meisten zumindest. Fröhlich und so praktisch veranlagt. Wenn man mit einer Person eng zusammenlebt, für die die Aussicht auf ein »Gockoladeneis« die Glückseligkeit schlechthin bedeutet oder die in verzweifelte Tränen ausbricht, weil das Lieblingsstofftier nicht aufzufinden ist, tut man sich schwer, im globalen Weltschmerz zu versinken.

Franziska ist in der Krippe, und ich habe meine anstehenden Arbeiten auf elf Uhr verschoben, um in Ruhe zu Hause am Küchentisch darüber nachzudenken, wie ich Natalie sagen soll, dass wir uns nicht mehr treffen können. Und vor allem, warum. Sicher ist, dass ich persönlich mit ihr sprechen muss und die Sache nicht einfach im Sande verlaufen lassen will. Zu schmerzhaft wäre das für sie und zu feige von mir. Aber wie fange ich das an? Soll ich ihr die Wahrheit sagen? In einer abgeschwächten Version, damit ich damit nicht ihre Beziehung mit Paul zerstöre? Das will ich nämlich gar nicht. Es ist mir auch nicht egal, was mit den beiden passiert.

Während ich gerade noch darüber nachgrüble,

warum ich nicht eifersüchtiger bin, obwohl ich Paul doch anscheinend noch so sehr begehre, und merke, dass ich mit meinen Gedanken von meinem To do abschweife, klingelt mein Telefon. Das Festnetz. Ich werfe einen genervten Blick auf das Display. Wer ruft denn an einem Dienstagvormittag bei mir an, wenn nicht ein Unternehmen, das mir einen neuen, noch schnelleren und noch unzuverlässigeren DSL-Tarif verkaufen will oder möchte, dass ich obdachlose Straßenhunde in Mosambik finanziell unterstütze? Die Vorwahl lautet 02151, und das kommt mir irgendwie bekannt vor. Im letzten Moment entscheide ich mich todesmutig dafür, einfach auf die grüne Taste zu drücken und zu hören, wer da etwas von mir will. Für den Fall, dass es wirklich um DSL oder Mosambik geht, habe ich im Kopf einen Satz vorbereitet, in dem die Stichworte »Cold Call«, »verboten« und »Anwalt« vorkommen.

»Ja?«, belle ich eher weniger freundlich in den Hörer.

»Hey, Süße, bist du das?«, zwitschert eine weibliche Stimme auf der anderen Seite der Leitung, die ich erst Sekunden später identifizieren kann – sie gehört meiner Freundin Jenny aus Krefeld.

»Mensch, Jenny, was rufst du denn mitten am Vormittag an? Bist du krank?«

»Das Gleiche wollte ich dich gerade fragen!«

»Wieso sollte ich krank sein? Ich bin heute nur im Homeoffice …«

»Du klingst irgendwie komisch. Und ich bin nicht krank, ich habe Urlaub, und da dachte ich, ich melde mich mal wieder bei dir.«

»Das ist aber lieb«, sage ich und kämpfe mein schlechtes Gewissen nieder. Seit meine lebenslange Babypause angefangen hat, bin ich von der schlechten Rückruferin zur Nicht-Rückruferin mutiert. Nicht dass ich abends keine Zeit hätte, wenn Franziska im Bett ist. Aber meistens habe ich dann keine Lust, mehr von mir zu geben als »Einmal Nr. 212 mit Extra-Reis bitte«. Und wenn ich dann auch noch das Gefühl habe, ich müsste jemanden zurückrufen, gerate ich ganz schnell in eine Art kindischen Trotzzustand, der mich dann erst recht nicht zum Telefon greifen lässt.

»Wie geht's dir denn so? Und der Kleinen?« Jenny ist eine meiner wenigen Freundinnen ohne Kind, mit der ich noch genauso befreundet bin wie in der Zeit vor Franziska. Das liegt daran, dass sie keine Kinder haben möchte. Und zwar nicht, weil sie gerade nicht den passenden Mann dafür hat, auch nicht, weil ihr ihre Karriere wichtiger wäre, und schon gleich dreimal nicht, weil sie ein neues Leben in Neuseeland oder Südafrika plant. Jenny möchte keine Kinder, weil sie keine Kinder möchte. »Ich bin da wie du beim Thema Garten«, hat sie mir mal erklärt, als ich sie zum wiederholten Male nach ihren Gründen für die selbstgewählte Kinderlosigkeit befragte, »du hast ja auch nichts gegen Gärten. Du hast weder eine Grasallergie, noch findest du Rasenmähen total bescheuert. Du sitzt gerne im Garten von Freunden und freust dich darüber, aber trotzdem musst du keinen eigenen Garten haben. Wenn man dir einen schenken würde, würdest du ihn vermutlich nehmen, aber du hast einfach keine Sehnsucht danach, verspürst keinen Mangel. Dein Leben ist ohne Garten gut und würde mit Garten vermutlich nicht schlechter werden, aber auch nicht unbedingt besser. Genauso ist es bei mir mit den Kindern.« Ich fand es zwar etwas fragwürdig, Babys mit Grünflächen zu vergleichen, aber nichtsdestotrotz verstand ich Jenny nach dieser Geschichte besser. Auch wenn ich seitdem manchmal ins Grübeln gerate, ob so ein Garten nicht doch eine feine Sache wäre … Allein zum Fotografieren und als Location …

»Marie? Bist du noch da?«

»Äh, ja, sorry«, stammle ich, »du, mir geht's ganz gut und Franziska sowieso, die ist gerade in der Krippe, und ich … arbeite.«

»Zu Hause? Hast du dein Büro nicht mehr?«

»Doch, aber ich muss mich heute auf eine besonders verzwickte Sache konzentrieren, und das geht im Homeoffice besser als im Büro, wo ja auch die Architekten sitzen.«

»Ich kann auch später noch mal anrufen, wenn ich dich gerade störe.«

»Nein, so war's nicht gemeint«, sage ich, froh um die Unterbrechung meiner schwierigen Gedanken, und füge hinzu, bevor ich richtig darüber nachgedacht habe: »Vielleicht kannst du mir ja sogar helfen … Ich bräuchte da mal einen Rat, Jenny.«

»Ich bin ganz Ohr«, sagt sie, »irgendwie hatte ich das Gefühl, wir müssten mal wieder reden, deswegen habe ich ja auch spontan angerufen.«

Meine Jenny und ihr siebter Sinn. Manchmal habe ich das Gefühl, je weiter meine Freunde von mir weg leben, desto besser ist ihr Gespür für mich.

»Auf welchem Stand der Dinge bist du in Sachen Paul?«

Am anderen Ende der Leitung höre ich ein leises Seufzen. Es ist kein genervter Seufzer, er klingt eher mitleidig.

»Sag bloß, Marie …«

»Ich erzähl's dir gleich, wenn ich weiß, wie dein Status quo ist.«

»Na ja, ich weiß von eurem Treffen in Hamburg, wann war das, Frühjahr vor drei Jahren?« Ich nicke, schiebe ein »Mh-hm« hinterher, und Jenny fährt fort: »Und dann tauchte Paul doch noch mal bei dir in München auf, im Sommer war das, glaube ich, und er konfrontierte Jan damit, dass er mit dir geschlafen hat, und wollte, dass du mit ihm kommst …« Mir wird ganz anders bei der Erinnerung an diesen Spätsommerabend auf der Gerner Brücke. »Sag mal, warst du da nicht sogar schon schwanger?«

»Ja klar, ich habe Franziska drei Monate übertragen.«

»Krass. Das wusste ich gar nicht.«

»Jenny! Nein, ich war da noch nicht schwanger, Franziska ist fast ein Jahr später zur Welt gekommen.«

»Sorry, aber ich kenn mich da nicht so gut aus, das weißt du doch. Mir könntest du auch erzählen, dass es der neueste Trend ist, Babys unter Wasser zu bekommen oder dem Babybauch Mozart vorzuspielen, ich würde es auch glauben.«

Ich verkneife mir einen Exkurs zum Thema Schwangerschaft und Geburt. Jenny weiß also Bescheid. Wenn schon nicht über dieses Thema, dann doch zumindest über das Thema Paul.

»Er ist zurück.«

»Wie, was? Du bist wieder schwanger? Herzlichen ...«

»Nein! Jenny! Paul ist zurück.«

»Er hat dir gemailt?«

»Schlimmer.«

»Ihr habt telefoniert?«

»Noch schlimmer.«

»Euch getroffen?!« Jetzt schwingt ernsthaftes Entsetzen in Jennys Stimme mit.

»Nicht nur das.«

»Nein, Marie, sag nicht, ihr habt ... ihr wart ... ihr hattet Sex?«

»Nein. Er ist gegenüber von uns eingezogen.«

»Oh.«

»Mit seiner Freundin und deren kleinem Sohn. Wobei, vielleicht ist es auch Pauls Sohn, ganz so sicher bin ich mir da nicht.«

»Okay«, sagt Jenny, und ich höre, wie sie tief durchatmet, »ich fasse mal zusammen: Paul hat eine Freundin, ein Kind, das vielleicht seines ist, vielleicht aber auch nicht, und er ist mit diesen beiden Menschen zusammen in die Ysenburgstraße gezogen. Und ihr habt euch auch schon getroffen.«

»So ungefähr«, sage ich und erzähle noch einmal von vorne die ganze Geschichte, von der ersten Begegnung mit Natalie über das Wiedersehen mit Paul im Dantebad bis hin zu meinem Vorhaben, Paul zu fragen, ob er meinetwegen nach München gezogen ist, und meinem aktuellen To do: der Beendigung der Freundschaft mit Natalie. Ich verschweige ihr nicht mal meine Verwirrung durch Pauls körperliche Nähe und erwähne sogar seine

Erektion auf dem Balkon und meine Reaktion darauf. Als ich fertig bin, höre ich Jenny in Krefeld überlegen. Während sie nachdenkt, geht sie zum Kühlschrank, holt etwas heraus, stellt es auf den Küchentisch, geht dann zu ihrer Senseo-Kaffeemaschine, die ich immer »Spülwasserbereiter« schimpfe, holt ein Coffeepad (vermutlich Geschmacksrichtung »Vienna«) aus ihrer silbernen Coffeepaddose, legt es in die Maschine und drückt auf den Einschaltknopf. Es summt und plätschert, und dann höre ich, wie Jenny drei gehäufte Löffel braunen Zucker in das schwache Gebräu einrührt. Ich kann sie mir so gut in ihrer quadratischen, liebevoll eingerichteten Wohnküche mit den Strandbildern an den Wänden und der Muschel-Deko auf dem Fensterbrett vorstellen, dass ich nicht erschrecke, als sie nach drei Minuten wieder zu sprechen beginnt.

»Du hast absolut recht, Marie«, sagt Jenny, »du musst einen Schlussstrich ziehen. Es ist eine absolute Frechheit von Paul, dass er nach München zieht, und dann auch noch ausgerechnet in die Wohnung gegenüber. Eine Frechheit übrigens nicht nur dir gegenüber, sondern auch seiner Freundin. Versetz dich mal in ihre Lage. Dein Freund, den du liebst und dem du vertraust und der den Papa für dein kleines Kind spielt, zerrt dich in eine dir völlig fremde Stadt, in der du niemanden kennst, und als du jemanden kennenlernst und beginnst, eine Freundschaft aufzubauen und dich einzuleben, ist das ausgerechnet die Exfreundin deines Freundes und der Grund, weshalb er unbedingt in die andere Stadt und in diese Straße wollte … Horror!«

Darüber, muss ich gestehen, habe ich bisher noch gar

nicht so intensiv nachgedacht. Ich war mal wieder in erster Linie mit mir selbst beschäftigt.

»Du meinst also, Paul ist meinetwegen nach München zurückgekehrt?«, knüpfe ich nahtlos an diese Erkenntnis an.

»Marie, bist du bescheuert? Natürlich! Warum sonst?«

Er liebt mich also doch noch, schießt es mir durch den Kopf, bevor ich mir diese Worte selbst verbitten kann.

»Aber, tut mir leid, Marie, nicht weil er dich so sehr liebt.«

»Sondern?« Ich klinge piepsiger als beabsichtigt.

»Weil er dich haben will.«

»Aber er hätte mich doch haben können. Jahrelang. Und er wollte mich nie.«

»Ja, weil du ihn damals wolltest. Das war uninteressant für ihn. Aber dann kam Jan, und du wolltest Paul nicht mehr. Du hast ihm einen Korb gegeben, als er dir einen Heirats- und Kinderzeugeantrag gestellt hat, schon vergessen?«

»Nein.«

»Das war natürlich der perfekte Schachzug, um ihn erneut auf den Plan zu rufen. Dadurch wurde sein Jagdinstinkt erst richtig geweckt.«

»Aber ich wollte ihn wirklich nicht. Sonst hätte ich nicht nein gesagt. Das war kein Schachzug!«

»Ich weiß, Süße. Umso mehr hat es ihn geärgert. Und gereizt. Es ist für einen Paul nicht tragbar, dass sich eine Frau gegen ihn entscheidet. Das hat nichts mit Liebe zu tun. Höchstens mit der, die er für sich selbst empfindet.«

Wir diskutieren noch eine Weile über dieses Phänomen von Anziehung und Abstoßung, Jäger und Beute, Mann und Frau, Paul und Marie. Und ich muss zugeben, dass Jennys Theorie vieles sehr schlüssig erklärt. Wie gut, dass ich diese Mail an Paul nicht abgeschickt habe. Das wäre ein großer Fehler gewesen. Und erleichtert spüre ich die Erleichterung. Ich bin nicht traurig, weil Paul mir nicht aus tiefer, nicht enden wollender Liebe nachgereist ist. Ein bisschen schade ist es schon, dass es wohl auch nie so war. Dass er damals auch nicht zum Frühstück nach Bondi Beach, New South Wales, geflogen ist, weil er mich liebte, sondern weil er mich damals gerade nicht haben konnte, weil ich ihm zu entgleiten drohte. Weil er sich sein Spielzeug wieder holen wollte, war ihm kein Weg zu weit, nicht mal der nach Australien. Wie ein Kater, der die Maus absichtlich nicht tötet, sondern sie am Leben lässt und sich daran erfreut, wenn sie immer neue, fruchtlose Fluchtversuche startet.

Darüber bin ich traurig. Aber darüber, dass ich jetzt nicht gegen Pauls Liebe antreten muss, sondern nur gegen seine Jagdlust, darüber bin ich froh. Ich will, dass es ein Ende hat. Ich will meine Ruhe. Wie ein endlich pensionierter Grundschullehrer fühle ich mich, der nach vierzig Jahren täglichen Kindergeschreis in ein einsames Haus auf dem Land zieht, keinen Telefonanschluss beantragt, niemandem die Tür öffnet und einfach nur in der Sonne unter seinem Apfelbaum sitzen möchte, ein Bier in der Hand und die Ruhe genießend.

Aber was ist mit den Gefühlen, die ich neulich auf dem Balkon hatte? Mit dem erotischen Verlangen, das mich unerwartet und heftig überfiel und mich seitdem schneller atmen lässt, wenn ich nur daran denke?

Ich stelle Jenny diese Frage.

»Na, das ist doch nicht so schwer. Paul hatte doch schon immer eine nahezu unwiderstehliche körperliche Anziehung auf dich. Selbst wenn du unglaublich wütend auf ihn warst, total verletzt oder endlich ein wenig gleichgültig – dein Hirn hat sich doch bisher immer ausgeschaltet, sobald du ihn gerochen oder berührt hast. Das ist nichts Neues. Und es ist auch nichts, was mit Liebe zu tun hat.«

»Sondern nur mit Sex?«

»Nenn es Sex, nenn es Chemie, nenn es, wie du willst«, sagt Jenny, »vielleicht ist es sogar so, dass Paul und du evolutionstechnisch gesehen dafür geschaffen wärt, miteinander Kinder zu bekommen. Vielleicht passen eure Gene einfach perfekt zueinander, und die Natur hat das bemerkt und feuert alle Geschütze ab, um euch dazu zu bringen, es miteinander zu treiben, bis endlich ein Kind daraus entsteht. Diese Anziehung scheint jedenfalls ziemlich immun gegen alle Umstände zu sein. Aber wie auch immer – es ist keine Liebe! Tut mir leid, wenn ich das so hart sagen muss, aber ich glaube, es kommt der Wahrheit am nächsten ...«

»Nein, ist schon in Ordnung«, sage ich und füge ehrlich hinzu: »Ich bin deswegen gar nicht so traurig, sondern eher erleichtert. Es zeigt mir ja, dass ich die richtige Entscheidung getroffen habe, damals.«

»Für Jan? Sicher«, sagt Jenny, und während ich noch überlege, ob das jetzt leicht zögerlich klang oder nicht, spricht sie weiter: »Und gegen Paul? Sowieso! Es gibt bestimmt Beziehungen und sogar Ehen, die auf so einer Basis beruhen. Und bei einigen mag das auch funktionieren, vielleicht sogar ein Leben lang, und vielleicht sind die Beteiligten sogar glücklich damit. Weil sie sich Liebe einreden, wo nur Begehren ist.«

»Vielleicht reicht manchen auch das Begehren«, schlage ich vor.

»Glaub ich nicht. Eigentlich wollen wir doch alle nur geliebt werden. Nichts anderes zählt auf Dauer.«

Ich seufze.

»Das solltest du flächendeckend an die deutschen Hauswände sprühen, Jenny.«

»Ist doch so. Jedenfalls ist es viel wichtiger, Liebe, Freundschaft und Respekt als Basis einer Beziehung zu besitzen als dieses brennende Begehren, das die echte Liebe sowieso auf Dauer nicht überlebt.«

»Die Liebe überlebt das Begehren nicht? Warum das?«

»Nein, umgekehrt. Das Begehren wird von der Liebe erstickt. Wenn sie denn da ist.«

»Aber das ist doch gemein. Warum kann man nicht beides haben?«

»So funktioniert das Leben nun mal. Darf ich dich an deine eigenen Worte erinnern, meine Liebe?«

»Welche Worte?«

»Warte, ich lese sie dir vor.« Ich höre, wie Jenny mit dem Telefon in der Hand die Küche verlässt, und sehe sie vor mir, wie sie rechts abbiegt und den kurzen Flur mit dem orangefarbenen Linoleum entlang zu ihrem Wohnzimmer geht. Dort geht sie zu ihrem Bücherregal, das rechts neben dem Fenster steht, und zieht aus einem der mittleren Fächer ein abgegriffenes, schwarzes Moleskine-Notizbuch in DIN A5 hervor, auf dem zahlreiche

Aufkleber aus verschiedenen Städten auf unterschiedlichen Kontinenten kleben. Jennys Poesiealbum, das sie immer mit sich trägt, wenn sie unterwegs ist, in das sie ihre Gedanken, Ideen und Erinnerungen einträgt und in das ihre Freunde manchmal etwas hineinschreiben dürfen.

»Ich zitiere: Maries kleine Lebensweisheiten. Ein Auszug«, liest Jenny nun vor.

Verliebtsein ist gleichzeitig das höchste und das unbedeutendste der Gefühle und sinnbildlich für das Paradoxon Leben. Man kann nicht zwei Dinge auf einmal haben und bezahlt immer einen Preis für alles.

Neid ist ein prima Ratgeber.

Ein Traum, der in Erfüllung gegangen ist, war ein Traum.

Selbstliebe, Selbstvertrauen und Selbstachtung sind die Schlüssel zum Glück.

»Wow, das ist alles von mir?«

»Das und noch acht weitere Punkte«, sagt Jenny, »aber am wichtigsten ist wohl der erste Punkt. Der mit dem Paradoxon Leben und dem Preis, den man bezahlen muss. Du bist sicher nicht die Erste, die das festgestellt hat, aber trotzdem hast du recht.«

»Hm.«

»Die Blumen des eigenen Gartens duften nicht so stark wie die wilden Blumen, dafür halten sie länger.«

»Das habe ich auch geschrieben?«, wundere ich mich.

»Nein, das ist aus dem Büchlein Fernöstliche Weisheiten, das du mir mal geschenkt hast.«

»Hm.«

»Jetzt glaub mir halt einfach. Das passt doch alles super zu deiner Situation, oder?«

»Ja.«

»Na also.«

»Ach Jenny, du bist immer so schön praktisch. Und ich verstehe das auch alles, und es leuchtet mir ein! Mein Kopf nickt ganz heftig. Aber …«

»Jetzt komm bloß nicht mit deinem Herzen oder deiner Seele. Mensch, Marie! Du hast einen tollen Freund, ein kleines Kind, einen Job, auf den Punkt gebracht: Du hast ein Leben! Eines, von dem viele vergeblich träumen! Genieß es und vergiss den Gedanken, es kaputtzumachen für ein bisschen Herzklopfen, das man wohl eher Muschipochen nennen sollte!«

»Jenny!« Ich bin ein bisschen entsetzt. Muschipochen. So eine Wortschöpfung habe ich meiner Krefelderin gar nicht zugetraut.

Jenny lacht.

»Hätteste mir jetzt gar nicht zugetraut, was?«

»Ehrlich gesagt nein.«

»Siehste mal, Frau Texterin. Aber das ist doch eine prima Idee. Ich ordne hiermit an, dass du ab sofort immer, wenn dir Paul oder einzelne Körperteile von ihm in den Sinn kommen, Muschipochen denkst. Vielleicht hilft dir das, von deinem Sentimentalitätstrip runterzukommen und dein Leben endlich von ihm zu befreien!«

»Hm.«

»Marie. Ich schaue mir die ganze Geschichte ja nun schon eine Weile an. Wie lange kennst du Paul?«

»Seit acht Jahren und elf Monaten«, antworte ich, ohne rechnen zu müssen.

»Viel zu lange, aber das lässt sich jetzt nicht mehr ändern. Ehrlich gesagt, ich konnte es sogar immer ein bisschen verstehen, dass du ihn nicht komplett aus deinem Leben gestrichen hast, egal, was er sich geleistet hat. Das war auf eine verquere Art romantisch, es war Drama, es war Leben. Ob es Liebe war, weiß ich nicht, aber da kennst du ja meine Meinung.«

»Es war romantisch?«

»Genau. Denn seit gut zwei Jahren ist es das nicht mehr.«

»Du meinst, weil ich jetzt Mutter bin, darf es keine Romantik mehr in meinem Leben geben?« Mir ist bewusst, dass Jenny es nicht so meint, und trotzdem stelle ich diese Frage leicht provozierend.

»Quatsch.« Sie lässt sich nicht aus dem Konzept bringen. »Andersherum wird ein Schuh draus. Das ganze Theater mit Paul ist nicht mehr romantisch, weil du jetzt nicht mehr nur an dich denken kannst. Klar war es auch Jan gegenüber keine besonders faire Geste, noch einmal mit Paul …«

»Ich weiß. Weiter.«

»… aber Jan weiß wenigstens Bescheid und hatte die Wahl. Er ist geblieben, weil er bleiben wollte, nicht weil er keine Ahnung hatte. Aber Franziska hat keine Wahl.«

»Ich weiß.«

»Dann handle auch danach.«

»Hab ich ja vor«, sage ich und erinnere sie an meine To-do-Liste. »Aber was soll ich Natalie sagen?«

»Wie wär's mit der Wahrheit?«

»Sie denkt, Paul und ich seien Exkollegen.«

»Das stimmt ja auch. Dabei kannst du ja bleiben. Du musst nur ein paar nicht ganz unwichtige Details hinzufügen.«

Ich denke sofort an Details von Paul, neulich auf dem Balkon. Mein Gott, das muss ich mir abgewöhnen. Ich bin doch keine siebzehn mehr.

»Aber wird sie sich dann nicht furchtbar fühlen?«

»Das wird sie sowieso. Aber wichtig ist doch in erster Linie, dass sie nicht das Gefühl bekommt, es läge an ihr, dass du diese Freundschaft beendest. Sie wird es besser akzeptieren können, wenn ihr deine Beweggründe klar sind. Dann wird sie sich in deine Lage versetzen und erkennen, dass du keine andere Wahl hast.«

»Aber was wird sie dazu sagen, dass Paul meinetwegen nach München gezogen ist? Immerhin hat er sie mitgenommen, ohne ihr zu erzählen, warum. Das ist doch krass. Er verlegt einfach mal seinen und damit ihren Lebensmittelpunkt und den ihres Sohnes in eine andere Stadt, die ihr noch dazu völlig fremd ist.«

»Das ist halt typisch Paul. Er will nach München, also musste sie mit – oder ohne ihn in Berlin bleiben.«

»Wird es sie nicht furchtbar verletzen, das zu erfahren?«

Ich kann regelrecht sehen, wie Jenny in Krefeld mit den Schultern zuckt.

»Da muss sie durch. Das ist eine Sache zwischen den beiden, da würde ich mich an deiner Stelle nicht einmischen.«

»Aber tue ich nicht genau das, wenn ich ihr die Wahrheit erzähle?«

»Jetzt hör mal auf, dir immer selbst die Schuld an allem zu geben«, sagt Jenny streng und seufzt, »hach, das ist typisch Frau. Nicht du bist nach Berlin gezogen, Paul ist nach München gekommen.«

»Ja, okay«, lenke ich ein, »also, dann werde ich in den sauren Apfel beißen und Natalie die Wahrheit erzählen. Beziehungsweise vielleicht …«

»Nein, du kannst ihr keine E-Mail schreiben«, fällt Jenny mir ins Wort, als könne sie meine Gedanken lesen. »Das wäre einfach nicht fair gegenüber Natalie, und es hat obendrein keinen Stil. Du musst schon persönlich mit ihr reden.«

»Ja gut, ich mach's.«

Aber nicht heute. Es ist schon fast elf Uhr, ich muss dringend noch etwas arbeiten, dann Franziska abholen und mit ihr etwas unternehmen. Vielleicht sollte ich heute einfach mal Gudrun fragen, ob sie mit an den Feringasee fährt oder Lust hat, diesen neuen Kletterspielplatz an der Schlossmauer auszuprobieren. Ich bin zwar nicht direkt mit Natalie auf dem Grünwaldparkspielplatz verabredet, aber sie wird sicher dort sein. Ja, ich bin feige. Aber ich brauche noch einen Tag, um mich seelisch auf dieses Gespräch vorzubereiten. Und vielleicht sollten die Kinder nicht dabei sein. Ich sollte mich besser mal für einen Abend im Ysenegger oder Pardi mit Natalie verabreden, das ist sicher der bessere Rahmen für das, was ich tun muss, als ein Spielplatz mit seinen typischerweise ständig unterbrochenen Gesprächen. Kann natürlich etwas dauern, bis wir beide gleichzeitig einen Babysitter finden oder unsere Männer zu Hause bleiben …

Seufzend klappe ich mein Laptop auf und rufe erst mal meine E-Mails ab. Outlook lädt die Neueingänge. Und bei Nummer fünf bleibt mir fast das Herz stehen.

Von: Paul Neumann <paul.neumann@schoenborn-verlag.de>
Datum: Dienstag, 11. August 2010, 10:54:13 MESZ
An: Marie Sandmann <kl_diva@gmx.de>
Betreff: Bitte

Liebe Marie,
seit Du neulich in meiner Wohnung warst, muss ich ständig an Dich denken. An Dich und an das, was damals war. An unsere gemeinsame Zeit. Was wir alles gemeinsam erlebt haben, hier in München, unser Sommer 2003, weißt Du noch? Und Neuseeland … Ich habe mit Dir wirklich die beste Zeit meines Lebens gehabt, hier in der Stadt und am anderen Ende der Welt, und manchmal beschleicht mich der Verdacht, wir wären auch in Ludwigshafen im November oder im spätwinterlichen Jakutsk glücklich miteinander gewesen. Und weißt Du noch, unser Sex? Vom ersten Mal an war er etwas Besonderes. Du weißt, ich bin kein Mann von Traurigkeit, und ich habe weiß Gott schon einige Frauen gevögelt, ohne dass ich jetzt damit angeben will. Aber mit keiner war es so wie mit Dir, Marie. So voller Hingabe, Leidenschaft, Vertrauen und Lust. So geil, auf Deutsch gesagt, und gleichzeitig so viel mehr, so innig, so wertvoll, so … schön.

Du fragst Dich jetzt sicher, warum ich Dir das schreibe. Jetzt, wo Du glücklich bist mit Deinem Jan und eine so entzückende Tochter hast. Und so angekommen wirkst in Deinem Leben, was mich wirklich sehr für Dich freut, das musst Du mir glauben. Ich beobachte Dein Leben mit einer Mischung aus Stolz und Wehmut. Stolz, weil Du es geschafft hast, meine Marie, weil Du erwachsen geworden bist und Deinen Weg gefunden hast, weil Du eine gute Mutter bist und es trotzdem schaffst, zu arbeiten, weil Du Dein anstrengendes Leben managst und dabei Deinen Humor nicht verloren hast. Und Wehmut, weil Dir das alles nicht mit mir gelungen ist, sondern mit einem anderen Mann. Weil er ein Teil Deines Glücks ist und nicht ich. Aber ich weiß, ich bin selbst schuld daran, ich habe mir einfach zu lange Zeit gelassen, um mich für Dich zu entscheiden. Irgendwann war es einfach zu spät, ich war zu spät dran. Das akzeptiere ich, und ich lebe damit, so gut ich kann.

Aber ich habe eine Bitte an Dich, Marie. Und ich bitte Dich, lass sie ein wenig sacken und wirken, bevor Du mir antwortest, hau sie mir nicht sofort um die Ohren, denn sie klingt möglicherweise etwas unverschämt für Dich. Gib mir eine Chance.

Marie, lass uns noch ein Mal miteinander schlafen. Lass uns einen würdigen Abschied feiern, einen Abschluss für unsere gemeinsame Geschichte finden. Ich möchte Dich noch ein Mal spüren, Deinen wunderbaren Körper, noch ein Mal Deine Stimme hören, wenn Du unter mir liegst, mich noch ein Mal in Deinen Haaren festkrallen und Dich besitzen, nein, noch ein Mal die kurze Illusion haben, Du würdest mir gehören. Ich will Dich zärtlich lieben und wild, verliebt und fordernd, langsam und schnell. Ich wünsche mir ein Abschiedsfest mit Dir. Eine ganze Nacht lang, nur Du und ich, und danach lasse ich Dich für immer in Ruhe, das verspreche ich Dir bei allem, was mir heilig ist.

Bitte überleg's Dir. Und lass Dir Zeit dabei und mit Deiner Antwort, ich kann warten.

Voller Sehnsucht
Dein Paul

Als ich die Zeilen fertig gelesen habe, ist mein erster Impuls: löschen. Ich platziere den Mauszeiger über dem roten Delete-Button und klicke darauf. Die E-Mail verschwindet aus meinem Posteingang, und statt ihrer erscheint das aktuelle Sommerprogramm von Tupperware mit dem Quick-Chef 3 und dem Junior KäseMaX. Die zwei können meinen Herzschlag jedoch nur unwesentlich verlangsamen. Ohne mich zu bewegen, sitze ich vor meinem Computer und denke darüber nach, wie entscheidend doch der Faktor Zeit bei fast allem im Leben ist. Noch vor wenigen Jahren hätte ich meine Seele verkauft für so eine Mail von Paul. Es steht genau das drin, was ich immer so gerne von ihm gehört oder, noch besser, gelesen hätte und was er mir nie sagte oder schrieb. Nur leider zu spät. Und vielleicht eine Spur zu sexuell. Ging es nicht eigentlich in der gesamten Mail nur ums Vögeln? Blöd, dass ich sie gelöscht habe. Nach dem ersten Schreck hätte ich sie gerne noch einmal mit analytischerem Blick angesehen. Aber da eine Mail ja erst wirklich weg ist, wenn man sie per Hand aus dem Ordner »Gelöschte Objekte« entfernt hat, fische ich sie kurzerhand aus selbigem wieder heraus und lese sie ein zweites Mal. Mein Blut hat sich inzwischen wieder halbwegs normal in meinem Körper verteilt und sich nicht nur in Kopf und Unterleib versammelt wie beim ersten

Lesen, und so fallen mir ein paar Dinge auf, die ich in der ersten Hysterie gar nicht wahrgenommen hatte.

Erstens: Paul erwähnt mit keinem Wort Natalie oder die Tatsache, dass nicht nur ich vergeben bin, sondern auch er.

Zweitens: Er schreibt nicht, warum er zurück nach München gekommen ist.

Drittens: Es geht wirklich nur ums Vögeln. Zumindest könnte man, wenn man will, den Teil mit dem Rückblick auf München und Neuseeland und die Komplimente im folgenden Absatz als Einleitung zu dem Kern seines Textes sehen, Pauls Bitte, die er ja schon im Betreff ankündigt: Sex. Noch ein Mal. Ich muss unwillkürlich und laut lachen, denn diese drei Worte höre ich seit ungefähr einem Jahr jeden Tag mehrfach. Noch ein Mal Buch anschauen, noch ein Mal Duplo-Turm bauen, noch ein Mal Seifenblasen, noch ein Mal rutschen, noch ein Mal Der Mond ist aufgegangen singen. Ständig will Franziska, dass ich irgendetwas noch ein Mal tue. Und jetzt will Paul es noch ein Mal mit mir tun. Ob seine Auffassung von einem Mal wohl dieselbe ist wie die meiner Tochter? Dann wäre seine Mail die Anfrage für eine langfristige Affäre.

Ich weiß, dass ich empört zu sein hätte, eigentlich. Empört, wütend, sauer und vielleicht noch ein kleines bisschen verletzt. Doch nach dem zweiten Lesen fühle ich mich eher amüsiert. Und ein bisschen geschmeichelt. Ein klein wenig Wehmut ob des miesen Timings dieser Zeilen sind auch mit in der Gefühlsmischung. Und dann hat doch da tatsächlich noch jemand eine Prise Versuchung darübergestreut, süß wie Zimtzucker, garniert mit einer kalorienhaltigen Butterflocke. Ich traue mich kaum, das vor mir selbst zuzugeben, aber ganz kurz zuckt ein Gedanke durch mein Hirn: Was wäre, wenn ich auf Pauls Wunsch eingehen würde? Nein, es ist ja eine Bitte, kein Wunsch. Aber so abstrus sie klingen mag, vielleicht wäre sie genau die Richtige, um ihn endlich für immer aus meinem Leben zu bekommen?

Noch bevor ich mich selbst für diese verwerflichen Gedanken schimpfen kann, klingelt mein Mobiltelefon, und ich zucke zusammen, als sei eine Feuersirene losgegangen. Die Nummer auf dem Display ist mir unbekannt, ein Münchner Anschluss, aber vielleicht hat auch nur die Synchronisation mit dem Computer nicht geklappt. Seit ich dieses praktische iPhone habe, das für mich allerdings immer noch eher ein Mini-Laptop ist, mit dem man zur Not auch mal telefonieren kann, muss ich öfter mal Anrufe entgegennehmen, ohne zu wissen, wer mich sprechen will. Eine unangenehme Sache, kaum vorstellbar, dass das früher, in der Wählscheibenzeit, immer so war.

Beinahe verpasse ich den Anruf (dann müsste ich Herrn oder Frau Unbekannt zurückrufen, noch blöder) und schaffe es gerade noch, die grüne Taste zu treffen und ein »Ja?« in das Mikro zu raunzen.

»Spreche ich mit Frau Sandmann?«

»Am Apparat«, sage ich hölzern und versuche, die weibliche Stimme einzuordnen.

»Hier ist die Sabrina von den Sandrockern.«

Sandrocker? Was wollen die von mir? Geld oder Förmchen? Gerade noch rechtzeitig fällt mir wieder ein, dass das der Name der Krippe ist, in die Franziska geht.

»Oh, ja, hallo! Was gibt's denn?« Ich arbeite, füge ich in Gedanken hinzu, obwohl es mir eigentlich egal sein könnte, ob Sabrina denkt, ich würde meine Vormittage teetrinkend im Café Neuhausen verbringen oder im Vorstandsmeeting eines DAX-Unternehmens.

»Die Franziska ist leider beim Turnen mit der Stirn gegen die Wand gerannt und hat jetzt eine ziemliche Beule. Könnten Sie sie vielleicht abholen?«

»Wie, jetzt?« Ich sehe auf die Uhr. Gerade mal halb zwölf. Gleich müsste es für Franziska Bio-Mittagessen geben.

»Sie hat wirklich ziemlich geweint«, sagt Sabrina, und in ihren Worten schwingt deutlich hörbar »Rabenmutter« mit.

Ich will ihr erklären, dass das sicher nur der erste Schreck war und meine Tochter zu schneller Beulen- und Tränenbildung neigt, dass beide aber auch genauso rasch wieder verschwinden, wie sie gekommen sind, doch dann sage ich brav und versuche, dabei ein Mindestmaß an Besorgnis in meine Stimme zu legen:

»Ja natürlich, ich bin schon unterwegs und in zwanzig Minuten da.«

So ist das, wenn man ein kleines Kind hat. Ich komme selten dazu, einen Gedanken zu Ende zu denken. Nicht mal mein aktuelles Gefühlsleben kann ich in Ruhe analysieren, denn bevor mein Bild wirklich vollständig ist, kommt immer etwas dazwischen. Wie soll ich da einen Überblick bekommen? Wenn mich jetzt jemand fragen würde, wie es mir geht, ich wüsste gar nicht, was ich sagen sollte. Immer auf dem Sprung vielleicht. Es geht mir gut, aber ich muss los und bin schon wieder zu spät dran. Ich hetze von der Wohnung zur Kita und von dort in mein Büro oder zu einem Termin, nehme mein Mittagessen im Gehen auf dem Rückweg zur Krippe ein und bin dort, kaum angekommen, schon wieder auf dem Weg zum Spielplatz, in den Tierpark oder zu anderen Müttern. Bevor ich dann wieder nach Hause gehe, weil Franziska ein Abendessen braucht, erledige ich noch schnell alle nötigen Einkäufe und einen Teil der nötigen Erledigungen, nur um abends erschöpft aufs Sofa zu fallen und festzustellen, dass ich mich schon wieder nicht um die Wäsche, die Steuer und das längst fällige Ausmisten der Kinderklamotten gekümmert habe. Wie soll man da ein Gespür dafür entwickeln, wie es einem geht und wie man sich fühlt? Ich will mich nicht beschweren über dieses rasante Coffee-to-go-Leben, denn es gefällt mir ganz gut, ich bin gerne in Bewegung und mag es lieber, wenn die Tage in rasender Geschwindigkeit und viel zu schnell vergehen, als wenn sie sich in die Länge ziehen wie Minuten im Wartezimmer des Zahnarztes, bei denen man einen Spiegel von vorne bis hinten durchblättert, ohne dass ein einziges Wort des Geschriebenen im Gehirn ankommt. Aber manchmal verliere ich mich selbst aus den Augen, springe immer schon wieder auf, wenn meine Seele sich gerade mal in Ruhe hingesetzt hat und bereit wäre, Auskunft über ihren Zustand zu geben. Unglaublich, wie viel Zeit ich früher hatte, mir um mich Gedanken zu machen. Und über ein paar Mitmenschen. Heute gehören diese Gedanken zu 90 Prozent Franziska, und die restlichen zehn Prozent teile ich mir mit Jan, meinen Eltern und meiner Steuerberaterin.

Als ich in der Kita ankomme, begrüßt mich eine äußerst fröhliche Franziska, die es super findet, ihre Erzieherin ganz für sich alleine zu haben, während die anderen Kinder Mittagsschlaf halten müssen. Ich will natürlich sofort die Beule besichtigen, doch selbst mit viel Phantasie ist auf Franziskas Stirn nicht mal eine kleine Wölbung zu erkennen.

»Das sah am Anfang aber wirklich übel aus«, beteuert Sabrina, der es nun fast ein bisschen peinlich ist, dass sie mich angerufen hat, »ehrlich! Und sie wollte auch nichts zu Mittag essen.«

»Das glaube ich Ihnen schon«, sage ich und meine es auch so. Ist schließlich nicht das erste Mal, dass meine Tochter mit dem Kopf gegen einen harten Gegenstand gelaufen ist. Und dem Aushang im Vorraum der Krippe habe ich entnommen, dass es heute Blumenkohl mit Tofuwürfeln gab, was die Essensverweigerung meines Kindes hinreichend erklärt.

»Franzi Bonbons haben!«, fordert es nun und fängt an, meine Tasche zu durchsuchen. Obwohl es sicher nicht nötig ist, bekommt es ein paar Arnika-Globuli. Und da ich nun schon mal da bin, nehme ich es gleich mit nach Hause.

Eigentlich bin ich gar nicht so unglücklich darüber, dass ich in Franziskas Gegenwart nicht näher und weiter über Pauls unmoralisches Angebot nachdenken kann. Kind und Sex, diese beiden Dinge passen eben nur zum

Zeitpunkt der Zeugung perfekt zusammen und entfernen sich dann in immer schneller werdendem Tempo voneinander wie zwei absichtlich zusammengestoßene Billardkugeln. Außerdem habe ich jetzt wieder mal zu tun. Franziska hat Hunger.

»Was willst du denn essen?«

»Nudeln!«, schlägt sie vor.

»Spatz, wir können doch nicht jeden Tag Nudeln essen …«

»Nudeln. Ohne Soße.«

»Das macht es auch nicht besser«, sage ich und denke an die Mikromengen Gemüse, die in einer Nudelsauce sind und die Franziska nicht isst, wenn ich auf ihren Vorschlag eingehe.

»Wie wär's mit Buttergemüse?« Soll ja gar nicht so schlecht sein, das Tiefkühlzeug. Besser als sein Ruf, habe ich mal gelesen. Und ich könnte es für einen Euro mehr von Naturkind kaufen, dann ist es auch noch bio.

»Butter! Au ja!«

»…gemüse.«

»Butter ohne Müse.«

»Ja, schaun wir mal.«

Butter ohne Müse. Wer kann da schon an Pauls Körper denken?

Vielleicht sollte ich einfach aufhören mit dem ganzen Männerquatsch, schießt es mir durch den Kopf, als ich den Buggy zur U-Bahn-Station schiebe. Oder zumindest für die nächsten 16 bis 20 Jahre. Möglicherweise sollte ich lieber noch ein, zwei Kinder bekommen, nebenbei ein bisschen arbeiten und mich ansonsten mit diesen vielen, zeitraubenden Dingen beschäftigen, um die man sich kümmern muss, wenn man Kinder hat. Stillen, wickeln, zum Schlafen bringen. Trösten, erklären, spielen. Fördern, erziehen, liebhaben. Kita-Suche, Kindergartenanmeldung, Fünffachimpfung. Wimmelbücher, Knete, Wachsmalstifte. Winterstiefel, Fahrradhelme, Matschhosen. Es fängt mit einer Milchpumpe an und hört mit Hausarrest auf. Und auch die Nebenwirkungen sind nicht zu unterschätzen. Irgendwann braucht man nicht nur einen neuen Kindersitz, sondern gleich ein neues, größeres Auto, und spätestens beim dritten Kind müssten wir uns endlich mal nach einer Immobilie umschauen. Damit könnte ich mich wiederum locker ein paar Jahre lang beschäftigen. Muss es Untermenzing sein, oder geht Allach auch? Ist Oberschleißheim zu weit draußen? Und warum nicht gleich Sauerlach, schließlich haben die eine S-Bahn? Oder doch nach Pullach in eine elegante Doppelhaushälfte, oder braucht man dazu zwingend einen Porsche Cayenne? Energiesparbungalow, Reihenhaus oder renovierungsbedürftige alte Villa? Oder vielleicht doch selber bauen? Und wie finanziert man das alles? Ich kann mich noch gut an meine beste Freundin aus der Grundschulzeit erinnern, bei der jahrelang die Margarine dünn aufs Brot gekratzt wurde, weil die Familie fürs selbstdesignte Eigenheim in Gauting sparen musste.

Man nehme ein, zwei bis drei Kinder im Alter vom Baby bis zum Grundschulkind, eine großzügige Portion Existenzängste, die Stadt München mit ihren Immobilienpreisen und ein bisschen Repräsentationsbedürfnis, und schon ist man für lange Zeit gut beschäftigt und damit weg vom Sehnsuchtsmarkt. Weil die alltäglichen Probleme, Sorgen und Herausforderungen einfach zu banal sind, um sich nach gutem Sex oder gar Romantik zu sehnen. Vielleicht ein bisschen wie früher in der Steinzeit, als die Menschen noch jeden Tag Angst haben mussten, von wilden Tieren als Abendessen verwendet zu werden, und sich darum sorgten, selbst ein Dinner zu erbeuten. Keiner kann mir erzählen, dass die damals solche Probleme hatten wie die, die man im Forum »Partnerschaft« auf urbia.de zu Hunderten nachlesen kann. »Ich liebe meinen Mann von ganzem Herzen, und er ist ein toller Vater für unsere zwei Kinder, aber manchmal denke ich, die Luft ist raus. Das ist irgendwie nur noch eine sehr gute Freundschaft zwischen uns. Aber das Ganze hat rein gar nichts mit dem Mann zu tun, den ich vor ein paar Monaten kennengelernt habe und bei dem es mir im Magen kribbelt, wenn er mich nur ansieht. Okay, wir haben uns auch schon geküsst, es ist einfach passiert, und jetzt überlegen wir, ob wir uns eine kleine Wohnung mieten, um nicht jede Woche in teure Hotels gehen zu müssen. Ich glaube, ich liebe ihn wie nie einen Menschen zuvor. Ich bin total verzweifelt. Was soll ich nur tun???«

Vielleicht wäre es besser, die Sehnsucht nach Freiheit, Abenteuer und der ganz großen Liebe durch die nach getrüffelter Pasta mit frisch gehobeltem Parmesan, Ausschlafen am Sonntag und dem cremefarbenen Designersofa von Ligne Roset zu ersetzen. Banale, schöne Dinge in einem banalen, schönen Leben. Ein Leben, von dem viele nur träumen und nach dem viele ironischerweise genau die Sehnsucht verspüren, die Leute wie mich an diesem Leben zweifeln lässt.

Wäre das nicht ein feines Leben? Ich könnte meine ganze Energie darauf verwenden, eine gute Mutter zu sein und immer und überall das Beste für mein Kind herauszuholen, könnte mich im Elternbeirat der Krippe, des Kindergartens und später der Schule engagieren, mein Gemüse nur noch beim Biobauern kaufen und schonend dampfgaren, unser Eigenheim geschmackvoll einrichten, mit Franziska den Musikgarten, das rhythmische Kinderturnen, Kleinkindpilates und eine kreative Bastelgruppe besuchen. Sicher würde ich irgendwann den Ehrgeiz entwickeln, Jan jeden Abend, wenn er erschöpft aus dem Büro heimkommt, ein schmackhaftes Abendessen zu servieren, statt ihm nicht ohne Stolz zu berichten, dass ich Pfisterbrot und Scheibenkäse gekauft habe und er sich gerne daran bedienen kann. Und wenn ich erst mal so weit wäre, würde sicher noch irgendein soziales Engagement hinzukommen, falls ich das neben meinem Vormittagsjob als erfolgreiche Porträtfotografin noch schaffe. Wo, bitte, sollen die blöden Sehnsüchte nach einem Mann wie Paul und seinem Körper da noch Platz haben? Rein zeitlich, vom Seelischen mal ganz abgesehen?

Franziska ist über meinen stummen Überlegungen einfach in ihrem Buggy eingeschlafen. Ohne Butter und ohne Müse. Ich fahre sie nach Hause und trage das warme, schnaufende Kind die drei Stockwerke nach oben, wo ich sie in ihr Bett legen kann, ohne dass sie aufwacht. Dann mache ich mich gleich an die Umsetzung meiner Anti-Sehnsuchts-Strategie und beginne, das vorhandene und schon leicht angeschrumpelte Gemüse, das ich in der Küche finde, bei geringer Hitze zu schmoren, statt nach einer Packung Tiefkühlkost zu greifen. Fühlt sich gut an. Nicht spektakulär, ich platze beim Dünsten nicht gerade vor Lebenslust, aber ich bin zufrieden und auf eine stille, erwachsene Weise sogar glücklich. Geht doch, Frau Sandmann.

DONNERSTAG, 12. AUGUST 2010.

BETRUG.

Als ob nur eine Stunde vergangen wäre, seit ich ihn das letzte Mal berührt habe. Das geht mir durch den Kopf, während ich über Pauls Hals streiche, mit dem Zeigefinger sein kleines Muttermal am Schlüsselbein streife und dann meine ganze Handfläche über seine nackte Brust nach unten gleiten lasse. Ich spüre seine warme Haut und jedes einzelne seiner Brusthaare, die seit unserer ersten Begegnung ohne Kleidung im Spätsommer 2002 teilweise grau geworden sind. Unter seinen Rippen fühle ich sein Herz ungefähr zweimal pro Sekunde schlagen. Ich lasse meine rechte Hand auf seiner Brust liegen und gehe mit meiner linken weiter nach unten. Sein Herzschlag beschleunigt sich, als ich seinen Bauch erreiche, und als ich mit den Fingern meiner linken Hand spielerisch unter den Bund seiner Shorts fahre, nur ein Stückchen, stöhnt er auf, löst sich aus seiner Erstarrung und zieht mich an sich, ganz fest, presst seinen Körper an meinen, und unsere Haut berührt sich, saugt sich aneinander fest wie feuchtes Papier. Wieder spüre ich durch seine Shorts hindurch sein hartes Glied, das sich aufgerichtet hat und an meiner Hüfte pulsiert, und ich kann es wie in einem Film vor mir sehen, kann es zwischen meinen Lippen und später in mir verschwinden sehen. Ich höre mich nun selbst aufstöhnen, kehlig und wild, und ich weiß, wenn ich jetzt nichts unternehme, wird alles ganz schnell gehen. Wir werden übereinander herfallen und uns die wenigen verbliebenen Kleidungsstücke vom Körper reißen, Paul wird mit bebenden Fingern den Verschluss meines BHs öffnen und ihn mir von den Schultern zerren, dann meinen Slip über meinen Po nach unten streifen, bis er um meinen Knöcheln zum Liegen kommt und ich nur noch heraussteigen muss. Gleichzeitig werde ich seine schwarzen Shorts erst nach vorne und dann nach unten ziehen, wobei mir sein Schwanz ungeduldig entgegenspringen wird, und während ich ihn von seiner Unterhose befreie, werde ich sein Glied wie unabsichtlich streifen. Endlich nackt, wird Paul mich dort, wo wir gerade stehen, im Flur meiner Wohnung, auf den Boden drücken, sich über mich knien und gierig meine Beine spreizen und sofort in mich eindringen. Keuchend, schnell und heftig werden wir uns lieben, auf den nackten, kühlen Dielen, bis der erste Hunger gestillt ist und wir verschwitzt und außer Atem aufeinander liegen bleiben, alle Gliedmaßen ineinander verschlungen.

Aber heute will ich das nicht so. Es wird unser letztes Mal sein, und ich will es hinauszögern, bis keiner von uns es mehr aushält. Und noch länger. Ich will Paul noch nicht von seinem Begehren erlösen, sondern es noch steigern, es so lange spüren, wie es geht. Also trete ich einen Schritt zurück und löse mich aus Pauls Umarmung, bringe etwas Luft zwischen uns und stehe einfach in meiner auberginefarbenen, schlichten Unterwäsche von Muji vor ihm, genieße seinen Blick, der meinen Körper verschlingt, genieße es, zu wissen, dass es ihm völlig egal ist, ob meine Bauchdecke weniger straff ist als vor drei Jahren und wie sich meine Brüste verhalten, wenn sie nicht mehr durch den BH gehalten werden. Erwidere seinen forschenden, begehrlichen Blick und genieße meinerseits, wie wenig es mich stört, dass auch Paul mittlerweile einen kleinen Bauchansatz zeigt und sich seine Muskeln weniger definiert unter seiner Haut abzeichnen als noch vor ein paar Jahren. Ich atme seinen Duft ein und weiß, dass er mich immer anziehen wird. Solange ich lebe. Der Duft. Und er selbst. Auch wenn ich ihn hasse dafür, dass er, ohne zu fragen, in mein glückliches Leben eingedrungen ist und wie ein Einbrecher alles darin auf den Kopf gestellt, durcheinandergeworfen und durchwühlt hat. Auch wenn ich ihn dafür verachte, dass ihm mein Seelenheil und das seiner Freundin völlig egal ist und er einfach tut, was ihm in den Sinn kommt. Auch wenn ich weiß, dass er mich nur besitzen will und es hier nicht um Liebe oder gar Freundschaft geht – begehren werde ich ihn immer, und mit den Jahren wird diese Anziehung nicht schwächer, sondern immer stärker. Gleichzeitig weiß ich, dass ich in Zukunft mit der Erinnerung an Pauls Duft, seine Haut und seinen Körper auskommen muss. Weil ich es nicht schaffen würde, nur mit ihm zu schlafen, ohne ihn zu lieben. Und lieben will ich ihn nicht mehr. Aber heute werde ich mir jede Sekunde, jedes Detail genau einprägen, es in meinem Hirn einbrennen und unlöschbar speichern, damit ich alles abrufen kann, wenn ich es brauche.

»Marie. Komm zu mir«, sagt Paul nun mit rauer Stimme, und es ist kein Vorschlag, es ist ein Befehl. Mir läuft ein angenehmer Schauer über den Rücken.

»Nein«, sage ich, »ich will zuerst noch ein Bier mit dir trinken, in der Küche.«

»Ein Bier mit mir trinken.«

»Ja. Komm.« Ich drehe mich um, hoffe, dass meine Hinteransicht, die ich schon lange nicht mehr wie früher im Spiegel kontrolliert habe, einigermaßen gut aussieht, straffe meine Schultern und gehe so elegant, wie mir das in Unterwäsche möglich ist, in die Küche. Paul folgt mir. Und ein kleines Wunder passiert, ein Wunder, das es nur zwischen Paul und mir geben kann. Meine Unterbrechung bewirkt keinen Erregungsabfall (und auch keinen spontanen Erektionsverlust, wie ich feststelle, als ich einen verstohlenen Blick auf Pauls Shorts werfe), nein, es kribbelt unvermindert weiter. Wobei kribbeln die Spannung, die in der Luft zwischen uns liegt, ungefähr so präzise beschreibt wie Unwohlsein den Geburtsschmerz bei der vierten Presswehe. Paul setzt sich gehorsam an den Küchentisch, während ich zum Kühlschrank gehe und zwei Flaschen Augustiner heraushole und öffne. »Brauchst du ein Glas?«, frage ich Paul, und es hört sich an wie »Soll ich dir einen blasen?«. Seltsam. Paul zuckt zusammen.

»Nein«, antwortet er, »ich trinke gerne aus der Flasche«, und es klingt wie »Ich möchte, dass du vor mir kommst«.

Da sitzen wir nun, beide nur in unserer Unterwäsche, am hölzernen Küchentisch an einem helllichten Vormittag und trinken kaltes, helles Bier aus Flaschen. Und ich genieße das Abwarten, weil ich weiß, was gleich passieren wird. Noch befinde ich mich vor dem letzten Mal. Noch hat das letzte Mal nicht begonnen. Und ich will gar nicht daran denken, wie es danach sein wird.

»So«, sagt Paul auf einmal, stellt seine halb ausgetrunkene Bierflasche auf dem Tisch ab und steht auf. Ich bekomme Angst. Will er jetzt nicht mehr? Hat ihn doch die Lust verlassen? Mein Blick wandert wieder zu seiner Körpermitte. Na, zumindest weiß sein Schwanz dann noch nichts davon, oder er gehorcht ihm nicht, was natürlich auch sein kann. »Jetzt reicht's mir«, sagt Paul, kommt um den Tisch herum, nimmt mir die Bierflasche aus der Hand und stellt sie ebenfalls ab. Dann beugt er sich zu mir hinunter, und ehe ich verstehe, was er vorhat, hat er mich einfach um die Schultern und unter den Kniekehlen gepackt und hebt mich hoch, als würde ich keine sechzig Kilo wiegen. »Ich werde dich jetzt vögeln«, sagt Paul und klingt mehr als entschlossen, »ob du noch dein Bier austrinken willst oder nicht, das ist mir egal, ich will dich jetzt.« Hormone schießen aus all meinen produzierenden Drüsen, und ich kann förmlich spüren, wie sie meine Blutbahnen entlangschießen. Ist das wirklich so? Wollen wir Frauen vom Kerl an den Haaren in die Höhle geschleift und genommen werden, haben wir es satt, wenn er vor jeder Berührung um Erlaubnis fragt und gentlemanlike unser »Ja, bitte« abwartet, bevor er es wagt, seine Finger oder andere Körperteile in uns zu schieben? Ich weiß nicht, wie es anderen geht, aber für mich gilt: Ja. Nicht ja, bitte, sondern ja, schleif mich in deine Höhle. In diesem speziellen Fall ist es genau genommen meine Höhle, sprich mein Bett (wem das Bett außer mir noch gehört, verdränge ich ganz schnell wieder), und Paul schleift mich auch nicht dorthin, er trägt mich. Aber nicht, wie ein Bräutigam seine frisch Angetraute über die Schwelle des Hauses trägt, sondern eher, wie ein wildes Tier seine Beute verschleppt. Im Schlafzimmer wirft er mich mehr auf das Bett, als dass er mich dort ablegt, und ich beobachte mich staunend dabei, wie sehr ich es genieße, dass er mir hastig die zwei übriggebliebenen, störenden Kleidungsstücke vom Leib reißt, sich dann selbst mit einer Bewegung die Shorts abstreift, sich zwischen meine Beine wirft und ohne Umschweife oder Vorspiel sofort tief in mich eindringt. Ich höre mich selbst aufschreien, und es ist weder Überraschung noch Schmerz, es ist die reine Lust.

Da klingelt es an der Tür, dreimal, laut und schrill. Ich zucke zusammen, öffne die Augen und muss kurz überlegen, warum ich angezogen auf dem Fensterbrett in der Küche sitze, statt nackt und mit geöffneten Schenkeln in meinem Bett zu liegen. Widerwillig rutsche ich von meiner Sitzposition, schlurfe etwas benommen in den Flur und betätige den Türöffner. Ob das wohl der DHL-Mann mit meinem Paket von Amazon ist? Doch nicht der Mensch in Gelb-Rot kommt die Treppe herauf, sondern eine Frau mit roten Haaren und Augen in ähnlicher Farbe.

»Natalie! Was ist denn passiert? Und wo ist Felix? Komm rein!«

Sie schnieft laut, zieht ihren Naseninhalt hoch und betritt wortlos die Wohnung. Zielstrebig geht sie in die Küche, obwohl sie zum ersten Mal hier ist, und lässt sich dort auf einen Stuhl sinken. Ganz kurz bin ich froh, dass dort keine zwei halbvollen Augustinerflaschen auf dem Tisch stehen.

»Das Schwein betrügt mich!«

»Wer?« Blöde Frage, um Zeit zu gewinnen.

»Paul!« Sie spuckt den Namen aus wie eine bittere Kirsche, die sich in einer Schale mit süßen versteckt hat.

Hektisch rasen die Gedanken in meinem Kopf herum, stoßen dort zusammen, prallen von meiner Schädelwand ab und überkreuzen sich. Mir wird ganz schwindelig. Nein, will ich sagen, da irrst du dich, Natalie. Er betrügt dich nicht, noch nicht, und er wird es auch nicht tun, ich habe mir das doch nur gerade ausgemalt, damit ich es in der Wirklichkeit nicht tun muss. Ich werde Paul eine Absage erteilen, denke ich und weiß, dass ich lüge, denn mein Tagtraum war eine Vorbereitung darauf, noch einmal mit Paul zu schlafen, mit ihm Abschied zu feiern, kein Ersatz dafür.

Da ich kein hörbares Wort von mir gegeben habe, spricht Natalie weiter: »Die Schlampe ist erst einundzwanzig! Das musst du dir mal auf der Zunge zergehen lassen. Einundzwanzig. Ich dachte immer, man wird mit fünfzig gegen zwei Fünfundzwanzigjährige eingetauscht. Aber ich bin erst dreiunddreißig, und Paul ist doppelt so alt wie dieses Mädchen! Sie könnte seine Tochter sein!«

»Ich ... äh ... aber ...«, werfe ich ein, was Natalie nicht weiter stört. Mit dem Daumennagel vertieft sie wütend eine Maserung meines Küchentischs, während sie weiter faucht: »Also, ich meine Paul ja zu kennen, und ich habe mit vielem gerechnet. Diese Exfreundin von ihm zum Beispiel, von der er mir nie Näheres erzählen wollte, der er aber anscheinend immer noch irgendwie hinterhertrauert, wenn er mit der wieder Kontakt aufgenommen hätte, das hätte mich nicht gewundert. Aber dass er jetzt mit einer Einundzwanzigjährigen vögelt, die er bei Twitter kennengelernt hat, das hätte ich nie gedacht!«

In meinem Kopf schwirren nun die Stichworte wild durcheinander und wollen einfach kein gerades Bild ergeben. Exfreundin? Hinterhertrauern? Twitter? Bin ich diese Ex, die Paul nie vergessen konnte, oder wäre ich das nur gerne? Aber wieso dann Twitter? Und wäre jetzt nicht die ideale Gelegenheit, Natalie reinen Wein einzuschenken? Irgendwann muss ich das sowieso tun. Und jetzt verderbe ich ihr wahrlich keinen unbeschwerten Sommertag. Vielleicht sind meine News neben der Sache mit der Einundzwanzigjährigen ja sogar harmlos für sie.

»Natalie, ich muss dir was sagen ...« Sie hört auf, meine Tischplatte zu massakrieren, blickt von ihr auf und mit ihren verheulten Augen direkt in meine. Nein. Ich kann das nicht. Sie ist sowieso schon am Ende, da kann ich nicht noch einen draufsetzen. Zumal meine Sache mit Paul nichts mit ihrem aktuellen Problem zu tun hat. Also Kommando zurück.

»Weißt du was, erzähl doch einfach mal in Ruhe von vorne«, fahre ich fort, »wie hast du das herausgefunden? Bist du sicher, dass er dich wirklich betrügt? Kann es nicht ein Missverständnis sein, ein harmloser Flirt, ein Spaß?«

»Hast du einen Twitter-Account?«, fragt Natalie, statt zu antworten, und deutet auf mein MacBook, das auf dem Tisch liegt.

»Ja, schon, aber ich mach da fast nichts mehr«, antworte ich wahrheitsgemäß, »keine Zeit!«

»Geh mal rein«, sagt Natalie, »dann zeige ich es dir.«

Ich klappe das MacBook auf, warte, bis es aus seinem Ruhezustand erwacht ist, rufe www.twitter.com auf und logge mich ein. Der Fail-Whale erscheint. Twitter is over capacity. Please wait a moment and try again. Ich warte einen Moment und versuche es erneut.

»Geht nicht.«

»Dann merk dir mal den Twitter-Namen Rullgardina«, sagt Natalie und rümpft verächtlich die Nase.

»Ist sie das?«, frage ich überflüssigerweise und füge, zum Glück nur in Gedanken, »cooler Nickname« hinzu.

»Ja, sehr originell. Als Astrid Lindgren Pippi Langstrumpf erfand, war die noch nicht mal geplant!«

Ich verkneife mir die Bemerkung, dass das auch auf uns zutrifft.

»Und wie ist Pauls Name bei Twitter?«

»Paul_aus_Muc mit Unterstrichen dazwischen«, schnaubt Natalie, »aus München. Pah.«

Seltsam, denke ich, ich hätte nie gedacht, dass Paul twittern könnte. Deswegen habe ich auch nie dort nach ihm gesucht. Es passt irgendwie gar nicht zu ihm. Nicht dass er nicht internetaffin wäre, aber erstens ist er über vierzig, und zweitens gehört er in meinen Augen nicht gerade zur Gruppe der Innovatoren, nicht mal zu den Early Adopters, eher zur späten Mehrheit. Ob er wohl auch bei Facebook ist? Auch das habe ich nie überprüft. Einfach weil ich es mir nicht vorstellen kann.

»Das Schlimmste ist, dass ich diejenige bin, die ihm vor einem Jahr von Twitter erzählt hat«, grämt sich Natalie, »ich habe ihn dazu angeregt, es doch mal auszuprobieren, weil es für seinen Job vielleicht wichtig sein könnte. Er hat gesagt, dass er sich angemeldet hat und es ganz witzig findet, aber gar nicht weiß, woher die Leute die ganze Zeit nehmen, dort im Minutentakt etwas hineinzuschreiben. Für ihn sei das nichts, er müsse schließlich auch etwas arbeiten und nicht nur irgendwie den Tag rumbringen …«

»Und aus den Dialogen von Paul_aus_Muc und Rullgardina kann man schließen, dass die beiden … was miteinander haben?« Als ich das ausspreche, merke ich, wie unangenehm mir diese Vorstellung ist. Paul im Bett mit einer Einundzwanzigjährigen, die er im Internet kennengelernt hat. Viel unangenehmer als die Vorstellung von Paul im Bett mit Natalie. Warum, weiß ich nicht genau. Natalie ist bildhübsch und hat eine tolle Figur, aber sie ist mir trotzdem auf gewisse Weise ebenbürtig. Auch sie hat ein Kind geboren, auch sie hat ihren dreißigsten Geburtstag schon vor ein paar Jahren gefeiert. Auch sie ist eine Frau mit einigen Erfahrungen, guten wie schlechten, aufregenden und langweiligen, und kein Frischfleisch mehr. Diese Einundzwanzigjährige hingegen hat etwas Bedrohliches.

»Wenn man es weiß, kann man ganz schön viel herauslesen, vor allem aus ihren Tweets«, sagt Natalie, »sie trägt ganz schön dick auf. Postings à la ›Liebe ist, wenn man es erotisch findet, dass er vor lauter Eile vergessen hat, seine Socken auszuziehen‹ und so weiter.«

»Iiiih.«

»Du sagst es. Der Arsch!«

»Aber wie bist du nun draufgekommen, dass er mit dieser Trulla ins Bett geht?« Auch so verächtlich ausgesprochen tut es weh. Was ist nur los mit mir? Nicht ich bin die Betrogene, Natalie ist es! Ich dürfte höchstens sauer sein, weil Paul schon längst mit einer anderen vögelt, während er mir noch unmoralische Angebote macht, aber ich darf nicht verletzt und eifersüchtig sein.

»Ach, der Klassiker«, sagt Natalie und wechselt wieder von Wut zu Niedergeschlagenheit. »Wenn es nicht so traurig wäre, könnte man fast darüber lachen. Felix wollte auf Pauls iPhone mit einer App spielen, die Paul für ihn runtergeladen hat. Paul telefonierte auf dem Festnetz, und Felix kam mit dem Handy angelaufen und forderte die Pinguine, da habe ich es ihm erlaubt. Irgendwann heulte Felix, weil er aus Versehen die Sprache des Spiels auf Chinesisch verstellt hatte. Während ich es wieder auf Deutsch zurückstellte, ging eine SMS ein, und die erschien gleich als Textfeld auf dem Display, ich musste nicht mal drauftippen, genauer gesagt, ich konnte sie gar nicht wegbringen, ohne sie zu lesen! Da stand:

> Ich spüre dich immer noch. Mein Bett riecht nach dir, und ich kann es nicht mehr verlassen. Während ich das schreibe, liege ich nackt auf den von uns zerwühlten Laken, und meine freie Hand wandert zwischen meine Beine und streichelt mich dort, wo du mich gestern Nacht noch geküsst hast …

»Oh.« Mehr kann ich im Moment nicht dazu sagen. Mitleid mit Natalie überschwemmt mich, Wut auf Paul, Scham, und über all das schwappt wie orangefarben glühende Lava eine große, heiße Welle Eifersucht und walzt die anderen Gefühle einfach nieder.

»Ziemlich eindeutig«, steigere ich meinen Wortbeitrag um hundert Prozent.

»Ja, daran gibt's nun wirklich nichts misszuverstehen«, sagt Natalie und kämpft sichtlich mit den Tränen.

»Und eine Irrläufer-SMS …?«, schlage ich vor.

»Nein. Als Absender stand keine Nummer im Display, sondern der Name Stefan Meier.«

»Paul hat einen Mann zwischen …«

»Marie!« Natalie sieht mich strafend und leidend an. »Das ist doch ein uralter Trick, den Namen der Geliebten unter einem Allerwelts-Männernamen abzuspeichern.«

»Entschuldige, so eine Raffinesse war mir nicht geläufig«, sage ich und beschließe, gelegentlich mal das Adressbuch von Jans Handy nach mir unbekannten Michaels und Markussen zu durchsuchen.

»Und dann? Hast du Paul darauf angesprochen?« Ich verstehe immer noch nicht, wie sie von dieser SMS zu Rullgardina auf Twitter kam.

»Natürlich nicht. Er hätte mir doch eh nur einen vom Pferd erzählt. Dass ihm dieser Stefan eine SMS seiner Freundin weitergeleitet habe oder so. Er ist ja nicht blöd. Und wie hätte ich es ihm beweisen sollen? Ich habe also die Klappe gehalten und so getan, als sei nichts gewesen.«

»Und hast einen Privatdetektiv beauftragt?« Mich beschleicht das Gefühl, aus Versehen in einer Daily Soap gelandet zu sein und es nicht bemerkt zu haben. Gleich wird Lisa reinkommen und sich über Töppers beschweren, der sich heimlich mit Annalena trifft.

»Quatsch. Braucht man nicht mehr in Zeiten des Internets«, sagt Natalie und wirkt ein bisschen weniger verzweifelt und wieder ein wenig wütender. Gut so. »Ich habe einfach mal den Wortlaut der SMS gegoogelt.«

Auf die Idee wäre ich nie gekommen. Aber es ist nicht doof. Und es kostet ja nichts.

»Und dann hast du diese Zeilen bei Twitter wiedergefunden?«

»Genau. Also, nicht die ganze SMS, aber den ersten Satz. Wortwörtlich. Verfasserin: Rullgardina, 21, Studentin aus Augsburg, Wurzeln in Stockholm, Herz in München!«

»Eine Schwedin?«

»Deutsch-Schwedin.«

»Oje.« Sofort sehe ich eine flachsblonde, schmal gebaute und sportliche Frau mit blauen Augen und zarten Sommersprossen vor mir. Genauer gesagt sehe ich sie vor mir, wie sie sich nackt auf einem zerwühlten Laken räkelt, während ein ebenfalls nackter Paul sich über sie beugt und seinen Kopf zwischen ihre Schenkel senkt. Kopfkino ist schon schlimm genug. Aber Kopfporno ist noch eine Nummer härter.

»Und was hast du jetzt vor, zu unternehmen?«

Mein Satz ist noch nicht ganz verhallt, da bricht Natalie weinend zusammen. Sie vergräbt ihr Gesicht in ihren Händen und schluchzt laut und verzweifelt, dicke Tropfen fallen auf das Holz meines Küchentischs.

»Hey, was ist denn los, habe ich etwas Falsches gesagt?«, frage ich und tätschle ihr eher hilflos als unterstützend den zuckenden Rücken. Am liebsten würde ich Natalie in den Arm nehmen und sie mein T-Shirt nassweinen lassen, aber ich zögere. So gut kennen wir uns auch wieder nicht. Und ich bin kein Mensch, der sich mit Körperkontakt leichttut, das kommt bei mir erst nach einer ganzen Weile des Kennens und Mögens. Aber auf einmal wird mir klar, was passiert ist. Tief in Natalie schlummerte noch eine klitzekleine Hoffnung – die, dass sich die ganze Sache mit Paul_aus_Muc und Rullgardina vielleicht doch als Missverständnis entpuppen könnte, dass alles nicht so wäre, wie es aussieht. Doch durch meine Frage nach ihrem geplanten Vorgehen habe ich ihr diese kleine Hintertür genommen. Erst jetzt ist Natalie vollends klargeworden, dass Paul sie in der Tat betrügt. Und wenn ich ehrlich bin, habe auch ich keinerlei Zweifel daran, dass dem so ist. Ich kenne Paul, und ich bin mir sogar ziemlich sicher, dass er auch mir nicht treu war, als wir zusammen waren. Außer vielleicht in unserem Münchner Sommer, den wir so nah beieinander verbrachten, dass eine andere Frau tatsächlich keinen Platz gehabt hätte. Und dass er in Neuseeland eine andere hatte, glaube ich auch nicht. Dafür aber in Lesotho und Haidhausen.

»Vielleicht ist es nur Sex«, versuche ich Natalie zu trösten. »Du kennst doch Paul. Er war schon immer ziemlich ... schwanzgesteuert.«

Natalie hört kurz auf zu schluchzen, hebt ihr verweintes Gesicht aus ihren nassen Händen und sieht mich an.

»Und woher weißt du das?« Da ist kein Misstrauen in ihrer Stimme. Sie hat immer noch keine Ahnung, dass ich Pauls Exfreundin bin. Eine seiner Exfreundinnen. Seine tolle Münchner Zeit, sein Abenteuer am anderen Ende der Welt, die, mit der der Sex war wie mit keiner anderen.

»Ach komm, Natalie, wir waren Kollegen ...« Waren wir ja auch. »Und wir waren auch ein bisschen befreundet.« Na ja, fast. »Und erzähl mir nicht, dass du Pauls Ruf nicht kennst, der ihm immer schon vorauseilte. Oder dass du nie bemerkt hast, wie er auf Frauen wirkt, was für ein körperlicher Mann er ist.« Während ich spreche, fängt der Kopfporno in meinem Kopf wieder an zu laufen. Die Bilder vermischen sich. Paul, der sich über die schlanke Schwedin beugt und ihren Körper küsst, der sich anmutig und lasziv durchbiegt. Paul, der unter mir liegt und meine Pobacken umfasst, um mich dann gierig auf seinen Schoß zu ziehen. Paul, der der Blonden zärtlich eine blonde Haarsträhne aus der Stirn streicht. Paul, der mein Gesicht in seine Hände nimmt und mich küsst. Paul und Rullgardina, verschwitzt und glücklich eine Zigarette teilend. Heftige Eifersucht ergreift mich, wie ein Adrenalinstoß schießt sie heiß und scharf in meinen Körper und bleibt dann als glühender Klumpen in meinem Magen liegen. Eine Eifersucht, die ich so nicht kannte, nicht mal, als Natalie mir im Dantebad Pauls und ihre Kennenlerngeschichte mit vielen Bettdetails erzählte. Warum jetzt? Weil Rullgardina jünger ist, sicherlich straffer und vor allem unbekannt? Weil sie in meinem Kopf aussieht wie eine Mischung aus Siena Miller und der jungen Anita Ekberg? Weil ich mit Paul keine Beziehung oder Liebesgeschichte mehr haben will, sondern nur ein bisschen von unserer einzigartigen Leidenschaft?

Ich entscheide mich spontan für letztere Erklärung. Und dann muss ich endlich von meinen eigenen Paul-Gedanken wegkommen und anfangen, Natalie zu helfen. Ich kann sie jetzt nicht im Stich lassen. Erst wenn diese Sache geklärt ist, wie auch immer.

»Was soll ich denn jetzt tun?«

»Ich mache uns erst mal einen Kaffee. Komm, hilf mir doch ein bisschen bitte«, sage ich im hilflosen Versuch, Natalie ein wenig zu beruhigen. »Kannst du die Milch schäumen?« Mit Banalem gegen den ultimativen Herzschmerz. Brav öffnet Natalie den Kühlschrank, holt die Packung fettarme H-Milch heraus und gießt etwas davon in den Milchschäumer, während ich die Maschine einschalte und mit frischem Wasser befülle. Das Brummen des Kaffeeautomaten und der Duft nach frisch gebrühtem Espresso haben tatsächlich etwas Beruhigendes.

»Also, lass uns mal überlegen, welche Möglichkeiten es gibt«, sage ich, als wir mit unseren Bechern wieder am Tisch sitzen. »Erstens: Du sitzt das aus. Wartest, bis diese Phase vorbei ist.«

»Phase? Marie, Paul ist kein Kleinkind im Trotzalter!«

»Aber ein Mann in der Midlifecrisis.«

»Ich soll es einfach hinnehmen, dass er mit einer Halbschwedin vögelt, und die Klappe halten? Never.«

»Gut, gut, ich zähle ja nur die theoretischen Möglichkeiten auf«, beschwichtige ich, »also dann fällt diese schon mal weg.«

»Definitiv.«

»Zweitens: Du konfrontierst ihn direkt mit deinen Beweisen, so dass er es nicht abstreiten kann, und stellst ihn dann vor die Wahl: du oder sie.«

»Und wenn er sich für sie entscheidet?«

»Das ist natürlich das Risiko. Aber dann würde er das sowieso früher oder später tun, und in diesem Fall wäre früher doch besser als später, oder?«

»Du glaubst also wirklich, er würde mich verlassen, um mit Rullgardina zusammen sein zu können?«

»Das habe ich nicht gesagt.«

»Aber du hältst es für möglich!«

»Natalie, ich habe doch vorher schon gesagt, was ich darüber denke. Dass es höchstwahrscheinlich nur Sex ist. Die Midlifecrisis. Suche nach Anerkennung. Ein bisschen Routine in eurer Beziehung, immerhin habt ihr ein Kind. Ich weiß, wie das ist. Manchmal fehlt einfach die Zeit für Zweisamkeit. Unruhige Nächte, die Trotzphase, der Alltag, und schon ist es passiert ...«

»Du nimmst Paul in Schutz, Marie«, stellt Natalie fest.

»Nein«, beeile ich mich zu sagen, denn das will ich eigentlich nicht, »ich versuche nur, eine Erklärung zu finden. Erklären ist nicht entschuldigen.«

»Angenommen, es ist nur Sex. Angenommen, ich sage ihm sein Verhältnis auf den Kopf zu, und angenommen, er leugnet es nicht, sondern verspricht mir, es zu beenden und mich nicht weiter zu betrügen. Wer sagt mir, dass er mir in Zukunft wirklich treu bleibt?«

Vergiss es, denke ich und sage: »Darauf musst du dann einfach vertrauen. Und abwarten. Wenn du misstrauisch bleibst, ihm nicht mehr vertrauen kannst, dann bleibt dir nur die Trennung.«

»Hm. Du hörst dich an wie ein Beziehungsratgeber.«

»Was soll ich denn sagen, Natalie?«

»Ich dachte, wir könnten vielleicht irgendeine Strategie zusammen entwickeln.«

»Du willst dich rächen?«

Zum ersten Mal während unserer Unterhaltung

lächelt Natalie schwach. Doch während sich ihr Gesichtsausdruck nicht verändert, sehe ich, wie ihre Augen zu glitzern beginnen. Nicht mehr tränenfeucht-verheult, sondern ein bisschen böse.

»Da bringst du mich auf eine Idee ...«

»Ach komm, das ist doch kindisch.«

»Findest du etwa nicht, dass Paul eine Lektion verdient hätte?«

»Doch.« Doch, doch, doch.

Jetzt kichert sie sogar leise.

»Ich komme mir gerade vor wie in Desperate Houswives. Zwei Muttis am Küchentisch, die über Rachepläne für den untreuen Hallodri-Gatten brüten.«

»Das Leben ist aber kein Mittwochabend, Bree.«

»Manchmal wäre das aber ganz schön, Lynette.«

»Lynette? Ich bin wie Lynette?«

»Na ja«, sagt Natalie und grinst ein bisschen, »Gabby bist du nicht, definitiv nicht. Bree bin ich ja schon. Susan ist zu hysterisch, und Edie wirst du ja wohl auch kaum sein wollen, oder? Bleibt nur Lynette.«

»Die chronisch Überforderte mit Krebs, na danke.«

»Marie, jetzt sei nicht beleidigt. War doch nur ein Spruch. Außerdem sprechen wir hier leider über Paul und mich, nicht über die Mädels aus der Wisteria Lane.«

»Stimmt. Sorry.« Irgendwie schon ein bisschen pervers. Über Natalie und Paul zu reden, meine ich. Und das, wo ich gerade noch sehr intensiv an Paul und mich dachte. Doch mein Begehren ist verschwunden, ausradiert durch den schwedischen Kopfporno. Statt des Begehrens stehlen sich andere Gedanken in mein Gehirn. Ist es das nun, das echte, wahre Leben jenseits der

Warteposition? Wenn man das hat, was man immer wollte – eine harmonische Beziehung, einen Mann, den man liebt und der einen zu lieben scheint, ein Kind, eine schöne Wohnung, Freunde, sprich ein Leben, das man früher vielleicht verächtlich als spießig bezeichnet, sich aber insgeheim immer gewünscht hat? Keine großen Sorgen, verschont bleiben von den ganz großen Schicksalsschlägen, genügend Geld, erträgliche Langeweile. Wobei gegen die ja so ein Kind sehr gut hilft. Auch wenn es manchmal nicht die absolute geistige Erfüllung ist, sich rund um die Uhr um die Belange eines Menschen unter einem Meter Körpergröße zu kümmern – langweilig wird das nie, und falls doch, legt man einfach ein zweites nach, und alles fängt von vorne an.

»Sag mal, Natalie ...« Das interessiert mich jetzt schon.

»Hm, was?«

»Paul und du, wollt ihr eigentlich ein zweites Kind, also ein gemeinsames? Jetzt mal ganz unabhängig von der Schw... von der aktuellen Sachlage.«

»Ja klar, es hat nur bisher noch nicht geklappt.«

Ich nehme rasch einen Schluck von meinem kalt gewordenen Milchkaffee und lasse dann den in sich zusammengesunkenen Schaum im Becher rotieren, wobei ich ihm interessiert zusehe.

»Das heißt, Paul will definitiv ein Kind mit dir?«

»Ich denke, schon. Zumindest hat er nie etwas dagegen gesagt oder gar unternommen, und er kennt meinen Wunsch und weiß, dass ich die Pille nicht nehme.« Ein kleines Leuchten wandert jetzt über ihr Gesicht. »Meinst du, das bedeutet, dass er mich nicht verlassen will? Er würde ja wohl kaum die Familie mit mir ausbauen wollen, wenn er vorhätte, mit der anderen zu leben, oder?«

»Hm, klar, das ist schon eher ein gutes Zeichen«, sage ich und denke, dass Natalie Paul wirklich nicht besonders gut kennt. Allerdings habe ich auch ein paar Jahre Vorsprung. Wenn Natalie schwanger wird – ich mag gar nicht daran denken –, sehe ich Pauls überrascht-schockierten Gesichtsausdruck lebhaft vor mir. Er wird total von den Socken sein und sich fragen, wie das nur passieren konnte. Sicher hat er keine Ahnung vom weiblichen Zyklus und sich auch kein bisschen gewundert, dass Natalie einmal im Monat ein paar Tage lang besonders sexy Unterwäsche trug und erpichter als sonst auf Beischlaf war. Da sie ihn kaum mit den Worten »Schatz, mein Ei springt, kommst du zur Befruchtung, oder möchtest du vorher essen?« verführt haben wird, wird er völlig ahnungslos sein. Doch nach dem ersten Schock wird er das Kind bereitwillig annehmen, sich voller Vaterstolz darauf freuen und damit anfangen, eine Wiege zu schreinern und Natalie die Einkaufstüten abzunehmen. Und wenn das Baby dann erst mal da ist, wird keiner mehr danach fragen, ob es einem beiderseitigen Wunsch entsprang oder der erstaunlichen Naivität eines Mannes jenseits der vierzig.

»Also, was mache ich jetzt?«, reißt Natalie mich aus meinen Überlegungen. »Treue einfordern? Und dann – weitermachen wie immer und hoffen, dass das Vertrauen wieder wächst? Oder eine Auszeit nehmen? Oder mich rächen? Aber wie?«

Irgendwie gefällt mir der Gedanke, Paul müsste auch mal leiden. Natürlich für seinen Betrug an Natalie. Aber auch für die vielen Male, die er mich schon versetzt hat, als wir noch ein Paar waren oder zumindest eine irgendwie geartete Beziehung hatten. Für seinen Rückzieher, als ich damals mit ihm zusammenziehen wollte. Für seine Mailerei mit meiner Freundin Beate, damals. Für SMS wie »Bin in Wien und im Stress« und die vielen Male, die ich gestrapst und gestiefelt in meiner frisch aufgeräumten und blitzblank geputzten Wohnung vergeblich auf ihn wartete. So eine Schmach vergisst eine Frau nie.

»Lass uns das mal analytisch angehen. Was würde Paul am meisten treffen?«

»Wenn die Sechziger pleitegehen?«

»Sind sie doch schon. Nein, ich meinte eher auf der persönlichen Ebene.«

»Ich weiß nicht ...«

»Natalie«, sage ich streng. »Wenn du Paul wirklich an einer empfindlichen Stelle treffen willst, musst du seine Männlichkeit in Frage stellen.«

»Du hältst ihn ja wirklich für extrem schwanzgesteuert«, sagt sie und klingt fast ein wenig beleidigt.

»Das funktioniert bei jedem Mann«, gebe ich zurück und denke: »Und mit Paul ganz besonders gut.«

»Soll ich ihm was ins Bier tun? So eine Art Anti-Viagra?«

»Nein. Das muss eher auf der psychologischen Ebene ablaufen. Als Erstes musst du dranbleiben und mehr über Rullgardina herausfinden. Und dann ... stell dir vor, sie, die ihn offensichtlich momentan hemmungslos anschmachtet, würde das auf einmal nicht mehr tun, würde ihn vielleicht sogar abweisen ...«

Ist das jetzt mein Racheplan oder der für Natalie? Oder sind wir jetzt Komplizinnen? Jedenfalls beginnt die Sache, mir Spaß zu machen. Sofern man überhaupt von Spaß sprechen kann.

»Du, Marie, ich muss dann mal wieder rüber. Ich habe Felix beim Nachbarskind geparkt und muss ihn jetzt wieder abholen. Aber mir geht's jetzt schon ein bisschen besser. Danke. Danke für den Kaffee und danke fürs Zuhören. Du bist eine echte Freundin. Ich bin froh, dass ich dich habe.« Sie steht auf, und ich tue es ihr nach. Dann kommt sie um den Tisch herum und umarmt mich fest. Mir schießt die Röte ins Gesicht, und zwar nicht aus Rührung, sondern vor Scham.

»Ja, aber, der Racheplan, der ist doch noch gar nicht durchdacht, was willst du denn jetzt tun?«, stammle ich.

»Ich muss mir das alles erst mal durch den Kopf gehen lassen. Eine Nacht darüber schlafen. Runterkommen. Nachdenken. Ich melde mich die Tage. Sei nicht böse, Marie.«

Und weg ist sie, so schnell, dass ich sie nicht mal bis zur Wohnungstür begleiten kann. Ich lasse mich langsam wieder auf meinen Stuhl sinken und beginne, die Fakten zu sortieren.

a) Ich habe den Kontakt zu Natalie nicht abgebrochen, sondern gerade von ihr den Ritterschlag zur Freundin erhalten.
b) Eben noch betrog ich Jan im Kopf mit Paul, jetzt betrügt Paul in Wirklichkeit Natalie.
c) Ich spüre Eifersucht.

d) Ich spüre brennende, tiefe, lodernde Eifersucht auf diesen blonden Schwedenhappen mit den schlanken Schenkeln und der jugendlich-straffen Haut.

Mal sehen, ob Twitter inzwischen wieder funktioniert. www.twitter.com/rullgardina, tippe ich in die Adresszeile meines Browsers ein, und tatsächlich, statt des Fail-Whale erscheint das frei zugängliche Profil von Pauls Geliebter. Das kleine Profil-Icon zeigt ein Schwarzweißbild eines halben Gesichtes, bei dem der Kontrast so hoch eingestellt wurde, dass man nur noch ein Auge, einen blonden Pony (wusste ich's doch), einen halben Mund mit vollen Lippen und ein zierliches Nasenloch sehen kann. Ich will das Bild größer klicken, doch dazu muss ich mich einloggen, und sofort ist Twitter wieder »over capacity«. Also lass ich das Bild klein und lese stattdessen Rullgardinas Einträge. Seite für Seite klicke ich mich rückwärts durch diese Schnipsel aus Rullgardinas Leben. Und mit jedem Klick wird mir übler. Die junge Schwedin himmelt Paul nicht nur an, sie ist ernsthaft in ihn verliebt. Und sie beschreibt ihre Liebe mit sehr schönen, blumigen und teilweise sogar äußerst originellen Wendungen. Wahre Twitter-Poesie ist das, und wenn es nicht Paul wäre, der der Verursacher und Empfänger dieser Worte ist, würde ich sie einfach nur wunderbar finden. Aber so finde ich sie zum Kotzen. Und suche mit steigender Nervosität den Anfang dieser Affäre. Irgendwo muss er doch stehen, der magische Satz:

Habe heute einen tollen Typen kennengelernt.

Wobei Rullgardina eher schreiben würde:

> Dieser Tag war anders als seine 7522 Vorgänger. Dabei wollte ich doch eigentlich nur wissen, ob ich mit meiner einzelnen Packung Milch vor ihm an die Kasse dürfte. Dass ein Tetrapack ein ganzes Leben verändern kann …

Aber ich finde keinen solchen Eintrag. Rullgardina twittert ziemlich viel, nicht nur über Paul, sondern auch über ihr restliches Leben. An manchen Tagen füllt sie mehrere Browser-Seiten mit lustigem, nachdenklichem und geistreichem Gezwitscher. Und je weiter ich rückwärts scrolle, um dann immer ein Stück ihres Lebens in der richtigen Reihenfolge zu lesen, desto besser lerne ich den Rhythmus ihrer Stimmungen kennen. Da gibt es die aufgekratzten, fröhlichen Tage, an denen ihr Leben bunt und prall ist und sie besonders viel zu sagen hat, an denen ihre Wortspiele origineller sind als sonst, ihre Beobachtungen treffender und ihre Worte von einer besonderen Kraft. Diese Einträge bersten vor Lebensfreude. Es sind die Tage vor einem Treffen mit Paul. Dann folgt ein Tag Twitterpause. Der Tag, an dem sie Paul trifft. Am nächsten Tag ist die Stimmung euphorisch, sie ergeht sich in erotischen Andeutungen, schwärmt, träumt, quillt über vor Verliebtheit und glüht ganz offensichtlich heftig nach. Am nächsten Tag, an Tag zwei nach Paul, beginnt die Phase der stetig ansteigenden Sehnsucht, die zunächst noch bittersüß ist und dann langsam ins Selbstquälerische, ja manchmal nahezu Depressive abgleitet, bis wieder ein neuer Termin für ein Treffen mit Paul gefunden ist und eine Zeit der Vorfreude und wachsenden Erregung folgt, nur ab und zu getrübt von Ängsten, es könne vielleicht etwas dazwischenkommen. Gefesselt und gleichsam fasziniert wie angewidert lese ich diese Chronologie einer sehr verliebten und zärtlichen Affäre. Und muss neidisch feststellen, dass Paul zwar nicht allzu oft und lange Zeit für seine schöne Schwedin hat, bisher aber offensichtlich noch kein Date hat platzen lassen.

Was doch die Aussicht, ihn morgen zu sehen, aus so einem ordinären und für die Jahreszeit zu kühlen Dienstag macht. Einen Sommersonnevorvorfreudeplatztag.
9:15 AM Jun 1st via web

Sitze in der Trambahn und beobachte die Leute. Sie sehen nicht aus, als wüssten sie, wie sich wahres Glück anfühlt. Sehe ich so aus? Heute schon.
9:34 AM Jun 1st via tweetie

Immer schon habe ich mich gefragt, was eigentlich die schönste Hauptsache der Welt ist. Seit ich ihn kenne, weiß ich es.
1:30 PM Jun 1st via tweetie

Nur noch einmal schlafen und dann mit ihm. Wer hat sich eigentlich diesen bescheuerten Ausdruck ausgedacht? Heißt mit ihm schlafen doch hellwach sein wie nach fünf doppelten Espressi nicht.
4:05 PM Jun 1st via tweetie

Bin jetzt in München. Ganz nah bei ihm. Aber er weiß es noch nicht, denkt, ich käme erst morgen. Kann ihn aber schon spüren.

An jeder Mauer steht sein Name geschrieben. Und bald wird er meinen sagen.
5:15 PM Jun 1st via tweetie

Ludwig Beck, Dessousabteilung »Hautnah«. Frage mich, für wen die anderen Frauen hier wohl einkaufen. Für ihre Ehemänner? Für ihre Affären? Für die Liebe ihres Lebens? Nur ich: für ihn.
6:01 PM Jun 1st via tweetie

Früher war ein Hotelzimmer ein Hotelzimmer ein Hotelzimmer. Seit ihm ist ein Hotelzimmer der Inbegriff von Lust, Leben, Liebe und lauter lautem Lakenzerknüllen.
11:47 PM Jun 1st via tweetie

Wenn ich jetzt nicht schlafe, wird aus »noch einmal schlafen« »gar nicht mehr schlafen«. Gut, dass er meine Augenringe sexy findet. Gut, dass ich erst Ende der Achtzigerjahre geboren bin.
11:58 AM Jun 1st via tweetie

An ihn denken. Mich um ihn herum denken. Ihn in mich denken. Gar nicht mehr denken. Liebe, Sehnsucht, Glühen. Oh, süße Vorfreude. Noch acht Stunden.
0:11 AM Jun 2nd via tweetie

Ich spüre ihn immer noch. Mein Bett riecht nach ihm, und ich kann es nicht mehr verlassen. Wenn ihr in der Zeitung von einer weiblichen Leiche, Anfang zwanzig, in einem Münchner Hotelzimmer lest – das bin ich. Aber grämt euch nicht, ich starb den schönsten aller Tode.
8:15 AM Jun 3rd via tweetie

Er hat sie übrigens gesagt. Die drei Worte. Und zwar nicht kurz vor oder nach dem Orgasmus. Macht es da noch was aus, dass ihnen drei andere Worte (»Scheiße, ich glaube«) vorangingen?
8:19 AM Jun 3rd via tweetie

Das dauert aber, bis man verdurstet. Kann mich immer noch nicht aufraffen. Will, dass er mir Wasser bringt. Da fällt mir ein: Haben nicht verhütet. Muss grinsen.
9:45 AM Jun 3rd via tweetie

Bei den letzten Tweets wird mir ein wenig übel. Hat Natalie die auch gelesen, als sie die SMS googelte und dadurch irgendwie auf den Tweet von 8 Uhr 15 stieß? Aber dann hätte sie mir davon erzählt. Ich hoffe sehr für sie, dass sie nicht auf die Idee kam, um diese Zeilen herum weiterzulesen. Fieberhaft scrolle ich weiter nach oben. Anfang Juni. Nicht verhütet. Jetzt haben wir Mitte August. Sollte sie schwanger sein, müsste sie es mittlerweile herausgefunden haben. Ich scanne die zahlreichen Einträge, stelle das Suchprogramm meines Hirns auf die Schlüsselworte »schwanger«, »Baby«, »Test«, »positiv«, »Periode« und so weiter ein und blättere durch die Unmengen an Text, die Rullgardina täglich ins öffentliche Internet schreibt. Besonders zeitintensiv scheint ihr Studium nicht zu sein. Dann, irgendwann mitten in der Fußball-WM, endlich der erlösende Eintrag:

Mist. Tage bekommen und keine Soft-Tampons mehr. Dringend Nachschub kaufen. Es ist zwar auch so wunderschön mit ihm, aber am Ende will ich ihn dann ja doch immer in mir spüren.
3:45 PM Jun 21nd via web

Ich atme tief durch und resümiere. Paul und Rullgardina (wie sie wohl mit echtem Namen heißt? Solveig? Annika? Eva?) haben eine klassische Affäre. Sie wohnt und studiert in Augsburg, und alle paar Wochen, manchmal auch häufiger, treffen sie sich in einem Hotel in München, um Sex zu haben. Sie muss wissen, dass er eine Freundin oder Frau hat, denn sonst würde sie sich wohl nicht auf Dauer auf die Hotelnummer einlassen. Und in ihren Sehnsuchtstweets ist häufiger mal die Rede davon, wie gerne sie ihn einfach mitten in der Nacht spontan anrufen würde und wie sehr es sie manchmal nervt, dass sie immer darauf warten muss, dass er sich bei ihr meldet.

Eigentlich geht es in Rullgardinas Twitter-Postings nur um Sex. Genauer gesagt geht es um »vor dem Sex« und »nach dem Sex«. Und trotzdem habe ich das Gefühl, dass das nicht alles ist. Vielleicht weil ich weiß, dass es – zumindest bei Frauen – eigentlich nie vorkommt. Sex ohne Gefühle. Sex ohne Liebe, klar, das kann passieren. Aber Sex ohne Gefühle? Klar, bei einem One-Night-Stand vielleicht, aber auch da sind nur deswegen keine Gefühle im Spiel, weil die Zeit zu kurz ist, um welche zu entwickeln. Rullgardina ist definitiv verliebt in Paul. Ich klicke noch einmal ihr Profil an und sehe, dass sie eine Blogadresse in ihren Informationen stehen hat. Ein Mausklick, und ich befinde mich auf einer schlichten, stylischen Blogseite. LIVS LIV lautet der Titel, und außer einem zarten Hintergrund, der an eine Siebzigerjahretapete erinnert, gibt es keine Bilder oder Illustrationen. Liv heißt Rullgardina also, und ich habe Glück – oder Pech –, sie schreibt ihr Blog auf Deutsch. Ich will die Seite wegklicken, aber ich schaffe es nicht. Fasziniert beginne ich zu lesen. Und ich finde sie. Alle. Die Gefühle, die Liv in ihren Tweets nicht beschreibt.

Ein Eintrag handelt von Livs Geburtstag.

Würde ich zum Schwärmen neigen, würde ich jetzt schreiben, dass das der schönste Geburtstag meines Lebens war. Dabei mag ich ja eigentlich gar keine Überraschungen. Ich war mir so sicher, dass er meinen 21. vergessen würde. Irgendwie ist er nicht der Typ, der sich an Geburtstage erinnert, oder? Ach, wen frage ich, ich kenne ja niemanden, der ihn auch kennt. Eigentlich schade. Da begegnet einem der tollste Mann des Universums, und man kennt keine Seele, mit der man die Begeisterung teilen könnte. Anna ist die Einzige, die von seiner Existenz weiß, und manchmal äußert sie den Verdacht, ich habe ihn mir nur ausgedacht. Aber das könnte ich gar nicht. So jemanden kann man sich nicht erfinden, man muss ihn erleben und immer wieder staunen darüber, dass es so etwas gibt.

Jedenfalls hatte ich mich seelisch darauf vorbereitet, an meinem Geburstag nichts von ihm zu hören. Mir eingeredet, dass dieser Tag sowieso nicht so wichtig sei, nur ein Datum, belanglos, und so weiter. Doch dann klingelte es um acht Uhr morgens an meiner Tür. Ich zog mir die Decke über den Kopf, doch es hörte nicht auf zu läuten. Irgendwann schlurfte ich zur Tür und öffnete sie einen Spaltbreit. »Taxi«, sagte eine Frau mittleren Alters, »ich warte unten im Wagen, ein bisschen Zeit haben wir noch!« Da dämmerte es mir. Eine Geburtstagsüberraschung! Zehn Minuten später trat ich auf die Straße, und tatsächlich, das Taxi stand noch dort. Ich stieg ein, und die Dame brachte mich zum Hauptbahnhof. Natürlich fragte ich sie noch in der Gögginger Straße, wer das Taxi bestellt hätte und wohin die Reise gehe, aber sie schwieg lächelnd. Als wir am Bahnhof waren, drückte sie mir einen gepolsterten DIN-A4-Umschlag in die Hand und winkte zum Abschied.

Ich riss das Kuvert auf. Darin befand sich ein Zugticket für eine Reise von Augsburg nach Innsbruck, Abfahrt 8 Uhr 39, Ankunft 11 Uhr 23, ein Gutschein für einen großen Milchkaffee, eine Butterbreze und ein Croissant beim Bahnhofsbäcker, ein iPod mit Kopfhörern, eine Tüte Lakritz und ein schmales Buch. »Ich habe sie geliebt« von Anna Gavalda. In mir stieg eine Ahnung auf, von wem die Überraschung sein könnte, und ich musste einen akuten Anflug von Erregung niederkämpfen, als ich daran dachte, wie er sich neulich an einer abgerollten Lakritzschnecke, die von meinen Brüsten zwischen meine Beine führte, nach unten gegessen hatte ... Ich löste den Frühstücksgutschein ein und ging dann zu meinem Zug. Erst als der eingefahren war und ich auf meinem reservierten Sitzplatz, nein, in meinem komplett für mich reservierten Abteil der ersten Klasse Platz genommen hatte, kam ich auf die Idee, die Kopfhörer in die Ohren zu stecken und den iPod einzuschalten. »Im Sturz durch Raum und Zeit/Richtung Unendlichkeit/Fliegen Motten in das Licht/Genau wie du und ich«, sang Jan Delay mir vor, und dann wurde er ausgeblendet, und seine wohlklingende Stimme ertönte. »Alles Liebe zu deinem Geburtstag, mein Herz«, sagte der beste Mann der Welt, »ich hoffe, du sitzt gemütlich im Zug und genießt dein Frühstück. Wie du gesehen hast, geht es nach Österreich. In Innsbruck werde ich dich am Bahnhof abholen. Mehr wird noch nicht verraten. Du hast gut zwei Stunden Zeit, entspann dich und mach es dir gemütlich. Höre ein bisschen Musik, lies das Buch oder ...«, hier wurde seine Stimme ein bisschen rauer und tiefer, »... zieh die Vorhänge zu, häng das Bitte-nicht-stören-Schild an die Tür und streichle deine wunderbaren Brüste, die ich später küssen werde, geh dann mit deiner Hand tiefer, unter den Bund deiner engen Jeans, dort, wo es so himmlisch eng, glattrasiert und feucht ist. Ich kann es kaum erwarten. Ich freu mich auf dich und schicke dir tausend Küsse!«

Zum dritten Mal klingelt nun mein Handy. Ich werfe einen genervten Blick aufs Display und sehe eine Münchner Nummer, die mir entfernt bekannt vorkommt. Vielleicht ist es ein Kunde, der mir einen Folgeauftrag geben will, mit dem ich an zwei Tagen dreitausend Euro verdienen kann. Oder es ist ein Verlag, der gehört hat, dass ich gerne einen Bildband über München herausgeben würde.

»Sandmann?«

»Hallo Frau Sandmann, gut, dass ich Sie erreiche!« Erleichterung klingt aus der Stimme der Anruferin.

»Ähm, ja, wer ist denn am Apparat bitte?«

»Die Sabrina von den Sandrockern«, tönt es leicht vorwurfsvoll aus dem Lautsprecher, »ist alles in Ordnung bei Ihnen?«

»Ja, wieso?« Ich kann nicht vermeiden, etwas unwirsch zu klingen. Ich will jetzt nicht mit der Erzieherin meiner Tochter telefonieren, sondern wissen, wie es im ICE nach Innsbruck weitergeht und ob Liv Pauls Vorschlag wirklich umsetzt und sich im Erste-Klasse-Abteil selbst befriedigt, während sie auf dem iPod die Musik hört, die er ihr zusammengestellt hat. Während ich das denke, fühle ich einen Stich in meinem Herzen. So viele CDs wollte Paul mir zusammenstellen. Und nie habe ich eine davon in der Hand gehalten oder gar angehört. Weil er sie nie gebrannt hat. Die schöne Schwedin hingegen bekommt einen iPod mit Musik drauf. Das tut weh. Seltsamerweise schmerzt mich das mehr als alles andere, was ich bisher über Pauls Affäre herausgefunden habe.

»Ich habe hier eine ziemlich verzweifelte Franziska sitzen«, sagt Sabrina und appelliert ungerührt an mein Mutter-Gewissen. Im Hintergrund höre ich die fröhlich klingende Stimme meiner Tochter. »Is die Mami da drin, im Felefon?«

Erschrocken schaue ich auf die Küchenuhr und erstarre. Es ist fünf nach drei. Um zwei hätte ich Franziska abholen müssen. Seit einem Dreivierteljahr geht sie nun in die Krippe, und noch nie bin ich zu spät gekommen, nicht mal fünf Minuten. Meine innere Uhr ist so sehr auf die U-Bahn eingestellt, die den Rotkreuzplatz um 13 Uhr 48 verlässt, dass ich mir schon lange keinen Wecker mehr stellen muss, um über der Arbeit diesen Zeitpunkt nicht zu verpassen. Sogar am Wochenende und in den Ferien passiert es mir immer wieder, dass ich um kurz nach halb zwei das Gefühl habe, ich müsste weg.

»O Gott, das tut mir leid«, stammle ich entsetzt, »ich war so vertieft in dieses ... Projekt, da muss ich einfach die Zeit vergessen haben, bitte sagen Sie Franziska, dass ich sofort da bin, tut mir leid, oder kann ich eben selbst mit ihr sprechen?«

»Ja klar, kein Problem. Da, Schatz, deine Mami ist dran!«

»Franziska, Spatz?«

»Hallo Mami!« Ich kann meine Kleine vor mir sehen, wie sie das Telefon in ihren beiden kleinen Händen hält und versucht, im Display etwas zu erkennen, während sie mir antwortet. Tränen der Scham und Mutterliebe schießen mir in die Augen.

»Franzi, ich hab dich nicht vergessen!« Nein, nein. »Ich bin gleich da, spiel noch ein bisschen mit der Sabrina, okay?«

»Franzi Buch anschauen. Mit Brina. Ganz leine!«

»Ja, mach das, Spatz, ich bin in zehn Minuten da!«

»Ganz leine«, wiederholt Franziska stolz, »keine anderen Kinder mehr da.«

»Ist doch toll«, bekräftige ich und hoffe, dass Franziska es genießt, ihre Erzieherin mal für sich alleine zu haben, und sich nicht von mir verlassen fühlt.

Dann lege ich auf und verlasse hastig die Wohnung. Ich überlege kurz, ob ich mit dem Auto fahren soll, aber da mir gerade nicht einfällt, wo ich geparkt habe, renne ich, so schnell ich kann, zum Taxistand in der Nymphenburger Straße und lasse mich dort atemlos in das erste Taxi in der Reihe fallen. Ich glaube, ich bin noch nie am helllichten Tag in meiner eigenen Stadt Taxi gefahren. Knappe zehn Minuten später betrete ich die Kinderkrippe. Hier kommt die Rabenmutter. Doch Franziskas Gruppenraum ist verwaist.

»Suchen Sie Ihre Tochter?« Verdammt, die Leiterin der Einrichtung.

»Ja«, antworte ich kleinlaut und will zu einer Erklärung ansetzen, doch sie lächelt freundlich und irgendwie verständnisvoll und sagt: »Franziska ist drüben bei den Eisbären.«

Die Eisbären sind die Langzeitgruppe für die Kinder der Mütter, die Vollzeit arbeiten. Ich betrete den Raum mit den orange gestrichenen Wänden, und zwölf Köpfe drehen sich zu mir herum. Zwölf kleine Gesichter, die vorher Franziska angesehen haben. Sie sitzt bei der Erzieherin auf dem Schoß und kaut an einem Stück Brot. Besonders traumatisiert wirkt sie nicht, aber ihr Anblick versetzt mir trotzdem einen Stich ins Herz, der mehr schmerzt als der, den ich vor einer halben Stunde spürte, als ich an Pauls ungebrannte CDs dachte. Als Franziska mich sieht, rutscht sie von den Knien der Betreuerin und läuft auf mich zu. »Mami! Ziska Brot bekommen, schau mal!«

Ich schließe sie in die Arme, als hätte ein rußverschmierter Pierce Brosnan sie gerade für mich aus einem brennenden, einstürzenden Haus gerettet. Und so fühle ich mich auch. Eigentlich ist ja nichts passiert, außer dass meine innere Uhr nicht funktioniert hat. Franziska war weder in Gefahr noch besonders unglücklich über ihre Sonderbehandlung. Um zu begreifen, dass ich sie kurzzeitig vergessen hatte, ist sie noch zu klein.

Ich entschuldige mich noch einmal beim Personal der Krippe und überrede Franziska mit der Aussicht auf eine frische Waffel vom Bäcker statt der üblichen Brezn, mit mir zu kommen.

Während ich den Buggy mit dem fröhlich schmatzenden Kind darin Richtung Rotkreuzplatz schiebe, denke ich an meinen Computer zu Hause in der Küche und an das Blog, das dort noch im Browser geöffnet ist und darauf wartet, dass ich es weiterlese. Und obwohl gerade mal eine halbe Stunde vergangen ist, seit ich mit Liv im Zug von Augsburg nach Innsbruck saß, mit ihr Milchkaffee schlürfte und Pauls raue und tiefe Stimme über die Kopfhörer des iPods hörte, kommt es mir vor, als hätte dieses indirekte Miterleben in einer anderen Dimension stattgefunden. Ist das denn mein Leben? Gehört es dazu? Paul und sein Schwanz, den er nicht unter Kontrolle zu haben scheint, seine Heimlichkeiten, seine Lügen, sein Pendeln zwischen zwei oder mehr Frauen? Gehört das noch zu mir? Leidenschaftlicher Sex, das Sehnen danach, sein Muttermal auf dem Schlüsselbein zu küssen, Eifersucht, Warten, Vermissen, Herzklopfen, Hoffen und Verzweifeln? Oder ist mein Leben nicht ganz woanders, wo es nach Kleinkindhaut riecht und manchmal auch nach vollen Windeln, wo Karotten im Essen eine gefährliche Spezies sind, eine zerbrochene Wachsmalkreide einen kleinen Weltuntergang bedeutet und jemand das Vertrauen und den Mut besitzt, sich ohne jegliche Angst vom Klettergerüst in meine offenen Arme zu stürzen?

»Ach, Franzi«, seufze ich, »das Leben ist schon ganz schön kompliziert. Hoffentlich hast du nicht zu viel von mir und dafür mehr von deinem Vater geerbt und dir bleibt ein Teil dieses Emo-Krams später erspart.«

Franziska fühlt sich nicht angesprochen und fordert ihre Trinkflasche, um den Rest der Waffel hinunterzuspülen. Und mir wird klar: Ich muss dringend mit jemandem reden. Mit jemand Erwachsenem. Die nächste Erkenntnis lässt nicht lange auf sich warten. Bereits an der Ecke Lazarett-/Nymphenburger Straße wird mir bewusst, dass ich eigentlich ganz schön alleine dastehe. Vroni gibt es schon lange nicht mehr in meinem Leben, und Beate? Ihre letzte Mail, an die ich mich erinnern kann, ging nicht nur an mich, sondern an den ganz großen Verteiler und enthielt einen Link zu einem Video bei Youtube, in dem sie und Nic stolz ihre große, gemeinsame Eigentumswohnung im Lehel präsentierten, in die sie gerade gezogen waren. Ich habe mir den Clip nur bis zu den palastähnlichen Badanlagen angesehen.

Bleibt noch Jenny. Immerhin haben wir gerade erst ausführlich telefoniert und sie weiß Bescheid, ist auf dem Laufenden und hat kluge Dinge zum Thema Paul von sich gegeben. Aber sie ist weit weg, und ich brauche eine persönliche Beratung, jemanden, der an meinem Küchentisch sitzt, mit mir ein Bier oder einen Aperol Sprizz trinkt und mir in die Augen sieht, während ich alles erzähle. Natalie hätte so eine Freundin werden können. Leider ist sie mit dem falschen Mann liiert. Wie naiv von mir, zu glauben, zwischen uns könne sich jemals eine unbeschwerte, normale Beziehung entwickeln. Ich mag Natalie, sehr sogar, aber ich bin mit einem großen, dunklen Geheimnis in diese Freundschaft hineingegangen. Selbst wenn ich ihr jetzt alles erzählen würde, würde das nichts mehr retten. Sie würde denken, ich hätte mich nur mit ihr angefreundet, um leichter wieder an Paul heranzukommen.

Ansonsten sieht es ziemlich düster aus, was Vertrauenspersonen angeht. Nicht dass ich nicht genügend Leute kennen würde. Meine E-Mail mit der Einladung zu Franziskas zweitem Geburtstag vor ein paar Wochen enthielt fünfundzwanzig Empfänger. Lauter andere Mütter. Manche kenne ich schon viele Jahre, so wie Alexa oder Pia, manche habe ich durch Franziska kennengelernt, im Rückbildungskurs, beim Pekip oder zuletzt durch die Kinderkrippe. Gudrun und Kathrin zum Beispiel. Und dann sind da noch die Frauen von Jans Freunden, mit denen ich mich gut verstehe. All diese Mädels mag ich gerne, wir treffen uns oft und unterhalten uns immer gut. Wie das Klischee es will, geht es häufig um Kinderthemen wie Schlafprobleme, Kindergartensuche oder den Kauf von Sandalen in Größe 23, aber nicht nur. Manchmal sind auch tiefergehende Gespräche dabei, vor allem, wenn wir uns mal abends zum Essen treffen, während die Kinder schlafen und die Männer auf sie aufpassen. Aber diese Freundinnen haben alle etwas gemeinsam. Sie wissen nicht alles von mir. Sie kennen nur die neue Marie, und ich fürchte, sie würden aus zahlreichen Wolken fallen, würde ich ihnen meine Vergangenheit offenbaren. Meine Vergangenheit und die Tatsache, dass sie gerade dabei ist, mich einzuholen. Das Aufeinanderprallen zweier Welten, wie sie unterschiedlicher nicht sein könnten, und meine Unfähigkeit, einen sauberen Schlussstrich zu ziehen.

Aber vielleicht sollte ich es einfach wagen. Mich noch ein letztes Mal auf meine Menschenkenntnis verlassen und hoffen, dass sie mich dieses Mal nicht trügt. Und Gudrun alles erzählen.

DONNERSTAG, 19. AUGUST 2010.

EINE HÜTTE IM SCHNEE.

Das wäre mir in meinem alten Leben nicht passiert. Der Alltag hat das Drama überrollt. Eine ganze Woche ist vergangen, in der ich nichts unternommen habe in Sachen Paul, Liv und Natalie. Natalie hat mir zwei Tage nachdem sie sich bei mir in der Küche ausheulte und an Racheplänen nicht uninteressiert war, eine E-Mail geschrieben.

Von: Natalie Lüdicke <nalu_fhain@web.de>
Datum: Freitag, 13. August 2010, 23:06:14 MESZ
An: Marie <kl_diva@gmx.de>
Betreff: Entschluss

Hallo meine Liebe,
danke, dass ich mich vorgestern bei Dir auskotzen durfte und dass Du mir so geduldig zugehört und mir beigestanden hast. Das tat sehr gut. Ich habe nun zwei Tage über alles nachgedacht, Paul war auf einem Seminar in Stuttgart und deswegen nicht da.

Ich weiß, dass Du das nicht gut finden wirst, aber ich habe beschlossen, erst mal gar nichts zu unternehmen. Ich werde diesen Wirbelsturm, der über Pauls Leben hereingebrochen ist und sich Rullgardina nennt (oder wie auch immer das Mädchen wirklich heißen mag), überstehen.

Ich denke, Du hattest recht mit deiner Vermutung, dass es sich bei dieser Affäre hauptsächlich um Sex handelt. Ich konnte das nur anfangs nicht verstehen, denn unser Sexleben ist prima, fand ich immer. Wir schlafen oft miteinander, dafür, dass wir ein kleines Kind haben und Paul beruflich sehr eingespannt und auch oft unterwegs ist. Trotzdem haben wir mindestens zwei- bis dreimal in der Woche Sex, und der ist auch beileibe nicht langweilig. Aber bei Pauls Affäre geht es ihm wohl weniger um den Sex als körperliche Befriedigung, sondern als Selbstbestätigung. Er ist 44 und vermutlich wirklich mitten in der Midlifecrisis. Er hat einen festen Job – etwas, was er früher nie wollte, weil es ihn zu sehr eingeengt hätte –, eine feste Freundin und ein Kind. Dass Felix nicht sein leiblicher Sohn ist, spielt keine Rolle, denn er ist trotzdem sein Vater.

Ich denke, Du kennst Paul von früher ein wenig. Er ist so ein freiheitsliebender Mensch, eigentlich ist er eher der Typ des ewigen Junggesellen, der ungebunden durch die Welt tingelt, verrückte Sachen macht und von der Hand in den Mund lebt, als der eines saturierten und fest verankerten Familienvaters. Man kann ihn einfach nicht festbinden, auch wenn ich das eine Zeitlang geglaubt habe. Aber ich liebe ihn und möchte ihn nicht verlieren. Deswegen werde ich nach der alten Weisheit des Konfuzius verfahren: »Was du liebst, lass frei. Kommt es zurück, gehört es dir – für immer.«

Ich kann mir vorstellen, dass Du das nicht verstehen kannst, und ich bin Dir auch nicht böse deswegen. Sicher hast Du mittlerweile einen tollen Plan entwickelt, wie ich mit der Situation umgehen könnte und Paul seine – auf jeden Fall verdiente – Lektion erteilen könnte. Dafür danke ich Dir, auch wenn ich den Plan nicht umsetzen werde.

Ich werde jetzt erst mal ein paar Wochen mit Felix wegfahren. Eine alte Freundin von mir lebt mit ihrem Mann und ihrer Tochter in der Nähe von Malmö, und sie ist gerade hochschwanger mit dem zweiten Kind. Sie haben so ein klassisches rot-weißes Holzhaus an einem See und genügend Platz, wir können also dort wohnen, und ich kann ihr ein bisschen zur Hand gehen, wenn das Baby da ist. Außerdem werde ich die Zeit nutzen, um nachzudenken und etwas zur Ruhe zu kommen. Ich weiß noch nicht, wie lange ich bleibe, aber ich melde mich auf jeden Fall bei Dir!

Sei gedrückt von
Deiner Natalie

Na toll, denke ich, die macht es sich ja leicht, haut einfach ab und lässt mich hier zurück. Sie macht sich in Schweden einen schönen Restsommer, während ich mit ihrem untreuen Freund in München bleiben muss, mit nur einer Straßenbreite Distanz zwischen uns. Andererseits kann ich Natalies Flucht gut verstehen. Am liebsten würde ich nämlich auch wegfahren, besser noch wegfliegen, so weit wie möglich. Aber leider geht das nicht mehr so leicht wie früher: Urlaub nehmen, Flug buchen, Sachen packen und einfach fort. Natürlich könnte ich Franziska mitnehmen, es sind sowieso gerade Kita-Ferien. Aber erstens muss ich noch ein paar Jobs zu Ende bringen, und zweitens, Ironie des Schicksals, fahre ich am Samstag sowieso schon in den Urlaub. Nein, wir fahren. Familie Sandmann-Langfeld hat Ende August eine Woche Pauschalurlaub in einem Familienhotel in Österreich gebucht, mit Halbpension und Kinderbett. Eigentlich habe ich mich auf diese Reise gefreut. Ich mag die Berge, Spinatknödel, Gondelbahnen und den Wörthersee, der nicht allzu weit weg von unserem Domizil ist. Ich freute mich darauf, mit Franzi Kaninchen und Ziegen zu streicheln, bei schlechtem Wetter im Thermalbad zu planschen und den Schiefen Turm von Pisa in Minimundus bei Klagenfurt zu besuchen. Doch unter den aktuellen Umständen erscheinen mir diese Ferien fehl am Platz. Wie soll ich die Zeit mit Mann und Kind genießen und mich an Kaiserschmarrn auf urigen Hütten erfreuen, wenn ich so viele Dinge auf dem Herzen habe? Dinge, die ich nicht nur nicht mit Jan besprechen kann, sondern von denen er, noch schlimmer, nie etwas erfahren darf. Aber es hilft nichts, der Urlaub ist gebucht, und es gibt keine Möglichkeit, ihn nicht anzutreten. Und vielleicht finden Jan und ich ja in Österreich die Zeit, über einen Umzug nachzudenken. Meine Eltern liegen mir schon länger damit in den Ohren, dass es an der Zeit sei, eine Immobilie zu kaufen. Die Zinsen seien niedrig wie nie, und man verschenke einen Haufen Geld, wenn man sich jetzt nicht in Schulden in sechsstelliger Höhe stürze, um in zwanzig Jahren »mein Haus« zu dem Ergebnis sagen zu dürfen. So ganz habe ich das Prinzip nicht verstanden, und mein Wunsch nach einem Eigenheim ist bisher ungefähr so stark ausgeprägt wie der nach dem Züchten von Highland-Rindern. Ich bin keine, die eigentlich lieber Innenarchitektin geworden wäre, beim Wort »Echtholzparkett« glänzende Augen bekommt oder die Salatköpfe selbst anpflanzen muss, um sich frei zu fühlen. Ich glaube sogar, dass ich mich in unserer Stadtwohnung freier fühle, als ich das in jeder noch so komfortablen Doppelhaushälfte in Untermenzing oder Vaterstetten je tun könnte. »Wieso das denn, du gehst doch eh kaum noch weg«, gab Alexa neulich zu bedenken, als ich mit ihr das Thema Eigenheim diskutierte, damals noch losgelöst von der Paul-Problematik, »wohnst über einer Kneipe, in der du nie bist, und wenn, dann nur, um dort ein Essen zum Mitnehmen zu kaufen und es drei Stockwerke drüber am Küchentisch zu essen. Klar, früher war das total praktisch, in fünf Minuten mit der U-Bahn im Gärtnerplatzviertel zu sein, aber mal ehrlich, wann warst du zuletzt im Trachtenvogl oder im Netzer & Overath? Weißt du überhaupt, ob es diese Läden noch gibt?«

»Nein«, gab ich zu, »aber mit Kind ist das halt nicht mehr so einfach, das müsstest du doch am besten wissen.«

»Es gibt Jan, und es gibt Babysitter«, konterte Alexa, »und du gehst trotzdem kaum weg.«

»Stimmt. Weil ich meistens keine Lust habe. Und weil ich abends einfach zu müde bin. Ich stehe um halb sieben auf, arbeite den ganzen Vormittag und bespaße nachmittags Franziska, nebenbei schmeiße ich noch den kompletten Haushalt, kaufe ein, wasche, koche, putze und kümmere mich darum, dass mein Kind geimpft wird und immer genug zum Anziehen hat, das ist viel anstrengender als ein 10-Stunden-Arbeitstag, wie ich ihn früher hatte«, verteidigte ich mich.

»Wem sagst du das, du musst dich nicht rechtfertigen, ich kenne das Couchkoma ab 20 Uhr«, sagte Alexa, »ich meine ja nur, dass es dann im Prinzip egal ist, ob du mitten in Neuhausen Super Nanny guckst, statt in Kneipen rumzuhängen, oder ob das Ganze in Oberschleißheim stattfindet.«

»Nein, das ist ganz und gar nicht egal. Denn hier könnte ich in die Kneipe gehen, wenn ich wollte, und zwar ohne Anreise, Parkplatzsuche oder S-Bahn-Nerverei. In Oberschleißheim weiß ich, dass ich nicht rauskönnte, wenn ich wollen würde, und dadurch würde ich total unruhig werden und es nicht mehr auf der Couch aushalten.«

»Das ist eine Logik ...«, amüsierte sich Alexa, »wie jemand, der sich ein Auto in die Garage stellt, mit dem er nie fährt, nur um das Gefühl zu haben, er könnte jederzeit fahren, wenn er wollte.«

»Genau.« Ich konnte so etwas gut verstehen. Genauer gesagt war das der Grund, warum ich meinen Golf noch habe, obwohl ich ihn so gut wie nie benutze.

»Du spinnst, Marie. Aber warum lässt du dann nicht einfach alles, wie es ist? Eure Wohnung ist doch groß genug für drei, sie ist bezahlbar und schön. Du hast deine theoretischen Kneipen, und es zwingt euch doch keiner, ein Haus zu kaufen, nur weil die meisten das irgendwann tun, nachdem sie Kinder bekommen haben.«

»Ich weiß auch nicht. Vielleicht ist das eine Art Gruppenzwang. Alle Familien, die ich kenne, ziehen nach und nach aus ihren Stadtwohnungen in Eigenheime, und die, die noch da sind, reden die ganze Zeit davon.«

»So wie du«, gab Alexa zu bedenken, »wie wär's denn mal mit ein bisschen Individualität?«

Natürlich hatte sie recht. Aber auch das hat sich geändert, seit ich Mutter bin. Früher wäre ich nie auf die Idee gekommen, etwas zu tun, nur weil die meisten es machen. Im Gegenteil, ich war oft sogar darauf erpicht, es genau andersherum zu machen als die Masse. Wobei mir mittlerweile klar ist, dass es nur eine andere Form des Konformismus ist, immer das Gegenteil von dem zu tun, was alle tun.

Seit Franziska da ist, stelle ich einen vermehrten Wunsch nach Normalität bei mir fest. Das geht so weit, dass ich mich manchmal dabei ertappe, mich danach zu sehnen, Jan »meinen Mann« nennen zu können. Viele tun das ja, auch wenn sie nicht verheiratet sind. Aber ich bin da eher streng. Manchmal betitle ich ihn mit »der Mann«, aber ich sage niemals »mein Mann«. Das möchte ich mir aufheben für die Zeit, wenn ich tatsächlich verheiratet bin. Denn schließlich ist es das Einzige, was sich signifikant ändert, wenn man mal von der Steuererklärung absieht.

So, da sitze ich nun also an einem schönen, warmen Augustnachmittag. Ich hätte mit Anja und ihren Kindern ins Dantebad gehen können, und Gudrun hat mich gefragt, ob ich mit an den Starnberger See kommen möchte. Aber ich habe dankend abgelehnt und vorgegeben, arbeiten zu müssen. Was auch der Wahrheit entspricht. Denn statt mich mit Sommeraktivitäten abzulenken, muss ich daran arbeiten, das Chaos in meinem Leben in den Griff zu bekommen. Und das klappt nicht, wenn ich unter Menschen bin.

Heute bin ich ausnahmsweise mal wirklich alleine, nicht mal Franziska habe ich dabei. Den wichtigsten Menschen in meinem Leben, meinen kleinen Engel, mein geliebtes Kind, das mich von Zeit zu Zeit so anstrengt und aufregt, dass ich mich frage, warum es keine Internate für Kleinkinder gibt. Früher habe ich das nicht verstanden, was die Mütter immer sagen: »Ich liebe mein Kind über alles, aber manchmal könnte ich es an die Wand klatschen.« Genau so ist es. So erstaunlich diese riesige Liebe ist, die man für die eigene Brut empfindet, so erschreckend ist das Potential an Aggression, das sie zum Vorschein kommen lassen kann. Bisher habe ich mich immer im Griff gehabt, und das Schlimmste, wozu ich mich habe hinreißen lassen, war, Franziska anzuschreien: »Du undankbares Kind, geht's eigentlich noch? Ich strample mich hier den ganzen Tag ab, damit du versorgt bist, und nicht nur das, damit du glücklich bist und eine unbeschwerte Kindheit genießen kannst, und du machst die ganze Zeit nur Scheiß!« Das war, als sie entdeckt hatte, wie der Klettverschluss der Windel aufgeht, und sich mal eben der Pampers, in der natürlich nicht nur Pipi war, entledigte, nicht ohne das stinkende Teil durch die ganze Wohnung zu schleppen und dann auf meiner beigen Stoffcouch zu deponieren. Klar, sie hatte mich über ihren Wunsch nach einem Windelwechsel informiert: »Mami, Ziska hat Kaka gemacht, Wickeltisch!«, aber ich war gerade dabei gewesen, Gemüse aus dem Bio-Markt zu dünsten, das sie dann später sowieso empört verweigerte, um Pommes zu fordern, und hatte nicht innerhalb einer Minute auf ihre Forderung reagiert. In diesem Moment – als mich mein untenrum nacktes und braun verschmiertes Kind am Jeansbein zupfte, ich den frischen Gestank von Exkrementen wahrnahm und dann sah, wo sich die Windel befand – hätte ich am liebsten alles stehen und liegen gelassen, inklusive Franziska, und hysterisch schluchzend die Wohnung verlassen. Und ich habe es nur deswegen nicht gemacht, weil ich Angst um die sauberen Teile meines Sofas hatte. Ich packte also mein Kind ziemlich unsanft an den Oberarmen und stellte es unter die Dusche, um es abzubrausen, nicht ohne vorher zu überprüfen, ob die Wassertemperatur bei kindertauglichen 37 Grad plus/minus eins lag. Ganz schön blöd. Sie brüllte trotzdem, als hätte ich ihr kochendes Wasser über den Körper gegossen. Dann zog ich ihr eine neue Windel an, drohte, diese beim nächsten Mal mit Reißnägeln an ihrem Popo zu befestigen, sollte sie noch einmal auf die Idee kommen, sie abzumachen, und kümmerte mich dann um meine misshandelte Couch. Ich verfluchte meine Sparsamkeit, weil ich mich damals, als ich das Sofa bestellte, gegen die maßgeschneiderten Hussen im selben Stoff entschieden hatte, und schrubbte wie eine Irre die Kinderkacke vom beigen Untergrund. Zum Glück ging alles rückstandslos raus, und seit diesem Tag liegen helle Decken auf der Couch. Jetzt sieht man ihre schlichte Eleganz zwar nicht mehr, aber das hat man nun mal davon, wenn man sich trotz Kleinkind gegen das dunkelbraune Glattledersofa entscheidet.

Heute verbringt Franziska einen Tag mit ihren Großeltern in deren Garten. Ich habe gesagt, dass ich arbeiten und dringend ein lukratives Projekt zu Ende bringen muss. Aber ich bin weder in meinem Büro noch in der Wohnung, sondern am Kirchsee. Nicht vorne am Parkplatz, wo alle sind, sondern eine Viertelstunde Fußmarsch weiter hinten, dort, wo das Ufer von einem lichten Buchenwald gesäumt wird, kurz bevor ein paar hundert Meter weiter der dichte Schilfgürtel beginnt, der den See im Westen umschließt. Trockene Augusthitze lässt die Luft über dem See flimmern, von weit weg höre ich ab und zu das Lachen und Kreischen der Kinder, die sich im Freibad vorne vergnügen. Das ist die Gelegenheit, endlich mein Leben zu ordnen, das nach außen hin so geregelt erscheint und im Inneren das pure Chaos ist. Schade, dass ich mein Moleskine heute nicht dabeihabe, ich würde jetzt so gerne Notizen machen. Aber vielleicht kann ich das ja auch digital tun. Träge greife ich in meine Badetasche, fische das iPhone heraus und sehe erfreut, dass ich hier sogar ein passables Mobilfunknetz habe. Und damit auch Internet. Ich wähle den App-Store an, um ein digitales Notizbuch zu finden, und es zeigt mir Gowalla an, das ich mal runterladen wollte, ich muss damals unterbrochen worden sein. Jetzt installieren? Ach, warum nicht. Ist doch eine lustige Sache, sehen zu können, wo die Freunde gerade sind. Ein wenig theoretisch, denn keiner meiner Bekannten aus dem echten Leben macht bisher dort mit, und die Internet-Bekannten muss ich eigentlich nicht unbedingt live treffen. Aber zum Rumspielen macht es sicher Spaß.

»Wo bist du?«, fragt mich das Programm, als ich es installiert habe, und ich werfe das GPS-Ortungssystem an. Kirchsee, Kategorie »Lakes & Rivers«, schlägt es mir vor und informiert mich, dass vor zwei Monaten schon Marc P. aus M. hier eingecheckt hat. Aha. Einchecken? Warum nicht. Bei Facebook posten? Klar. Sollen die, die jetzt im Büro sitzen, ruhig auch mal neidisch auf mich sein. Foto hinzufügen? Logisch, ist ja echt paradiesisch hier. Ich fotografiere meine kleine Privatbucht, im Vordergrund meine nackten Füße mit den rot angemalten Zehennägeln, und poste das Ganze bei Facebook. Dann suche ich das, was ich eigentlich wollte, ein Notizbuch. Als ich endlich eines gefunden habe, das mich nicht auffordert, meine Einträge mit der restlichen Welt zu teilen, sondern das einfach nur ein papierloses Büchlein ist, wird das Display des iPhones schwarz. Ein kleiner Kreis aus Punkten dreht sich noch dreimal, dann ist das Handy tot. Akku leer. Na gut, dann halt ohne Aufschreiben.

Also. Paul ist zurück. Back in town. Meinetwegen. Er will aber keine Beziehung mit mir, denn er hat eine Freundin und spielt für deren Kind den Vater. Nebenbei hat er seit einiger Zeit eine heiße Affäre mit einer schönen jungen Schwedin, die in Augsburg studiert und mit der er sich regelmäßig in Münchner Hotels trifft. Die er zu ihrem Geburtstag auf eine romantische Hütte in Tirol eingeladen hat, wo er ihr eigenhändig Gulasch gekocht und sie einen Tag und eine Nacht lang nach Strich und Faden verwöhnt hat. Und weil ihm das alles noch nicht genug zu sein scheint, raunte er mir kürzlich auf seinem Balkon ein paar erregende Schweinereien ins Ohr, während er mich mit seiner Erektion streifte. Um mir kurz darauf eine E-Mail zu schreiben und mich darum zu bitten, noch ein Mal mit ihm zu schlafen. Als Abschied. Um einen würdigen Abschied zu feiern, wie er sich ausdrückte.

Und ich?

Marie hatte nichts Besseres zu tun, als sich mit Pauls Lebensgefährtin anzufreunden, obwohl sie erfuhr, dass die beiden ein Paar sind, und als es noch leicht möglich gewesen wäre, das Ganze zu stoppen. Trotzdem machte sie einfach weiter. Ob aus Neugier, aus Dummheit oder weil ihr wirklich etwas an Natalie liegt, weiß sie selbst nicht so genau. Jan weiß nichts von all dem, und er weiß auch nicht, dass Paul Natalies Freund ist, nicht mal, dass Paul überhaupt zurück in München ist und Maries Leben durcheinanderbringt. Und als Marie endlich beschlossen hatte, der Sache ein Ende zu bereiten und den Kontakt zu Natalie und Paul abzubrechen, um das Schlimmste zu verhindern, kam Natalie mit ihrer Entdeckung daher, dass Paul sie mit Liv betrügt.

Seitdem hat Marie nichts mehr unternommen. Nichts, außer in Livs Twitter-Account zu stöbern, ihr Blog zu lesen und jedes Detail der verbotenen Liebe zwischen der Schwedin und Paul aufzusaugen.

Nebenwirkung der ganzen Geschichte: Marie hat festgestellt, dass sie keine wirklich guten Freunde mehr hat. Zumindest, dass es niemanden gibt, mit dem sie das alles besprechen könnte.

Ich brauche kein Moleskine, um zu erkennen, dass ich mich in einer Lage befinde, die weder besonders kompliziert noch aussichtslos ist. Aber leider ist es ziemlich schwer, sich am eigenen Schopf zu packen und das zu tun, was längst überfällig ist. Und dabei geht es nur in zweiter Linie um Natalie und Pauls Affäre mit Liv. Dabei geht es darum, das Kapitel Paul endlich abzuschließen. Und zwar nicht, weil Paul eine Freundin hat, und auch nicht, weil er diese betrügt. Sondern einzig und allein darum, weil die Geschichte mit Paul schon lange vorbei ist.

Vielleicht braucht es wirklich einen ordentlichen Abschluss, schießt es mir durch den Kopf. Vielleicht ist es das, woran es in den letzten Jahren immer hakte. Denn immer ging es irgendwie weiter. Nie gab es den Punkt, an dem ein für alle Mal definitiv Schluss war. Natürlich war ich schon oft an diesem Punkt, und Paul auch. Aber nie beide gleichzeitig.

Vielleicht sollte ich mich auf sein Angebot einlassen. Noch ein Mal mit ihm schlafen. Im vollen Bewusstsein, dass es das letzte Mal sein würde. Ihn noch ein Mal spüren, auskosten, noch ein Mal seine Haut schmecken, noch ein Mal die goldenen Punkte in seinen grünen Augen sehen. Und dann nie wieder. Großes Kino, großes Drama, das rauschhafte Ende einer einst großen Liebe.

Vergiss es, Marie. Du willst kein Ende. Keinen Abschluss. Du willst mit Paul schlafen. Das ist alles. Du willst ihn vielleicht nicht als Partner, nicht mehr, denn du weißt genau, dass er dir das nie sein könnte und dass du mit ihm nie glücklich werden würdest, schon gar nicht jetzt, mit Kind und Verantwortung und all dem. Das hält dich aber nicht davon ab, ihn nach wie vor zu begehren.

Du willst ihn spüren, und wenn du das tust, wirst du es wieder wollen, und dann wieder und wieder, immer wieder. Es ist wie bei einer Alkoholsüchtigen. Noch einen Drink, und dann ist Schluss. Von wegen. Dieser Drink bewirkt das Verlangen nach dem nächsten, und noch bevor der Rausch verflogen ist, stellt sich der Drang nach dem übernächsten ein, stärker als je zuvor.

Auf einmal bin ich unendlich müde. Ist es die Hitze, ist es das frühe Aufstehen im Alltag oder die Erkenntnis, wie schwach und unerwachsen ich bin? Ich ziehe mein Handtuch in den Schatten einer Buche und schließe die Augen. Ich kann direkt fühlen, wie ich in den Schlaf gleite, so schnell geht das. Bitte keinen erotischen Traum mit Paul, denke ich noch. Und dann denke ich nichts mehr.

Nein, kein erotischer Traum mit Paul. Aber ein Traum mit Paul. Ich habe wieder mal zu ungenau gewünscht. Und deswegen träume ich jetzt, dass eine große und mir schon von den Umrissen her sehr vertraute Figur zwischen den Buchen in meine kleine Privatbucht tritt und ein Fahrrad achtlos an einen Baum lehnt.

»Hey, du bist ja wirklich hier. So ein Glück«, sagt Paul.

Es ist kein Traum. Im Traum merkt man nicht, dass man beim Schlafen das Handtuch nass gesabbert hat.

»Was, was … warum … wie …?« Ich setze mich auf und wische mir möglichst unauffällig über meine spuckefeuchte linke Wange.

»Stand doch bei Facebook«, lacht Paul, »mit Google-Maps-Karte!«

Scheiße. Gowalla. GPS. Einchecken. Bei Facebook posten. Ich bin ja so was von blöd.

»Oh.«

»Soll ich wieder gehen?«

»Ja.« Aus meiner Bucht, aus meiner Nähe, aus meinem Leben. Oder am besten gleich in den See. So König-Ludwig-mäßig. Das wäre doch was. Paul spurlos verschwunden. Das letzte Mal gesichtet vom Pächter der

Tankstelle in Holzkirchen, wo er sich ein Bonaqua naturell kaufte und die Reifen seines Mountainbikes mit frischer Luft befüllte. Ab diesem Punkt verliert sich seine Spur.

»Ist alles okay bei dir, Marie?« Paul guckt mich besorgt an.

»Wieso, meinst du, ich drehe jetzt durch, nur weil ich dir nicht dafür um den Hals falle, dass du mich hierher verfolgt hast?«

Hört, hört, ganz neue Töne, so hätte ich früher nie mit Paul zu reden gewagt.

Er lacht. Nicht aus Verlegenheit, sondern weil er mich erheiternd findet. In diesem Moment kann ich mir vorstellen, wie es wäre, ihn zu hassen. Oder ihm mit dem Knie in die Eier zu treten.

»Darf ich mich zu dir setzen?« Jetzt erst wird mir bewusst, dass wir uns schon wieder in einer Situation treffen, in der ich nur einen Bikini trage. Und ich kann Pauls Blicke auf meiner Haut spüren, ich weiß, dass ihm meine Halbnacktheit ebenfalls nicht entgangen ist. Er trägt olivfarbene Cargo-Shorts und ein weißes, ausgeleiertes T-Shirt, das auf der Brust ein paar Schweißflecken vom Radfahren in der Sommerhitze hat, unter denen seine leicht gebräunte Haut durchschimmert und sich ein paar feuchte Brusthaare kräuseln. Meine körperliche Sucht nach diesem Mann projiziert Videosequenzen in mein Gehirn, in denen ich ihm das verschwitzte T-Shirt über den Kopf streife und mein Gesicht an seine Brust drücke, während er hinter meinem Rücken mit einer Hand den Verschluss meines Bikinis öffnet und seine Hände um meine Brüste legt. Und auf einmal fällt es mir wieder ein.

Wie konnte ich das vergessen? Wir waren schon einmal zusammen hier, Paul und ich. Nicht an dieser Stelle des Sees, nicht am hinteren Teil im Buchenwald, sondern vorne in der Badeanstalt. Und ich trug denselben türkisfarbenen Fire-&-Ice-Bikini, den ich auch heute anhabe. Ich weiß noch, wie ich ihn damals noch schnell mit Haarshampoo wusch, weil ich ihn unbedingt anziehen wollte, als ich mit Paul am Kirchsee verabredet war. Und wie ich auf der Hinfahrt bei 31 Grad Außentemperatur die Autoheizung auf voller Stufe laufen ließ, um den Bikini über den Lüftungsschlitzen trocken zu bekommen. Wie blöd ich damals war, vor ziemlich genau sieben Jahren. Als ob es auf den Bikini angekommen wäre! Ich hätte Paul auch in meinem dunkelblauen, hochgeschlossenen Arena-Badeanzug aus den Achtzigerjahren entgegentreten können, gewollt hätte er mich trotzdem. Nur dass es schwieriger gewesen wäre, mir diesen Anzug auf dem See draußen an der roten Boje abzustreifen. Ich versuche, die Erinnerung abzuschütteln, aber sie trifft mich mit voller Wucht, als sei es gestern gewesen, unser Sex im Kirchsee. Damals schrieb ich in mein Tagebuch, dass wir die rote Boje beinahe zum Kentern brachten, Paul und ich. Heute, sieben Jahre, ein paar Männer, eine Schwangerschaft und eine Geburt später, würde ich das nicht mehr so verschämt umschreiben, sondern würde einfach schildern, wie wunderbar aufregend es war, als Paul untertauchte, um mir die Bikinihose abzustreifen, und wie anders sich sein Schwanz anfühlte, als er ihn unter Wasser in mich schob. Es war sicher nicht der beste Sex meines Lebens, und bestimmt war ich selten so weit davon entfernt, zum Höhepunkt zu kommen wie in diesen atemlosen und unbequemen paar Minuten an der roten Boje. Aber er war trotzdem unvergesslich, und auch nach sieben Jahren merke ich, wie pure Erregung mich ergreift, als ich daran denke, wie Paul mich damals einfach nahm, mitten auf dem See, allen Widrigkeiten und der Gefahr des Ertrinkens zum Trotz, weil er nicht warten wollte und konnte, bis wir zu Hause waren.

Heute fragte er zwar, ob er sich setzen könne, wartete meine Antwort jedoch nicht ab, sondern ließ sich neben mir auf meinem roten Handtuch nieder. So nah, dass ich ihn riechen kann, aber nicht so nah, dass es aufdringlich wäre. Paul hat ein gutes Gespür für Entfernungen. Ein paar Zentimeter machen da einiges aus. Eine Weile sagt keiner von uns ein Wort. Der See plätschert in kleinen, vom leichten Wind erzeugten Wellen ans erdige Ufer, die Blätter der Buchen rascheln leise, und irgendwo im Schilf quaken ein paar Frösche.

Dann sieht Paul mich an.

»Du denkst auch gerade daran. Ich seh's in deinen Augen.«

»Woran?«, frage ich und denke, dass keiner außer Paul etwas in meinen Augen sehen und das dann auch noch kundtun darf. Was für ein Blödsinn, irgendetwas in eines anderen Augen sehen zu können außer seinem eigenen Spiegelbild.

»Das weißt du genau«, erwidert Paul lächelnd, und ich fühle mich ertappt. Dann wendet er seinen Blick ab und spricht leise vor sich hin, murmelt fast.

»Die rote Boje ... da draußen, in genau diesem Wasser ... unglaublich war das. Unglaublich geil und unglaublich schön. Mein Gott, Marie. Wie lange ist das her?«

»Sieben Jahre«, antworte ich zu schnell. Aber Paul ist so klug, nicht darauf einzugehen, dass ich mich damit verraten habe.

Jetzt kniet er sich vor mir hin und sieht mich wieder direkt an.

»Marie ...«

Was wird das? Ein zweites Déjà-vu steigt in mir auf, und diesmal ist es nicht der sommerliche See, der es auslöst, sondern Pauls ernster Gesichtsausdruck. Das hatten wir doch alles schon mal. Vor etwas mehr als drei Jahren, in Hamburg-Billstedt, damals allerdings noch weniger bekleidet, genauer gesagt nackt, und direkt im Anschluss an leidenschaftlichen Sex.

»Ich will dich als meine Freundin, als die Frau in meinem Leben, ich will eine Beziehung mit dir, ich will dich ganz für mich, mit allem Drum und Dran. Eine gemeinsame Wohnung. Zusammen leben. Winterreifen und Zahnseide kaufen gehen. Heiraten. Jeden Tag miteinander schlafen. Für immer zusammen sein. Bekomm dein Kind mit mir, Marie, ich will dieses Kind. Mit dir.« Das waren Pauls Worte, im April 2007. Damals erreichte mich, als ich noch überlegte, was ich auf diesen Antrag erwidern sollte, eine SMS von Jan, worauf ich fluchtartig Bett und Hotel verließ. Ich war mir sicher, nach dieser Abfuhr nie wieder etwas von Paul zu hören, und obwohl es mir damit nicht gutging, war ich doch auf gewisse Weise erleichtert. Doch er fragte sogar noch einmal nach, und als ich ihm dann endlich ein klares »Nein« entgegenbrachte, willigte er drei beleidigte Wochen später ein, es mit einer Freundschaft zu versuchen. Dass diese Freundschaft zu einem Beinahe-Eklat auf der Gerner Brücke führte, bei dem Jan erfuhr, dass ich ihn mit Paul betrogen hatte, ist eine andere Geschichte. Aber es ging ja alles gut aus. Jan verzieh mir, und zwei Monate später war ich schwanger. Ende gut, alles gut.

Und jetzt? Fängt jetzt alles von vorne an?

»Bitte, Paul. Frag mich das nicht noch mal. Ich habe schon einmal nein gesagt, und ich werde es wieder tun.«

»Ich soll dich was nicht fragen?«

Plötzlich bin ich verunsichert. Täusche ich mich etwa? Aber warum dann das Knien und der ernste Gesichtsausdruck?

»Ja, was wolltest du mich denn eigentlich fragen?«, spiele ich den Ball an ihn zurück.

»Du hast mir noch nicht auf meine E-Mail geantwortet. Die war kein Scherz, sie war ernst gemeint, sehr sogar.«

Ich schnappe nach Luft. Darum geht es also. Er will mit mir schlafen, mich vögeln, Sex. Mehr nicht. Nicht mehr.

Etwas Heißes steigt in mir auf, und es ist kein Begehren und keine Traurigkeit. Es ist Wut. Auf Paul und auf mich selbst. Auf meine Blödheit und meine Unfähigkeit, mich endlich von diesem Mann zu lösen, der seit fast zehn Jahren meine Hormone und mein Leben bestimmt, wegen dem ich schon einmal beinahe alles verloren hätte, was mir wichtig ist und was ich regelmäßig zu vergessen pflege, sobald er vor mir steht und ich ihn riechen kann.

»Du spinnst echt komplett«, fahre ich Paul in nie dagewesener Heftigkeit an und springe auf, damit ich größer bin als er und besser schreien kann. Es hat auch Vorteile, dass wir uns gerade in der totalen Einsamkeit befinden. Leider steht Paul auch auf, so dass er mich wieder überragt. Trotzdem fahre ich fort:

»Was fällt dir eigentlich ein? Ich habe einen Freund, ich habe ein Kind, ich habe eine Familie! Und zwar nicht aus Zufall, sondern weil ich mich dafür entschieden habe! Ich habe Franziska bekommen, weil ich mit Jan eine Familie gründen wollte, und das war die beste Entscheidung meines Lebens, dicht gefolgt von der, nein zu deinem postkoitalen Heiratsantrag damals in Hamburg zu sagen, mit dem es dir vermutlich sowieso nie Ernst war! Ich liebe Jan, ich liebe meine Tochter, und dieses Familienleben, das dir vielleicht spießig und langweilig erscheinen mag, ist das Beste, was ich je erlebt habe. Ja, wir fahren jetzt an den Wörthersee in den Urlaub und nicht mehr nach Koh Pan Gan, ich habe keine Ahnung mehr, welche Kneipen und Bars im Gärtnerplatzviertel angesagt sind oder zu welchem Italiener man derzeit geht, wenn man dazugehören will. Meine Karriere, die gerade langsam angefangen hatte, ist im Eimer, und ich arbeite hart, um ein bisschen dazuzuverdienen. Und am Sonntag gehen wir mit anderen Eltern und Kindern in ein familienfreundliches Café zum Brunchen und danach Enten füttern an der Isar. Manchmal haben wir wochenlang keinen Sex, weil Franziska eine schlechte Phase hat und nur bei uns im Bett schlafen kann, und manchmal streiten wir uns, weil wir uns nicht einig sind, ob unsere Tochter mehr Konsequenz braucht oder lieber weniger Verbote. Und weißt du was? Ich finde es toll. Ich möchte noch ein zweites Kind, mindestens, und irgendwann werden wir in ein Reihenhaus in Obermenzing oder Neuaubing ziehen und uns einen Familienvan kaufen. Paul, ich habe echt keinen Platz mehr für dich in meinem Leben, und ich will auch keinen schaffen. Ich will nicht, dass wieder alles durcheinanderkommt. Meine Werte haben sich geändert, ich habe mich geändert. Ich trage Verantwortung, und ich finde das Gefühl toll, sie zu tragen. Vielleicht bin ich erwachsen geworden, keine Ahnung. Jedenfalls finde ich es eine absolute Frechheit von dir, dass du deine Freundin hierher nach München schleppst, gegenüber von mir einziehst und mir dann auch noch vorschlägst, mit dir ein Abschiedsfest im Bett zu feiern, um unserer Geschichte einen würdigen Abschluss zu verpassen. Was soll das? Warum? Dazu hättest du nicht gleich nach München ziehen müssen!«

Den Trumpf, dass ich von seinem Verhältnis mit Liv weiß, hebe ich mir noch auf.

Paul sieht mich entgeistert an, mit solch einem Wutausbruch hat er wohl ebenso wenig gerechnet wie ich selbst. Doch ich lese in seinem Gesicht auch einen Anflug von Amüsement.

»Sei mir nicht böse, Marie, aber da täuschst du dich.«

»Womit täusche ich mich? Jetzt sag nicht, du hättest deine E-Mail ganz anders gemeint. Die war mehr als eindeutig!«

»Ich meine nicht die Mail. Du hast recht, die war und ist so gemeint, wie ich sie geschrieben habe.«

»Was dann?«

»Ich bin nicht deinetwegen nach München gezogen, Marie. Tut mir leid, dass du das dachtest. Dass wir die Wohnung in der Ysenburgstraße bekommen haben, war reiner Zufall. Mir kam der Name der Straße gleich irgendwie bekannt vor, aber ich kam nicht drauf, woher, und ich habe ehrlich gesagt auch nicht weiter darüber nachgedacht. Ich habe das alles von Berlin aus abgewickelt, nur Natalie war einmal hier, um die Wohnung anzuschauen, und dann noch mal, um die Übergabe zu machen, und sie wusste ja nicht, dass du gegenüber wohnst.«

»Aber ... warum ...«

»Das war ehrlich gesagt in erster Linie jobbedingt. Du weißt doch, dass ich mir in Berlin diese Wohnung gekauft habe. Und damit habe ich mich, na ja, etwas übernommen, finanziell. Es kamen ein paar schwierige Monate in meiner Selbständigkeit, ich hatte Ärger mit einem wichtigen Kunden, der sprang ab und zahlte eine Rechnung nicht, dann war da auch noch Natalie und ihr Kind, für die ich mich verantwortlich fühle und die ich mit ernähren muss ... Langer Rede kurzer Sinn, ich brauchte einen lukrativen Job, und so etwas gibt's nun mal in Berlin zurzeit nicht.«

»In erster Linie jobbedingt. Und sonst?« Ein leiser, böser Verdacht steigt in mir auf.

»Na gut«, seufzt Paul, »wenn ich schon dabei bin, die Hosen runterzulassen ...« Er versucht, bei diesen Worten nicht zu grinsen, aber das misslingt ihm, und er spricht schnell weiter: »Ich erzähl's dir gleich, Süße. Aber sag mal ...« Seine Stimme wird ein wenig rauer und gleichzeitig weicher, er hört auf zu grinsen und macht einen Schritt auf mich zu.

»Ich versteh das ja alles, was du da gesagt hast, von wegen Familienleben und Kind und Jan. Ich kenne es ja selbst ein bisschen, auch wenn ich nicht so komplett drin aufgehe wie du. Aber du bist eine Frau, da ist das alles noch viel stärker, und das ist auch gut und schön so, ich freue mich für dich und respektiere das! Aber was hat das mit meiner Frage aus der Mail zu tun? Ich meine …« Er legt seine rechte Hand in meinen Nacken, lässt sie unter mein Kinn gleiten und hebt mein Gesicht an, so dass ich ihm in die Augen sehen muss. Ich lasse es geschehen, unfähig, mich zu bewegen.

»Ich meine, was spricht dagegen, trotzdem ein würdiges und schönes Ende für unsere Geschichte zu finden? Wir kennen uns neun Jahre lang, Marie, fast ein Jahrzehnt, und ich übertreibe nicht, wenn ich sage, dass du die vielleicht wichtigste Frau in meinem Leben warst und irgendwie auch immer noch bist. Ich akzeptiere, dass du dich für Jan und deine Tochter entschieden hast, und ich habe das ehrlich gesagt auch nie in Frage gestellt. Aber vielleicht tut es dir selbst ja auch gut, wenn du einen richtigen Schlusspunkt unter unsere Geschichte setzen kannst. Wenn wir uns in Liebe und Leidenschaft voneinander trennen, uns noch einmal so richtig auskosten, wissend, dass es das letzte Mal sein wird, uns noch einmal genießen und uns dann mit einem innigen Kuss voneinander verabschieden? Du musst keine Angst haben, niemand wird etwas davon erfahren, nicht Natalie und auch nicht dein Jan. Ich schwöre dir, dass ich keiner Seele ein Sterbenswörtchen davon sagen werde. Aber ich wünsche es mir so sehr, und ich kenne dich, Marie. Ich sehe es in deinen Augen, ich sehe es an deinem Körper, ich höre es aus deiner Stimme, dass du mich willst.«

Der Name der Ysenburgstraße kam Paul irgendwie bekannt vor. Sprich, er hatte ihn vergessen, nur in seinem Unterbewusstsein war die Information noch gespeichert. Diese kleine Nebensächlichkeit trifft mich tief, obwohl es schon sechs Jahre her ist, dass ich Paul nach einem Tag voller Sex und Sushi vom Vorvertrag erzählte, den ich für diese Wohnung und für uns unterzeichnet hatte. Ich weiß noch genau, was er darauf sagte, und ich sehe heute noch seinen Gesichtsausdruck dabei. »Marie, es geht darum, dass ich nicht mit dir zusammenziehen möchte. Nicht jetzt und nicht in einem Jahr.« Das war das Ende unserer Beziehung. Oder zumindest das Ende meines Traumes, wir könnten irgendwann wie ein ganz normales Paar zusammenleben, statt nur miteinander zu schlafen.

»Marie?«

»Ja.«

»Wirklich?« Pauls rechte Hand, die immer noch mein Kinn umfasst hielt, wandert an meinem Hals hinunter und streichelt sich langsam über mein Schlüsselbein nach unten. Seine Fingerspitzen, die sich ein wenig rau anfühlen, folgen dem schmalen Träger meines Bikinioberteils, und an der Stelle, an der der Cup beginnt, schiebt er seine Hand sanft unter den türkisfarben-weißen Stoff und umschließt meine nackte Brust, wobei sein Daumen langsam um meine Brustwarze kreist. Er steht ganz nah vor mir, so dass ich die Hitze seiner Haut durch sein T-Shirt hindurch spüren kann. Und während seine linke Hand unter mein Bikinihöschen wandert, sanft meine Pobacke knetet und sich mit den Fingerspitzen millimeterweise weiter zwischen meine Beine bewegt, zieht er mich noch ein bisschen näher an sich heran, und wieder kann ich seine Erektion an meinem Bauch spüren. Nur drei dünne Stoffschichten trennen uns noch, und ich weiß, wenn ich jetzt einfach nichts tue, werde ich den besten und erfüllendsten Sex meines Lebens haben, hier unter den Buchen am See, und ich werde diese Begegnung mein Leben lang nicht vergessen, so wie ich keinen einzigen Moment vergessen habe, in dem Paul mich berührte.

Ich will es schon tun, das Nichtstun. Schwach sein, dem Augenblick nachgeben, willenlos, hilflos, wehrlos, komme, was wolle, nur für diesen einen Moment. Ich will Pauls Fingern erlauben, mich zu teilen und in mich einzutauchen, und dann will ich auch das, was sich da so warm und hart an meinen Bauch drängt, in mir spüren.

Da tauchen vor meinem inneren Auge auf einmal die Zeilen auf, die Liv in ihrem Blog über ihren 21. Geburtstag schrieb und die ich am Abend des Nachmittages weiterlas, an dem ich durch Franzis Erzieherin unterbrochen worden war.

Ich habe es nicht getan. Nicht dass ich keine Lust gehabt hätte, denn allein seine Stimme bewirkte, dass ich sofort Sex wollte. Aber ich wollte meine ganze Lust für ihn aufheben. Manchmal bin ich wirklich froh, dass ich eine Frau bin und mir keine Sorgen um Ejaculatio praecox machen muss.

Ich hörte also die Musik, die er für mich auf den iPod gespielt hatte, schaute aus dem Fenster in die verschneite Landschaft und las ein bisschen im Buch, aber ich konnte mich nicht auf die Zeilen konzentrieren. In München musste ich umsteigen. Je näher wir Innsbruck kamen, desto aufgeregter wurde ich. Und dann hielt der Zug, ich stieg aus und stand einen Moment lang allein und etwas verloren auf dem eisigen und zugigen Bahnsteig. Dann umarmte mich jemand von hinten. »Alles Gute zum Geburtstag, mein Herz!«, sagte er und küsste mich. Drei Wochen lang hatten wir uns nicht gesehen, und ich übertreibe nicht, wenn ich schreibe, dass dieses Wiedersehen der wohl glücklichste Moment in meinem Leben war. Bisher zumindest.

Eng umschlungen gingen wir zu einem Auto, das draußen vor dem Bahnhof parkte. Es war ein Jeep, und ich wunderte mich noch, weil so ein Ding irgendwie gar nicht zu ihm passt ... Wir fuhren aus Innsbruck hinaus und auf die Autobahn Richtung München. »Wohin fahren wir?«, fragte ich ihn mehrmals, aber er grinste nur und sagte, das würde ich sowieso gleich sehen. Nach einer Viertelstunde bog er von der Autobahn ab und auf eine kleinere Straße, die direkt in die hohen Berge führte, die sich auf der rechten Seite auftürmten. Alles war tief verschneit, und wir verließen die kleine Straße, um auf einer noch schmaleren weiterzufahren, zuckelten durch kleine Dörfer und an einsamen Bauernhöfen vorbei, und die Sonne kam raus und die Landschaft begann zu glitzern und zu funkeln. Das Sträßchen wurde steiler, und er hielt an, um Schneeketten anzulegen. Ganz ehrlich, ich steh da ja schon drauf, wenn ein Mann so etwas kann und es ganz selbstverständlich tut, ohne sich dabei dumm anzustellen. Dann ging es weiter, steil ins Gebirge hinauf, bis der Weg zu Ende war. Wir hielten vor einer kleinen Hütte aus dunklem Holz. An der Vorderwand hingen ein altes Wagenrad und eine antik aussehende Mistgabel, und eine kleine Holztreppe führte auf einen Balkon, auf dem sich die Eingangstür befand. Auf dem Dach lag ungefähr ein Meter

Schnee, und im Hintergrund sah man das Bergpanorama der Tiroler Alpen.

»Na, was sagst du?«, fragte er, und ich sagte gar nichts, denn ich war sprachlos. Er hob mich hoch und trug mich über die Schwelle hinein in das Innere der Hütte. Es sah genauso aus wie in der Folge von Irgendwie und Sowieso (er hat mir diese Serie auf DVD geschenkt, weil er meinte, wenn ich schon in Bayern leben würde, müsse ich mir das ansehen, um die Volksseele ein klein wenig verstehen zu lernen), in der die Clique nach Indien fliegen will und irgendwo in den verschneiten Bergen in einer Hütte landet. Holzvertäfelt, eine altmodische Wohnküche mit Kachelofen, gedrechselte Stühle, Vorhänge mit bäuerlicher Stickerei, ein rot-weiß gestreifter Flickerlteppich.

»Hast du Hunger?«, fragte er, und ich stellte fest, dass mein Magen knurrte. »Das trifft sich gut, das Gulasch ist schon fertig und muss nur noch aufgewärmt werden, so schmeckt es eh am besten«, sagte er und heizte den Ofen an.

Es war köstlich. Noch nie in meinem Leben habe ich so ein gutes Gulasch gegessen, und das Beste war, er hatte es extra für mich – und nur für mich – selbst gekocht!

Nach dem Essen machten wir einen Spaziergang im Schnee. Es war wie in einem kitschigen Fernsehfilm. Ich meine, in der Realität ist so etwas ja meistens nicht ganz so toll wie in der Vorstellung. Man bekommt nasse und kalte Füße, schwitzt unter den Armen oder streitet sich, so was halt. Aber an diesem Tag war alles noch viel schöner, als ich es mir je hätte ausmalen können. Wir tollten durch den Schnee, bewarfen uns mit Schneebällen, lachten, redeten, schwiegen, küssten, atmeten, lebten. Und als wir wieder in der warmen Hütte waren, zog er mich wie selbstverständlich aus, und wir liebten uns quer durch das Häuschen. Auf dem hölzernen Wohnküchentisch, dem rot-weißen Teppich, im knarzenden Doppelbett der Schlafstube und später sogar in der ebenfalls holzgetäfelten Badewanne. Zwischendurch tranken wir Tee mit Rum und aßen selbstgebackenen Kuchen dazu, und als es draußen dunkel wurde, schliefen wir eng umschlungen eine Stunde, bevor wir uns bei Kerzenlicht in die Stube setzten und er mir ein Abendessen zauberte ...

Ich muss nie heiraten, denn das war er, der schönste Tag meines Lebens. Und wenn ich nicht sicher wüsste, dass es mit ihm noch schöner werden kann, würde ich es nicht glauben. Danke, mein Schatz, bester Mann von allen.

Ich greife um Pauls rechtes Handgelenk und entferne seine Hand aus meinem Bikini und seinen Daumen von meiner Brustwarze, die illoyalerweise deutlich auf die Liebkosung reagiert hat. »Nein«, sage ich freundlich, aber bestimmt, »nein, Paul, ich will das nicht.«

»Aber du hast doch ...«

»Nicht so. Nicht hier am See, wo wir jederzeit gestört werden können. Wenn schon ein Fest, dann ein richtiges. Denk dir etwas aus. Lass dir was einfallen. Etwas ganz Besonderes.«

Und dann ziehe ich meinen Rock und mein T-Shirt über meinen Bikini, stopfe das Handtuch, mein iPhone und den Rest meiner Sachen in meine Badetasche und verlasse den See. Paul versucht nicht, mich aufzuhalten. Aber das ist ja nichts Neues.

SONNTAG, 22. AUGUST 2010.

DON'T ASK, DON'T TELL.

Ich fühle mich wie ein neuer Mensch. Letzte Nacht habe ich endlich getan, was ich schon wochen-, wenn nicht monatelang hätte tun sollen. Unglaublich, wie eine einzige Nacht alles verändern kann. Die Farben der Welt sind satter, der Himmel wirkt klarer und die Luft frischer. Ich sehe in den Spiegel und freue mich seit langem mal wieder über das Bild, das er zurückwirft. Meine zwei senkrechten Konzentrationsfalten an der Nasenwurzel sind fast völlig verschwunden, und meine Haut sieht straff und rosig aus wie nach einem langen Wellnesswochenende mit drei Kosmetikbehandlungen. Normalerweise kann ich mich morgens nur mit der Aussicht auf einen dampfend heißen, starken Cappuccino in meinem roten Lieblings-XL-Becher mit den weißen Polka-Dots dazu motivieren, aufzustehen. Heute werde ich den wohl nicht bekommen, sondern höchstens einen zu schwachen, lauwarmen Filterkaffee aus einer weißen Hoteltasse. Trotzdem stehe ich summend unter der Dusche, seife liebevoll meinen Körper ein, der die letzte Nacht so dringend gebraucht hat, und freue mich auf diesen Sonntag, der gerade angefangen hat. Was doch zehn Stunden Schlaf am Stück ausmachen.

Auch Franziska ist heute richtig gut drauf. Eigentlich ist sie nicht der Typ Kind, der morgens fröhlich quakend die Welt begrüßt und gute Laune verbreitet. Im Gegenteil, der frühe Morgen ist normalerweise eher ihre Tageszeit für unerfüllbare Forderungen. »Franzi will Nudeln essen! Mit Soße!«

»Franziska, zum Frühstück kann man keine Nudeln essen. Aber du kannst ein Müsli haben, einen Joghurt mit Banane oder ein Brot.«

»Franzi will Joghurt haben … mit Erdbeeren!«

»Erdbeeren müssen wir erst kaufen, die letzten haben wir gestern gegessen.«

»Joghurt mit Erdbeeren!!!«

»Haben wir nicht.«

»Franzi will kein Frühstück.«

»Auch gut, dann wartest du eben bis zur Krippe, da gibt's ja eh gleich etwas.«

Klar, dass zwanzig Minuten später in der Trambahn ein halbverhungertes »Franzi will was esseeeeeeeen … bitteeeee …« folgt und ich dann die tadelnden Blicke der mitreisenden Frauen ertragen muss, wenn ich ihr notgedrungen einen Keks gebe, damit sie zu jammern aufhört.

Nicht so heute. Keine Trambahn, kein Notfallkeks, keine unerfüllbaren Erdbeerforderungen. Einfach nur ein ausgeschlafenes, gutgelauntes Kleinkind und ein Freund, dem es ähnlich zu gehen scheint, denn er lächelt mich liebevoll an, als ich in ein großes weißes Handtuch gewickelt aus dem Bad komme. Die Balkontür unseres großen Zimmers steht weit offen und gibt den Blick frei auf das grüne Bergtal, an dessen Ende sich unser Hotel befindet. Die Sonne ist gerade erst im Osten über die Bergspitzen geklettert und wirft schräge Morgenstrahlen auf die Almwiesen, auf denen junges Fleckvieh weidet und mit seinen Kuhglocken läutet. Die roten und pinkfarbenen Geranienblüten glitzern im Morgentau, und über den Wäldern der Berge im Süden verdunstet der letzte Nebel. Eine Szenerie wie aus der Almdudlerwerbung. Nur besser, weil echt.

»Endlich Urlaub«, sagt Jan und gibt mir einen Kuss, »du kannst dir gar nicht vorstellen, wie sehr ich mich darauf gefreut habe. Dieses letzte Projekt war richtig ätzend, ich hätte es keinen Tag länger durchgestanden. Und ich habe meine zwei Frauen viel zu wenig gesehen. Was hältst du eigentlich davon, wenn ich in Zukunft ein bisschen weniger arbeite?«

Ich erschrecke. Nicht weil Jan weniger arbeiten will, auch wenn das ungewöhnlich ist, denn die Männer meiner Freundinnen arbeiten tendenziell immer länger und mehr, je mehr Kinder in die Familie kommen. Ich erschrecke, weil mir gar nicht aufgefallen ist, dass Jan so einen Stress hatte. Ja, er war viel unterwegs, oft auch über Nacht weg, und wenn er in München war, kam er meistens erst aus dem Büro nach Hause, wenn Franziska schon längst schlief. Aber ich war so sehr mit Natalie, Paul und meinen eigenen Problemen beschäftigt, dass ich ihn nie gefragt habe, wie es ihm eigentlich geht. Wenn ich ehrlich bin, war es mir sogar ganz recht, dass wir kaum Zeit füreinander hatten. Was, wenn Jan gemerkt hätte, dass mit mir etwas nicht stimmt, dass Paul wieder in mein Leben zurückgekehrt ist und ich mich gedanklich ständig mit ihm beschäftigt habe? Wenn er gefragt hätte? Hätte ich glaubhaft ausweichen können, oder wäre er misstrauisch geworden?

Ich trete auf den Balkon hinaus, atme die kühle Morgenluft und spüre das von der Sonne bereits erwärmte Holz des Bodens unter meinen Füßen. Jan folgt mir, und ich weiß, dass er auf meine Antwort wartet.

»Das wäre sehr schön«, sage ich und merke erleichtert, dass ich ehrlich bin. Schließlich habe ich erst vor ein paar Tagen Paul von meinem geliebten Familienleben vorgeschwärmt, vom Brunchen am Sonntag und dem Entenfüttern an der Isar. Und auch dabei habe ich die Wahrheit gesprochen.

»Weißt du eigentlich, dass du das Wichtigste in meinem Leben bist?« Jan nimmt mich in den Arm und zieht mich an sich. »Ich weiß, dass ich in letzter Zeit viel zu oft weg war, und wahrscheinlich hast du den Eindruck bekommen, ich würde mich nicht genügend für dich und Franziska interessieren. Ich hätte öfter nachfragen müssen, wie es dir so geht in deinem Alltag mit dem Kind. Aber du weißt ja, wie das ist. Man hat den Kopf so voll, die Zeit ist so knapp, man ist so müde und irgendwie immer mit dem Kopf im aktuellen Projekt. Manchmal hasse ich meinen Job. Was mache ich da eigentlich? Ich helfe mit, dass große Firmen, die Millionen umsetzen, noch mehr Millionen umsetzen, und im Prinzip ist es total egal, ob sie das mit Anhängerkupplungen oder Investmentfonds tun. Und während ich meinen Teil dazu beitrage, dass die Manager dieser Firmen noch mehr Gratifikationen einstreichen und immer den neuesten Audi fahren können, vergeht der Sommer, und ich war nur ein einziges Mal mit meiner Familie am See. Auf einmal spricht Franziska in ganzen Sätzen, und ich habe es gar nicht mitbekommen. Eben hat sie doch noch bloß

›Mami‹, ›Papa‹ und ›Ball‹ sagen können, und jetzt kann man sich mit ihr unterhalten!«

Ich spüre etwas Warmes an meinen nackten Beinen. Franziska ist zu uns auf den Balkon gekommen und drängt sich zwischen unsere Beine.

»Ich will auch musen!«

»Na klar, kleiner Spatz, du darfst auch mitschmusen, und du bist auch das Wichtigste in meinem Leben!«, lacht Jan und nimmt sie auf den Arm, so dass wir nun, ganz Vater-Mutter-Kind-Abziehbild, die Almdudlerreklame komplettieren.

»Sie hat ›ich‹ gesagt und nicht ›Franzi‹«, stelle ich fest, und wir staunen ein bisschen zusammen über die Intelligenz unserer Tochter.

»Es ist wunderschön hier«, sage ich dann, ohne vorerst weiter auf Jans Worte einzugehen, »aber vermisst du nicht manchmal ein wenig das Leben, das wir früher hatten? Vor drei Jahren wären wir nicht auf einem hölzernen Balkon in Kärnten gestanden, sondern unter einer Palme am Golf von China, das erste Singha in der Hand ...«

»Ja, das war auch schön«, sagt Jan, »und irgendwann werden wir auch wieder Fernreisen machen, ob mit oder ohne Zwerg. Aber jetzt ist jetzt. Ich sehe das nicht als Einschränkung, dass man mit einem Kleinkind halt eher nach Österreich fährt als zwölf Stunden mit dem Flugzeug in ein fernes Land fliegt. Im Gegenteil. Schau mal, es ist so schön hier, das haben wir doch jahrelang gar nicht gesehen, weil wir immer nur drübergeflogen sind.«

»Stimmt schon. Aber was ist mit der Freiheit, der Ungebundenheit? Vermisst du die nicht ab und zu?«

»Doch. Aber du musst ein bisschen weiter denken. Ist man wirklich so frei ohne Kind? Klar, man kann quasi jederzeit irgendwo hinfliegen. Theoretisch. So einfach ist das ja meistens auch nicht, wenn man einen Job hat, und den braucht man, um die Freiheit bezahlen zu können. Aber angenommen, alles klappt, du bekommst frei und ich auch, wir steigen in den nächsten Flieger und trinken abends unseren Cocktail am Strand – meinst du, das bedeutet immer Freiheit? Äußere vielleicht, ja. Aber wenn ich in meinem Inneren unzufrieden mit meinem Leben bin, nützt mir auch der schönste Urlaub nichts. Das echte Leben findet zu Hause statt, die Reisen sind doch nur die Highlights.«

»Und was ist das, das echte Leben?«

»Na, der Alltag!«

»Ich mag meinen Alltag. Meistens zumindest.«

»Siehst du.«

»Aber trotzdem habe ich manchmal so eine Sehnsucht danach, auszubrechen, wieder mal nur das tun zu dürfen, was ich selber will. Ich bin halt nicht so eine Übermama, die komplett in der Betreuung ihres Kindes aufgeht. Versteh mich nicht falsch, ich liebe Franziska, und es macht mir auch Spaß, mich um sie zu kümmern und zu beobachten, wie sie aufwächst. Aber es ist nicht so, dass ich darüber mein altes Leben komplett vergessen habe.«

»Das verlangt ja auch keiner von dir. Ehrlich gesagt sind mir die Frauen, die ab der Geburt ihres Kindes nur noch in ihrer Mutterwelt leben, ein bisschen unheimlich. Was machen die denn, wenn die Kinder mal groß sind? Fallen sie dann in ein tiefes Loch, oder glucken sie einfach weiter, bis die erwachsenen Kinder nur noch genervt von ihnen sind?«

»Vielleicht legen viele sich deswegen Haustiere zu«, sinniere ich, »die machen auch Dreck und Arbeit.«

»Du machst das schon ganz richtig«, sagt Jan und drückt mich fest an sich, »ich finde, du bist eine tolle Mutter, und gerade deswegen, weil du du geblieben bist. Du gibst doch deine Sehnsüchte und Träume nicht im Kreißsaal ab, die gehören doch nach wie vor zu dir.«

Auch die Sehnsüchte nach Sex mit Paul?, will ich fragen. Wie passen die hier rein? Stehen sie einfach für den ab und an auftauchenden Wunsch, aus dem Alltag als arbeitende Mutter auszubrechen, oder steckt doch mehr dahinter? Ist es wirklich nur die Chemie zwischen diesem Mann und mir, die auf seltene und seltsame Weise perfekt zusammenpasst und seit neun Jahren immer wieder den Wunsch auslöst, mich nackt in seine Arme zu werfen und mich von ihm vögeln zu lassen? Und wenn es nur simple Chemie ist, warum kann ich das Begehren dann nicht abschalten, warum flammt es immer wieder auf?

»Jan?«

»Ja, Spatz?«

»Ich muss dir etwas erzählen.«

»Oh, das klingt ernst.«

»Ist es auch. Leider.«

»Willst du mich verlassen?«

»Nein! Wie kommst du darauf?«

»Na, dann kann es nicht so schlimm sein. Oder …« Er sieht mich erschrocken an. »Bist du krank?«

»Nein, nein. Alles gut. Es ist eher … eine Beichte. Wobei eigentlich gar nichts passiert ist. Aber …«

»Mami, Papa? Ich hab HUNGER!«

»Ich glaube, wir müssen erst mal frühstücken, Marie. Dann fahren wir auf den Berg, ich nehme Franziska in die Kraxe, und wenn sie ihren Mittagsschlaf macht, reden wir, okay?«

»Okay.« Drei bis vier Stunden Aufschub. Galgenfrist. Drei bis vier Stunden, in denen ich mir überlegen kann, wie ich Jan schonend beibringe, dass Paul sich wieder in mein Leben gedrängt hat. Beziehungsweise dass ich ihn dort reingelassen habe. Drei bis vier Stunden, in denen ich mir auch eine Alternativbeichte ausdenken könnte. Aber dafür ist es eigentlich zu spät. Ich will reden, ich muss reden, ich werde reden.

»Frühstücken! Franzi will Gockolade auf die Semmel!«

»Ja, Franzi, wir schauen mal, okay?« Erstaunlich, das Kind. Zu Hause gibt es kein Nutella, sie kennt nur die kleinen Einzelpackungen aus dem Hotel, und der letzte Urlaub war im Frühjahr.

Zwei Stunden später sitzen wir in der Gondel, die uns vom Dorf hinauf auf 1900 Meter Höhe bringt. Franziskas erste Fahrt mit einer Bergbahn! Ich bin aufgeregter als mein Kind und erlebe einen dieser bei mir eher seltenen Momente reinster Mutterfreude. Ein sonniger Sommertag, Urlaub, ich bin ausgeschlafen und satt, neben mir mein gutgelaunter Freund und mein herzallerliebst anzusehendes Kleinkind in beigefarbenen Cargo-Hosen und sauberem weißem Poloshirt, das die Fahrt mit der

»großen Schaukel« offensichtlich genießt und begeistert die Kühe zählt, die unter uns auf den sonnenbeschienenen Almwiesen grasen und leise vor sich hin bimmeln. Kein Quengeln, keine Keksforderungen. Einfach nur ein schönes erstes Mal, das ich mit meiner kleinen Tochter erleben darf.

»Sie ist so süß«, sagt Jan stolz, als Franziska anfängt, ein selbstausgedachtes Lied zu singen: »Gondel fahr'n, Gondel fahr'n, Gondel fahr'n ist schön …«

»… denn man kann die Kühe so schön von oben seh'n …«, singt er weiter.

»Nein, Papa!«

»Wieso nicht?«

»Nicht singen. Franzi will leine singen!«

»Na gut. War ja nur ein Vorschlag.«

Nach ein paar Minuten kommen wir an der Gipfelstation an und treten aus dem Betongebäude, in dem sich die Gondelkabinen in verschlungenen Bahnen stauen, langsam weiterrattern, um schließlich ihre Türen wieder zu öffnen, abstiegswillige Menschen einsteigen lassen und mit Schwung wieder den Berg hinunter nach St. Oswald fahren. Franziska ist fasziniert von diesem lauten und sich in ständiger Bewegung befindlichen Bergbahnhof und vergleichsweise unbeeindruckt vom Alpenpanorama, das sich uns bietet, als wir endlich im Freien sind. Die Sicht ist gut an diesem klaren Spätsommertag und reicht nach Süden und Südosten bis in die italienischen und slowenischen Alpen.

Ihren leichten Protest ignorierend, setzen wir Franziska mit Hilfe von ein paar Keksen in die Kraxe, die wir uns von Gudrun und Sebastian ausgeliehen haben.

Dann wandern wir in nördliche Richtung los, einen eben verlaufenden Wanderweg entlang und einem Schild nach, das zur Oswalder Blockhütte weist und auf dem eine Gehzeit von einer Stunde angeschrieben ist. Blockhütte, das klingt nach Kaiserschmarrn und Spinatknödeln, und ich kann mir tatsächlich schon wieder vorstellen, etwas zu essen.

»Ich bin aber nicht müde«, tut Franziska aus der Kraxe kund, während ihr die Augen zufallen. Zwei Minuten später hört man nur noch ein leises Schnarchen von Jans Rücken.

»Also, was wolltest du mir denn beichten?«

Ich atme tief von der klaren Bergluft. So tief, dass mir fast schwindlig davon wird. Jetzt gibt es kein Zurück mehr.

»Paul ist in München.«

Jan schreitet ohne äußerlich sichtbare Veränderung weiter voran, ruhig und stetig, wie man das in den Bergen macht. Nadelbäume säumen den Weg, der sich in sanften Kurven auf dem Bergrücken entlangwindet und mal ein wenig bergauf, mal bergab führt, im Prinzip aber weder an Höhe verliert noch gewinnt. Auf der rechten Wegseite steigt die Böschung ein Stück an, und dichtes Moos, durchsetzt von Blaubeerstauden, bedeckt den Boden. Ab und zu sieht man ein paar glänzende Silberdisteln und sogar das ein oder andere Edelweiß.

»Ich weiß.«

»Du weißt es?«

»Ja.«

»Moment mal. Bleib doch mal stehen!«

»Nein, sonst wacht doch Franzi gleich wieder auf«, sagt Jan und geht unbeirrt weiter.

»Du weißt also, dass Paul nach München gezogen ist?«

»Ja, ich habe ihn neulich mal im Supermarkt gesehen, als ich nach der Arbeit noch einkaufen war. Er war mit Frau und Kind dort.«

»Wann war das?« Vor oder nach dem Lasagneessen?

»Ist noch nicht lang her, zwei Wochen vielleicht, wieso?«

»Und die Frau kam dir nicht bekannt vor?«

»Ich hab nicht so genau hingesehen.«

»Warum? Bist du nicht erschrocken, als du plötzlich Paul gesehen hast?«

Jetzt bleibt Jan doch stehen, wippt mit den Füßen auf und ab, um Franziska zu schaukeln, und sieht mich kritisch an.

»Hätte ich das sein sollen?«

»Ja, nein, ich weiß nicht.«

Wie kann man Natalie mit ihren auffälligen roten Locken sehen und nicht erkennen? Sie wird wohl kaum im August eine Skimütze getragen haben!

»Er wird ja wohl kaum deinetwegen in München gewesen sein, oder?« Er setzt sich wieder in Bewegung.

Ich bewundere Jan für seine Sicherheit in dieser Angelegenheit und wünschte, ich besäße die auch.

»Nein, natürlich nicht. Aber sie wohnen jetzt hier.«

»Sie?«

»Paul, Natalie und Felix.«

»Ach?«, sagt Jan, eher belustigt als schockiert, »Natalie ist seine Frau?«

»Freundin.«

»Ist ja lustig.«

Ich bin mir nicht sicher, was ich von den Worten und dem Verhalten meines Freundes halten soll. Ist er wirklich so cool und davon überzeugt, dass Paul Vergangenheit für mich ist, oder spielt er das Ganze nur, um dann irgendwann unvermittelt mit seinen wahren Gefühlen rauszurücken? Es wäre nicht das erste Mal. Manchmal habe ich das Gefühl, meinen Freund und den Vater meiner Tochter nicht bis in die Tiefen seiner Seele zu kennen. Einerseits ist das gut, weil er immer wieder Dinge tut und sagt, die mich total überraschen, andererseits macht es mir auch manchmal Angst. Wie jetzt gerade. Ich habe keine Ahnung, wie dick oder dünn das Eis ist, auf dem ich mich bewege.

»Ich wusste bis vor kurzem nicht, dass Paul Natalies Freund ist«, beeile ich mich zu sagen und entscheide mich für die entschärfte Version der Geschichte, die das Ganze nicht wesentlich verfälscht und dennoch für mich so viel einfacher ist. Schnell und knapp erzähle ich Jan, wie ich Paul beim Lasagneessen traf und dass ich seitdem erst weiß, dass er mit Natalie zusammen ist.

»Seitdem bist du aber hoffentlich nicht bei denen ein und aus gegangen, oder?«, fragt Jan, und als ich ihn von der Seite ansehe, bemerke ich zum ersten Mal in diesem Gespräch eine leichte Unruhe in seinen Gesichtszügen.

»Marie!« Er bleibt wieder stehen, wippt diesmal nicht und sieht mich sehr ernst an. »Ich habe nie wieder ein Wort über die Sache mit Paul verloren, über diese beschissene Aktion von dir vor drei Jahren und über den Showdown auf der Gerner Brücke. Aber das heißt nicht, dass ich das alles vergessen habe. Ich habe mich damals entschieden, dir zu verzeihen, zu akzeptieren, dass du mich mit Paul betrogen hast, und trotzdem mit dir zusammen zu sein. Weil ich dich liebe und ich mein Leben mit dir verbringen will, damals wie heute. Aber es gab eine ganz klare Abmachung: Paul verschwindet aus deinem Leben. Und da man dem Scheißkerl keinen Millimeter weit über den Weg trauen kann, liegt ein großer Teil der Verantwortung für den Deal bei dir. Du bist dafür zuständig, dass er in unserem Leben keine Rolle mehr spielt. Und ich hoffe doch sehr, dass das immer noch so ist!«

»Klar«, beeile ich mich zu sagen, »ich kann ja nichts dafür, dass er ausgerechnet nach München ziehen musste.« Und dann auch noch direkt in das Haus gegenüber, aber das lasse ich für den Moment lieber mal weg.

»Ich nehme nicht an, dass das was mit dir zu tun hat, nein«, sagt Jan, und ich verdränge ganz schnell das Gefühl von verletztem Stolz, weil er das als so selbstverständlich betrachtet. »Wobei es schon komisch ist.«

»Nein, er kam nur wegen eines lukrativen Jobangebots hierher«, erzähle ich, »in München gibt's halt momentan einfach mehr gute Stellen in den Medien als in Berlin.«

»Aha. Mir eigentlich auch egal, warum der Typ wieder hier ist. Froh macht es mich nicht, aber da ich ihm kaum verbieten kann, hier zu wohnen, rege ich mich nicht darüber auf. Außerdem vertraue ich dir. Du gehst ihm doch aus dem Weg, oder?«

»Klar«, sage ich schon wieder, »ich bin gerade dabei, die Freundschaft mit Natalie zu beenden.«

»Ist das denn schon eine Freundschaft? Ihr kennt

euch doch noch gar nicht lange. Das sollte ja nicht so tragisch sein.«

»Na ja, lange kennen wir uns nicht, aber ich mag sie sehr gerne«, sage ich, »es ist schon schade. Aber es hat natürlich keinen Zweck, unter diesen Umständen.«

»Marie, ich weiß, dass du es nicht leicht hattest in puncto Freundschaften, gerade seit Franziska da ist. Und glaub mir, ich würde dir eine neue Freundin von Herzen gönnen. Aber es muss nicht unbedingt Natalie sein. Das war einfach Pech, dass du ausgerechnet sie kennengelernt und ins Herz geschlossen hast. Tut mir leid für dich. Aber warte einfach ab, es kommt bestimmt wieder jemand Neues, mit dem du dich anfreunden kannst.«

»Du meinst, wenn sich irgendwo eine Tür schließt, öffnet sich dafür eine neue?«

»So falsch ist das doch gar nicht, oder?«

»Wahrscheinlich nicht. Aber es wäre so schön gewesen, wieder eine richtige Freundin zu haben.«

»Eine, die mit dem Mann schläft, der dich über Jahre schlecht behandelt, hingehalten und verarscht hat? Der beinahe unsere Beziehung zerstört hätte? Stell dir vor, dann würde es Franziska nicht geben. Ganz abgesehen von mir als deinem Freund.«

»Du hast ja recht.«

»Und ehrlich gesagt glaube ich nicht, dass Paul mit dir ein Kind bekommen hätte, wenn du dich damals auf der Gerner Brücke für ihn entschieden hättest.«

Das tut weh. Obwohl oder vielleicht gerade, weil ich weiß, dass Jan recht hat.

»Ich muss dir aber trotzdem noch ein bisschen mehr erzählen. Also, beichten.«

So leicht kann ich mich irgendwie selbst nicht davonkommen lassen. Ich will Jan alles erzählen, auch von der Begegnung mit Paul am Kirchsee, davon, dass ich dort beinahe schwach geworden wäre und um ein Haar mit Paul geschlafen hätte, und davon, dass er jetzt immer noch denkt, ich wolle ein sexuelles Abschiedsfest mit ihm feiern, und vielleicht schon fieberhaft eine Gelegenheit und eine Location dafür sucht. Und von Liv … nein, von ihr werde ich Jan nichts erzählen. Sie tut eigentlich nichts zur Sache. Ich glaube nicht, dass sie wirklich wichtig ist. Und Jan würde nur denken, dass es mir um simple Rache an Paul ginge.

»Hast du noch einmal mit Paul geschlafen?«

»Nein!« Das kommt schnell, aber nicht zu schnell, und sehr überzeugend, vielleicht weil es wahr ist.

»Dann will ich bitte keine weiteren Details hören.«

»Aber …«

»Bitte, Marie. Ich will keine Geschichten von Beinahe-Sex oder verbotenen Gedanken hören. Wichtig ist, was war oder eben nicht war. Und wenn du nicht mit ihm geschlafen hast, dann war nichts. Sei mir nicht böse, aber in dieser Angelegenheit interessieren mich deine Gedanken und die Abgründe deiner Seele einfach nicht. Nein, nicht interessieren ist falsch. Aber ich will das nicht hören! Es würde mir nur weh tun und mein Vertrauen angreifen. Und damit wäre keinem von uns geholfen. Da musst du jetzt alleine durch. Tut mir leid.«

»Aber ich …«

»Marie. Bitte.«

»Ich dachte immer, Ehrlichkeit wäre das Wichtigste.«

»Wer sagt denn so was?«

»Ist das nicht so? Soll man nicht immer ehrlich zueinander sein?«

»Nicht um jeden Preis.«

»Ich versteh das nicht.«

»Kannst du dich noch an Sex and the City erinnern?«

»Natürlich!« Was für eine Frage von einem Mann.

»Es wird dich vielleicht wundern, aber ich habe es damals auch immer geschaut. Erst meiner damaligen Freundin zuliebe, sie war ein Fan der ersten Stunde, und wir haben die frühen Folgen im amerikanischen Original angeschaut, bevor sie hier überhaupt ins Fernsehen kamen. Egal, jedenfalls fand ich die Serie irgendwann selber ganz witzig und bin dabeigeblieben, selbst als Judith sich von mir getrennt hatte. Kannst du dich an die Folge erinnern, in der Charlotte heiratet und Carrie Aidan ihre Affäre mit Mr Big gesteht?«

»Natürlich. Aus dem Jahr 2000. Wie hieß die Episode gleich noch mal ...?«

»Don't ask, don't tell.«

»Genau.«

»Carrie erleichtert ihr Gewissen. Aber Aidan kommt damit nicht klar, und er sagt, er wünschte, sie hätte ihm nie etwas erzählt. Hätte sie einfach die Klappe gehalten, die beiden hätten geheiratet und wären glücklich miteinander geblieben.«

»Und du kannst Aidan verstehen?«

»Ja, sehr gut sogar. Mit einem kleinen Unterschied. Solltest du wirklich mit Paul geschlafen haben, würde ich das wissen wollen. Denn damit könnte ich tatsächlich nicht leben.«

»Ich habe nicht mit Paul geschlafen!«

»Das sagtest du bereits. Und ich glaube dir.« Er lächelt mich tatsächlich an, und sein Lächeln ist voller Wärme und Liebe. Unfassbar.

»Die ganzen restlichen schmutzigen Details will ich nicht wissen, kapiert, mein Spatz? Don't ask, don't tell!«

»Okay.« Mir fällt erst mal nichts mehr ein.

»Schau mal nach vorne!«

Ich bin mir nicht sicher, wie er das jetzt meint, und blicke erst mal zur Seite, folge dann aber mit meinen Augen Jans ausgestrecktem Arm und Zeigefinger. Ein paar Meter weiter öffnet sich der Weg, der bisher durch einen lichten Wald aus Kiefern führte, zu einer Almwiese, hinter der man das Panorama der Nockberge sieht. Der Wanderweg macht noch eine Kurve, führt an einer Kuhtränke aus einem ausgehöhlten Baumstamm vorbei, die von einem kleinen Bach gespeist wird, der den Weg kreuzt und dann die Wiese hinunterplätschert. In etwa dreihundert Metern Entfernung thront eine auf ein paar Felsen gebaute Hütte aus schieferfarbenen, vom Wetter gegerbten Holzbalken. Ein paar Leute sitzen auf Bänken an den Hüttenwänden in der Sonne, man hört Gesprächsfetzen, Kinderlachen und das Klappern von Besteck und Geschirr.

»Das muss die Blockhütte sein! Ich habe total Bock auf Kaiserschmarrn«, sagt Jan und beschleunigt seine Schritte.

Und damit ist das Thema Paul für ihn gegessen.

MITTWOCH, 1. SEPTEMBER 2010.
DIE GNADE DES SCHWACHEN AKKUS.

Der Urlaub ist vorbei. Genau wie der Hochsommer. Die letzten beiden Augusttage waren kühl und regnerisch, als wolle der meteorologische Sommer sich so verabschieden, wie er 2010 war – für die Jahreszeit zu kalt. Ich weiß aber nicht, ob meine Stimmung besser wäre, wäre es draußen warm und sonnig. Ein paar wetterunabhängige Dinge stören nämlich meinen Seelenfrieden.

Erstens: Unser traumhafter Urlaub in Kärnten ist Vergangenheit, und es ist noch kein nächster gebucht. Nicht nach Tirol und schon gar nicht nach Thailand. Bis auf ein kurzes Wellnesswochenende mit ein paar Freundinnen im November steht keine Reise an, und das gibt mir das Gefühl, zwischen Kinderkrippe, Büroplatz und Wohnzimmer gefangen zu sein.

Zweitens: Ich muss arbeiten. Das stört mich normalerweise nicht, im Gegenteil, ich arbeite grundsätzlich wahnsinnig gerne. Aber im August blieb durch Urlaub und Kita-Ferien eine Menge liegen, und morgen steht ein wichtiger Termin dick umrandet in all meinen Kalendern, im iCal auf dem Laptop, im Outlook und in meiner Moleskine-Agenda 2010: die finale Deadline für mein aktuelles Projekt, an dem ich schon vor dem Urlaub viele Stunden saß. Der Kunde eines Kunden von mir möchte Damenschuhe in Übergrößen übers Internet verkaufen. Für dieses Vorhaben soll ich ein umfassendes Konzept erstellen, von der Struktur des Onlineshops und sein

Design über das Marketing für den virtuellen Schuhladen bis hin zur PR-Strategie. Der Kundekunde hat die Schuhe und Fotos von ihnen. Schöne Schuhe, die auch in Größe 42 und darüber noch weiblich aussehen und den aktuellen Trends entsprechen. Ansonsten hat der Kunde allerdings nichts – und vor allem keine Ahnung vom Medium Internet. Einerseits ist mir das ganz recht, weil dann auch keiner auf die Idee kommt, meine Kompetenz auf diesem Gebiet in Zweifel zu ziehen. Andererseits muss ich dem Kunden alles erklären. Und zwar nicht nur die Feinheiten meiner Social-Media-Strategie, sondern auch, was eigentlich Social Media sind und warum man für sie eine Strategie benötigt. In drei Worten: sehr viel Arbeit. Den größten Teil habe ich trotz der Kirchsee-Eskapade, meiner temporären Unkonzentriertheit im August und der meine Arbeitszeit etwas einschränkenden Kita-Ferien schon vor dem Urlaub geschafft, jetzt fehlen nur noch der Feinschliff und die finale Ausarbeitung der Präsentation. Sprich, ich muss all das, was ich mir überlegt habe und was sich zum Teil in meinem Kopf und zum Teil in Worddokumenten und auf Zetteln befindet, in ein optisch ansprechendes Format bringen und dies dann in eine Powerpoint-Präsentation einpflegen, die ich zusammen mit meinem Kunden dessen Kunden vorstellen kann. Eine 40-Stunden-Woche Arbeitszeit habe ich ursprünglich dafür veranschlagt, drei Tage à fünf Stunden hatte ich tatsächlich zur Verfügung.

Aber ich habe es geschafft, irgendwie, mit zwei Nachtschichten und weil Gudrun mir gestern Nachmittag Franziska abgenommen hat und mit Karla, dem Baby und meiner Tochter zu einem Indoor-Spielplatz bei

Erding gefahren ist. Gudrun zum Essen einladen, kritzle ich noch schnell auf meine To-do-Liste für den September, und dann muss ich los zu meinem Kunden, um ihm das Ergebnis meiner Arbeit zu zeigen.

Ich fahre mit der U1 zum Hauptbahnhof und steige dort um in die U2, die sechs Minuten später am selben Gleis einfährt. Sechs Minuten, die gerade eben nicht reichen, um sich durch die vielen Pendler, die morgens am Hauptbahnhof unterwegs sind, einen Weg ins mittlere Geschoss des Bahnhofs zu bahnen und dort eine Butterbreze und einen Milchkaffee zu ergattern und damit rechtzeitig wieder unten am Gleis zu sein. Und wenn ich eine U2 auslasse, komme ich zu spät zum Kunden, das möchte ich vermeiden. Also setze ich mich hungrig und ohne Kaffee in die U-Bahn Richtung Messestadt Ost. Wenigstens bekomme ich einen Fensterplatz in Fahrtrichtung, es scheint gerade keine Computer- oder Baumesse in Riem stattzufinden. Die Heerscharen grau beanzugter Herren zwischen fünfunddreißig und fünfzig mit Hartschalen-Trolleys, die zu Messezeiten diese U-Bahn-Linie bevölkern und dafür sorgen, dass man eine knappe halbe Stunde lang stehen muss, sind heute wohl in einer anderen Stadt.

Ich stelle meine Business-Tasche auf meinen Schoß und will meinen Krimi herausfischen. Luxus: zwanzig Minuten ohne Kind U-Bahn fahren und einfach nur dasitzen und lesen, bis das Ziel erreicht ist. Herrlich. Doch meine Hand greift ins Leere. Ich spähe in die Tasche. Dort befinden sich nur mein Portemonnaie, die Papiere für den Termin, eine 4er-Windel mit Tigerentenmotiv –

wie kommt die denn hier hinein? –, eine zerknüllte, fettige Bäckertüte, in der sich wohl mal eine Butterbreze befand, und mein iPhone. Mist. Aber wenigstens habe ich das iPhone nicht vergessen, ich kann also ein wenig in den Apps der BUNTEN und der Gala schmökern und mich mal auf den neuesten Stand bringen. Ich entriegle das Telefon und scrolle mich zu den roten App-Icons der Klatschmagazine. Als ich die Gala antippe, wird der Bildschirm schwarz, und nur ein paar Punkte drehen sich anmutig im Kreis, bevor auch dieser verschwindet und ich nur noch mein müdes Gesicht sehe, das sich auf der schwarzen Oberfläche spiegelt. Akku leer. War klar. Verärgert werfe ich das nutzlose Smartphone in die Tasche, lehne mich zurück und schließe die Augen. »Nächster Halt: Kolumbusplatz. Letzte Umsteigemöglichkeit zur U1 Richtung Mangfallplatz«, informiert der U-Bahn-Fahrer gelangweilt. An der Mangfall. Da wäre ich jetzt gerne, wenn noch Sommer wäre. Kaltes, klares Wasser, frische Luft, Sonne und Vogelgezwitscher. Ein bisschen schwimmen und dann in der Sonne trocknen, während ich in meinem Krimi lese, den ich in meiner Phantasie nicht auf dem Sofa habe liegenlassen.

Erschreckt öffne ich die Augen. Meine Gedanken sind in rasender Geschwindigkeit weitergewandert, nein, eher weitergaloppiert, etwa fünfundzwanzig Kilometer nach Westen in wenigen Sekunden. Von der Mangfall zum Kirchsee, vom Kirchsee zu Paul. Erst jetzt fällt mir auf, dass ich seit über einer Woche nicht mehr an Paul gedacht habe. Im Kärntenurlaub war es, als hätte ich nach dem Gespräch mit Jan die Gedanken an Paul mit dem wundervollen Kaiserschmarrn auf der St. Oswalder Blockhütte zusammen hinuntergeschluckt und verdaut. Ich genoss unsere Woche in Österreich ohne störende Phantasieausflüge zu Paul, ohne Grübeleien darüber, wie ich ihn aus meinem Leben bekommen könnte, und auch wenn ich mit Jan schlief, war ich mit meinen Gefühlen und Gedanken stets ganz bei ihm, und es drängten sich keinerlei Bilder, Gerüche oder sonstige Eindrücke dazwischen, die mit Paul zu tun hatten. Das alles fiel mir nicht mal auf, erst jetzt, im Rückblick, merke ich, wie weit ich wirklich weg war von dem Mann meiner Alpträume.

Ich resümiere: Die Baustelle Paul ist mitnichten fertiggestellt. Die Bauzäune stehen immer noch mitten auf der Straße herum, gelbes Warnlicht blinkt auf rot-weiß gestreiften Baken, und die Grube, die dieser Mann in mein Leben gegraben hat, ist zwar nicht mehr so abgrundtief wie vor meinem Gespräch mit Jan, aber auch noch nicht komplett zugeschüttet und geebnet. Da ist die Freundschaft mit Natalie, die ich immer noch nicht beendet habe. Da sind Pauls Betrug an seiner Freundin und der junge, blonde Schwedenhappen mit seinem Blog über romantische Hüttengeburtstage im Schnee. Und dann war da doch noch was. Richtig. »Wenn schon ein Fest, dann ein richtiges. Denk dir etwas aus. Lass dir was einfallen. Etwas ganz Besonderes.« Diese Worte habe ich zu Paul gesagt, vor genau zwei Wochen. Dann habe ich Paul am Kirchsee stehenlassen und bin in den Urlaub gefahren.

Was er wohl … Nein, natürlich werde ich nicht an diesem Fest teilnehmen. Ich hatte es nie vor, und jetzt, nachdem ich die Paul-Sache mit Jan auf so unspektakuläre und simple Weise klären konnte, natürlich erst recht nicht. Aber es würde mich schon interessieren, was er sich hat einfallen lassen. Besonders vor dem Hintergrund, welches Event er für Livs Geburtstag inszeniert hat. Das war schon fast filmreif, sofern es denn der Wahrheit entspricht, woran ich allerdings wenig Zweifel habe. Warum sollte sie sich so etwas ausdenken?

Natürlich kann ich ihn schlecht fragen. Aber ich habe auch keine Lust, zu warten, bis er mich kontaktiert. Kurz entschlossen fische ich das iPhone wieder aus der Tasche. Als ich es einschalten will, fällt mir ein, dass ja der Akku leer ist. Verdammt.

Wenig später steige ich an der Messestadt West aus der U1 und bewundere wie jedes Mal, wenn ich nach Riem rausmuss, die Architektur dieses Bahnhofs. Die hohen, unverputzten Betonwände an den Längsseiten des Bahnsteigs sind in kräftigen Orange- und Rottönen gehalten, und von oben fällt Tageslicht durch trichterförmige Aussparungen, die wie umgedrehte, riesige Lampen aussehen. Irgendwann, notiere ich mir gedanklich, muss ich mal mit der Nikon hierherkommen und ein paar Fotos machen.

Beim Kunden bekomme ich einen anständigen Espresso mit Crema in einer kleinen, dickwandigen Tasse, und sofort fühle ich mich besser. Wir sitzen recht zwanglos im Büro des Marketingleiters, Steffen. Außer ihm und mir sind noch drei weitere Kollegen anwesend, von denen ich zwei bereits kenne, Tina und Ralf. Michael, der von der technischen Seite kommt, ist ein neues Gesicht für mich. Ein bisschen überrascht erkenne ich, dass dieses Schuh-Shop-Projekt wohl um einiges größer und wichtiger ist, als ich anfangs dachte. Aber ich habe keine Zeit, um deswegen nervös zu werden, denn vier Augenpaare sehen mich freundlich, aber erwartungsvoll an, und Steffen muss in einer halben Stunde in einen wichtigen Conference Call. Ich stöpsle den USB-Stick, auf dem ich meine Arbeit gespeichert habe, in Steffens Laptop ein und sehe dabei ein weißes iPhone-Kabel, das ebenfalls eingesteckt ist. Ob ich wohl …

»Sorry, Steffen, könnte ich mein Telefon da kurz dranhängen, zum Laden, während ich euch das Konzept zeige? Der Akku ist komplett leer, und ich wollte auf dem Rückweg ein paar Mails schreiben …«

»Klar, bedien dich!«

Ich docke das iPhone an, unterbinde seine Synchronisation mit Steffens Computer und beginne dann mit meiner Präsentation. Genau fünfundzwanzig Minuten später bin ich fertig, Steffen bis Michael sind zufrieden und haben nur ein paar marginale Änderungsvorschläge, und mein Handyakku ist zu einem Drittel wieder aufgeladen.

Guter Dinge gehe ich wenig später die paar hundert Meter zur U-Bahn zurück, vorbei an Alfons Schuhbecks Teatro-Zelt und einem großen Stück Kiesgrube, das noch brach liegt und der Bebauung durch neue Bürokomplexe harrt. Noch während des Gehens schreibe ich eine SMS an Paul:

Bin wieder da. M.

Auf der Rückfahrt in der U2 schreibe ich dann tatsächlich ein paar E-Mails und spiele danach so lange mit einer Foto-App herum, bis der Akku erneut versagt. Aber das ist mir ganz recht so. Ich hasse es, auf SMS von Paul zu warten, daran hat sich seit acht Jahren nichts, aber auch gar nichts geändert.

DONNERSTAG, 2. SEPTEMBER 2010.
FICKEN VERGESSEN.

Seine Antwort erreicht mich, als ich Franziska gerade in der Krippe abgegeben habe und mir in der Bäckerei am Eck eine Butterbreze und einen Milchkaffee hole.

Wusste gar nicht, dass du weg warst. Urlaub?

Mist. Und nun? Schließlich geht es gar nicht darum, dass und wo ich im Urlaub war. Ich will ja lediglich erfahren, wie das Abschiedsfest aussieht, das er für mich geplant hat. Und wissen, ob er sich für mich mehr ins Zeug gelegt hat als für Liv, ja, das will ich auch.

Egal. Bin jetzt jedenfalls wieder im Lande. Gibt's schon ein Datum?

Piep, piep.

Hä? Du schreibst in Rätseln. Ein Datum – wofür?

Oh Mann, wie kann man so verplant sein? Nun gut, dann muss ich wohl doch deutlicher werden.

Na, für unser Abschiedsfest.

Auf diese SMS erhalte ich keine Antwort mehr. Und ich weiß genau, was das bedeutet, auch wenn ich es nicht wahrhaben will. Es gibt kein Abschiedsfest. Und viel schlimmer: Paul hat es vergessen. Entweder hatte er nie vor, sich Gedanken zu machen, wie er unseren letzten Fick inszenieren könnte, oder er hat es schlicht und einfach vergessen. Ist es seinem Gehirn schon auf dem Heimweg vom Kirchsee verlorengegangen oder erst in den Tagen danach? Fiel dieser Punkt auf seiner privaten To-do-Liste aus seinem Gedächtnis, während er sich ein Steak zum Abendessen briet, oder passierte es, als er gerade Liv von hinten nahm und ihren Kopf dabei an den blonden Haaren festhielt und zurückbog? Oder gab es gar nichts, was er verdaddeln konnte, weil dieses Vorhaben schlicht und einfach nie auf seiner Liste stand?

Vorsichtshalber und mit dem wachsenden Gefühl der Erniedrigung checke ich auch noch meine E-Mail-Inbox und rufe sogar über den Browser die sisemen-Adresse auf, obwohl die niemand kennt, auch Paul nicht. Erwartungsgemäß existiert auch dort keine Nachricht von ihm. Und das grüne SMS-Icon auf meinem Handy bleibt ohne »1« im roten Kreis. Keine neuen Nachrichten.

Paul hat mich vergessen.

Und ich fange jetzt damit an, froh darüber zu sein. Etwas Besseres konnte mir gar nicht passieren.

SAMSTAG, 11. SEPTEMBER 2010.

BESSER MIT MORGENURIN.

Ich habe mich wohl doch ziemlich verändert, seit ich Mutter bin. Es gelang mir erstaunlich schnell, die Sache mit dem vergessenen Abschiedsfest abzuhaken und tatsächlich das Positive an der Situation zu sehen und zu schätzen. Was, wenn Paul tatsächlich etwas Tolles geplant hätte? Hätte ich wirklich die Kraft besessen, nein zu sagen? Hätte die Genugtuung, ihm seinen Wunsch abzuschlagen und ihn sitzenzulassen, über meine Neugier, meine Eitelkeit und nicht zuletzt über mein Begehren gesiegt? Ganz sicher bin ich mir nicht. Und so bin ich mittlerweile der Auffassung, dass das Schicksal gnädig mit mir war. Keine weiteren Versuchungen, keine Gefahr, im letzten Moment doch noch Jan zu verlieren und alles kaputtzumachen, meine kleine Familie und mein so geliebtes Münchner Leben mit all seinen Anstrengungen, Freuden und Spießigkeiten. Ich brauche keinen dramatischen Showdown für die Sache mit Paul. Abgesehen davon, dass ich den ja schon einmal hatte, auf der Gerner Brücke, untermalt vom abendlichen Quaken der Frösche im Ufergras. Und was hat mir diese filmreife Szene gebracht? Nichts. Knappe drei Jahre später kehrte Paul in mein Leben zurück, und ich ließ ihn hineinspazieren, als wäre nichts passiert. Machte, weil's so schön war, die gleichen Fehler, nur unwesentlich verändert, noch einmal – und hatte noch einmal Glück.

Jetzt ist es gut.

Zeit, nach vorne zu schauen.

»Du, Jan?«

Wir lehnen in der Morgensonne an der hölzernen Wand der Gindelalmhütte über dem Schliersee, trinken Filterkaffee und sehen zu, wie sich das Panorama rund um den Wendelstein langsam von rosa über gelb nach blau verfärbt, während die Sonne höher steigt und noch ein letztes Mal zeigt, wie kräftig sie sein kann.

»Hm-mh?«

»Willst du eigentlich noch mehr Kinder?«

»Im Prinzip schon, das weißt du doch.«

»Hm.«

»Vermisst du ihn auch?«

»Wen?« Ich sehe Jan prüfend von der Seite an. Entspannt und mit geschlossenen Augen sitzt er an der Hauswand und lächelt, während die Sonne sein Gesicht golden leuchten lässt.

»Den kleinen Frosch.«

»Ach so. Ja, irgendwie schon.« Franziska ist nicht mit auf der Hütte, auf die wir gestern mit ein paar Freunden hinaufgewandert sind, sie verbringt das Wochenende bei meinen Eltern. Und obwohl ich weiß, dass es hier oben in erster Linie anstrengend mit ihr wäre und ich keine Chance auf so einen ruhigen Kaffee-und-Sonne-Moment wie gerade eben hätte, weil ich ihr ständig hinterherlaufen und sie davor bewahren müsste, Stufen hinabzustürzen, in Kuhfladen auszurutschen oder schlicht und einfach verlorenzugehen, fehlt sie mir. Ihr Weltentdeckertum, ihr »Mami, was ist das?«, ihr Staunen, wenn sie Dinge sieht, die neu für sie sind.

»Im Prinzip ... und wann wäre das, so ungefähr?«

»Seltsam, dass du das jetzt fragst. Vor drei, vier Monaten hätte ich noch gesagt, dass wir das nicht schaffen mit zwei Kindern, weil Franziska gerade eine so anstrengende Phase hatte. Weißt du noch, auf Korfu?«

»Oh ja.« Schon der Hinflug war eine Katastrophe gewesen. Franziska war damals noch keine zwei Jahre alt und hatte deswegen keinen eigenen Sitzplatz. Und da sie es nicht länger als fünf Minuten am Stück auf meinem oder Jans Schoß aushielt, sahen wir uns schon kurz nach Erreichen der Reiseflughöhe dazu genötigt, sie mit Smarties zu bestechen, damit sie einigermaßen brav blieb. Das klappte so weit ganz gut. Leider sorgte die Überdosis Schokolade dafür, dass sie sich am Abend, als wir nach acht Stunden Reise endlich unser Hotel erreicht hatten, siebenmal hintereinander im Bett erbrach. Ein grandioser Auftakt für einen Urlaub, der zwar in den folgenden Tagen um einiges besser wurde, aber strikten Ritualen unterworfen war, die uns unser Trotzphasen-Kleinkind diktierte. Wehe, wir ließen einmal den nachmittäglichen Besuch auf dem »Pielpatz« am Hotelpool aus, um direkt zum Essen in den Ort hinaufzugehen. Nur Eltern wissen, wie effektiv ein nicht mal zweijähriges Kind zwei Erwachsenen den kompletten Abend und jegliche bisher erworbene Urlaubsentspannung verderben kann.

»Aber jetzt kann man schon so gut mit ihr reden«, fährt Jan fort, »und bis wir ein zweites hätten, würde ja auch noch einige Zeit vergehen.«

»Ja, zumal wir ja nicht wissen, wie lange es dauern würde, bis ich schwanger wäre.«

»Eben.«

»Was heißt das nun?«

»Willst du gleich noch mal aufs Zimmer gehen?« Jan öffnet die Augen, sieht mich an und lacht, während er seine Hüften leicht vor- und zurückbewegt. »Uh-ah?«

»Du Depp«, sage ich, »hör auf mit den Beischlafbewegungen.«

»Na gut, dann eben heute Abend«, sagt Jan, spielt den Enttäuschten und schlürft seufzend seinen Kaffee. »Aber die Pille kannst du absetzen.«

»Ähm, ich habe nie wieder angefangen, sie zu nehmen«, sage ich, »ich dachte, das wüsstest du.«

»Und wie haben wir bisher verhütet?«

»Na ja, ich habe halt drauf geachtet, dass nichts passiert. Und wenn doch, wäre es ja nicht schlimm gewesen, oder?«

»Da hast du auch wieder recht. Prima, dann können wir ja gleich loslegen. Bin gespannt, wie lange es diesmal dauert … noch ein Baby … was meinst du, wird es wieder ein Mädchen oder zur Abwechslung ein Junge?«

Wir phantasieren noch ein wenig weiter, bis die anderen, die gestern etwas länger und alkoholischer gefeiert haben als wir, auf die Terrasse kommen und sich zu uns an den Tisch setzen. Während ich den Geschichten der gestrigen Nacht und dem Klappern des Frühstücksgeschirrs lausche, in das sich das Läuten der Kuhglocken von der Wiese unter der Hütte mischt, breitet sich ein warmes Gefühl in mir aus, das ich erst kenne, seit Franziska auf der Welt ist, und das ich Familiengefühl getauft habe. Jan will noch ein Kind mit mir! Noch einmal schwanger sein, noch einmal ein Baby, noch einmal stillen, Tragetuch, Beikoststart. Noch einmal Nächte mit wenig Schlaf, Milchseen im Bett, Kümmelzäpfchen und Dreitagefieber. Wie wunderbar.

Ich versuche auszurechnen, wann meine nächsten fruchtbaren Tage sind. Das hängt davon ab, wann ich zuletzt meine Periode hatte. Plus zwei Wochen, und ich habe den potentiellen Zeugungszeitraum.

Hm. Ich kann mich nicht erinnern, wann ich im August zuletzt Tampons benötigte, so scharf ich auch nachdenke. Ich hole mein Handy aus der Tasche und rufe den Kalender auf, sehe mir meine Einträge und Termine des letzten Monats an. Sicher fällt mir bei irgendeinem wieder ein, dass ich mal unterwegs auf einem öffentlichen Klo den o.b. wechseln musste. Das ist gerade im Sommer etwas, das man sich merkt. Aber mein Hirn meldet keinen Treffer. Im Urlaub war auch nichts, dessen bin ich mir ganz sicher. Die letzte Blutung, an die ich mich erinnern kann, setzte Mitte Juli ein, genauer gesagt am Mittwoch, den 14. Juli. Das weiß ich noch so genau, weil ich an diesem Tag, der ziemlich warm war, mit Gudrun und den Mädels im Dantebad war und dort am Kleinkindbecken sitzend spürte, dass meine Bikinihose nicht nur vom Wasser feucht war. Ich kann mich noch sehr gut daran erinnern, wie ich mich beim Versuch verrenkte, mit einem unauffälligen Blick zwischen meine eigenen Beine festzustellen, ob man schon etwas sah, oder ob die doppelte Lage des Bikinihöschenschritts noch das Schlimmste verhinderte.

Mitte Juli. Und seitdem nicht mehr. Das würde ja bedeuten, dass … Adrenalin schießt durch meine Venen.

Bin ich schwanger? Der Rest des Tages in den Bergen vergeht quälend langsam. Ich ärgere mich, dass ich den Ausflug nicht mehr genießen kann, weil ich so schnell wie möglich nach Hause möchte, dorthin, wo in der Schublade meines Badschränkchens noch ein ungeöffneter Schwangerschaftstest liegt. Als wir dann endlich abends zu Hause sind, will Jan unbedingt noch essen gehen. »Wann können wir das schon mal ohne Babysitter?«, argumentiert er, »wir müssen Franzi doch erst morgen wieder bei deinen Eltern abholen, willst du diesen geschenkten Abend zu Hause verschwenden?«

»Aber ich bin müde.« Müde, weil schwanger? Oder müde durch die Bergluft?

»Jetzt komm, trink einen Espresso und geh mit mir essen. Ich lade dich auch ein, und du darfst dir aussuchen, was wir essen. Afghanisch, italienisch, indisch, Sushi, was du willst!«

Sushi? Irgendetwas klingelt ganz hinten in meinem Hirn, aber ich kann die Assoziation nicht benennen. Also gehen wir ins Mugolone in der Maillingerstraße, und ich verschiebe meinen Test auf morgen früh. Es ist sowieso besser und sicherer, ihn mit Morgenurin zu machen.

SONNTAG, 12. SEPTEMBER 2010.
ZWEI LINIEN, ZWEI KAFFEEMASCHINEN.

Zwei Linien. Eine so deutlich wie die andere. Da gibt's kein Deuten oder Zweifeln – ich bin schwanger! Jan schläft noch. Und eigentlich hätte ich es auch ausnutzen sollen, dass Franzi noch bei meinen Eltern ist. Stattdessen laufe ich um acht Uhr morgens mit einem weiß-türkisfarbenen Teststäbchen durch die sonnige Wohnung und weiß nicht recht, ob ich mich freuen oder geschockt sein soll. Will ich überhaupt ein zweites Kind? Bisschen spät für diese Frage, Frau Sandmann. Nächste Frage. Schaffe ich das? Klar. Kriegen andere auch hin. Gudrun, unter anderen. An ihr kann ich mir ein Beispiel nehmen, wie man zwei Kinder lässig und entspannt wuppt, ohne eine dieser unangenehmen Übermuttis zu sein, die man nicht in ihrem Tun beobachten kann, ohne ein schlechtes Gewissen zu haben. Jedes Mal wenn ich mir denke, dass Gudrun wohl immer ruhig bleibt und nie genervt ist, ganz im Gegensatz zu mir, dann ergibt sich eine Situation, in der auch sie Nerven beweist. Natürlich würde Gudrun Karla nie laut schimpfen oder gar losbrüllen, aber manchmal hört man selbst aus ihrer sanften und eher leisen Stimme eine gute Portion Genervtheit heraus. Das tut dann gut und zeigt mir: Auch besonnene und lässige Mütter sind mal genervt von ihren Kindern. Man darf das, und man darf es auch zeigen.

Ich gehe in die Küche und platziere den Test auf dem gemaserten Holz des Küchentischs. Dann hole ich meine

Kamera und mache ein paar Bilder. Genau wie damals, als ich den Test in der Hand hielt, aus dem neun Monate später Franziska wurde. Weil ich es auch damals nicht glauben konnte. Ich brauchte den Fotobeweis.

Als ich ein paar Bilder gemacht habe, schalte ich die Kamera aus und lege den Test aufs Fensterbrett zwischen die Zamioculca, die dringend mal wieder gegossen werden müsste, und eine weiße Keramikdose mit Holzdeckel, auf der »Coffee« steht, die aber diverse USB-Kabel, Fotospeicherkarten und eine kaputte Funkmaus enthält. Ein bisschen Staub wirbelt auf und tanzt in der Morgensonne, die sich gerade durchs Fenster in die Küche vorgetastet hat. Ich widerstehe dem Impuls, jetzt das Fensterbrett feucht abzuwischen, weil ich weiß, das daraus eine größere Küchenputzaktion resultieren würde. Die wäre zwar von Nutzen, aber die Zeit ist zu schade dafür. Wann habe ich das schon mal? Minuten, vielleicht sogar eine halbe oder ganze Stunde nur für mich und meine eigenen Bedürfnisse. Keine Arbeit, denn es ist Sonntag. Kein Kind, das Gummibärchen frühstücken will, aber nur grüne oder praktische Vorschläge für die Gestaltung des Sonntags einbringt (»Mami, ich will ins Wimmbad, mit der Karla!«). Also bitte auch keine Hausarbeit.

Um den Staub nicht länger tanzen zu sehen, drehe ich mich um und schalte meine Espressomaschine ein. Schlagartig fällt mir wieder ein, dass ich schwanger bin. Darf ich jetzt überhaupt noch Kaffee trinken? Wie war das noch gleich? Tschüss, Alkohol, klar, und auch keine Zigaretten mehr. Letzteres fällt mir sicher nicht schwer, habe ich doch in letzter Zeit sowieso nur noch sporadisch geraucht. Zum Beispiel mit Paul auf dem Balkon.

Aber Kaffee? Langsam kehrt die Erinnerung zurück. Ich entsinne mich, damals, als ich mit Franziska schwanger war, meinen täglichen Kaffeekonsum von ungefähr sieben auf drei Milchkaffees heruntergefahren zu haben. Und ich habe bei Nespresso zehn Stangen Lungo Decaffeinato bestellt, von denen neun noch ungeöffnet den Bodensatz meiner Kapselkiste im Küchenschrank bilden. Kaum genießbar, das Zeug, vor allem für einen Espresso-Junkie wie mich. Macht man den koffeinfreien Kaffee zu stark, schmeckt er unglaublich bitter, und wenn er nur einen Tick zu schwach ist, könnte man sich gleich das hellbraune Brackwasser in die geschäumte Milch gießen, das sich nach ein paar Tagen in der Maschine sammelt und dort vor sich hin gammelt.

Ich greife also beherzt zu einem Fortissio, und zur Feier des Tages nehme ich gleich noch einen Ristretto dazu. Die Milch schäumt heute perfekt, und ich gönne mir das Vergnügen, sie zuerst in ein großes Caipirinhaglas zu gießen, bevor ich den duftenden Kaffee mit Hilfe eines Löffels vorsichtig an der Glaswand entlang unter den Schaum laufen lasse. Die braune Flüssigkeit lässt sich genau zwischen der heißen Milch im unteren Drittel des Glases und ihrer Schaumkrone nieder und vermischt sich kaum mit ihr. Ich mache schnell noch ein paar Bilder – falls ich mal den Auftrag bekomme, Fotos für ein Genussmagazin zu liefern, oder jemand seinen Coffeeshop mit meinen Fotos bebildern möchte – und zerstöre das Kunstwerk erst dann, indem ich mit einem langstieligen Löffel umrühre und einen tiefen Schluck nehme.

Dann setze ich mich mit dem Glas in der Hand an den Küchentisch und denke weiter nach. Ich bin also mit meinem zweiten Kind schwanger. Wann wird es auf die Welt kommen? Vorausgesetzt, es geht alles gut? Ich bin zu faul zum Rechnen und öffne das MacBook, das summend zu Leben erwacht. »Geburtsterminrechner«, gebe ich bei Google ein und trage dann in das Formularfeld den 14. Juli 2010 ein, wobei ich die Option »Datum ist erster Tag der letzten Regel« ankreuze.

Der voraussichtliche Geburtstermin ist: Mittwoch, der 20. April 2011.

Wahnsinn. Auf einmal werden die beiden Balken auf dem Test zu etwas Greifbarem. Zu einem Baby, das irgendwann Ende April 2011 geboren werden wird, wenn alles gutgeht. Ein zweites Mädchen? Oder ein Junge? Und wann wurde es eigentlich gezeugt? Mit ein wenig Rechnen und Herumprobieren finde ich es über den Geburtsterminrechner heraus. Tag der Zeugung ist ungefähr der 28. Juli 2010. Ich versuche, mich zu erinnern. Gab es da irgendeine Besonderheit? Oder war es ganz normaler, eheähnlicher Sex, den Jan und ich um diesen Termin herum hatten? Sex, den wir ungefähr drei-, viermal pro Monat haben oder auch mal ein paar Wochen gar nicht? Meistens spätabends, manchmal aber auch am frühen Morgen? Ist es ein schlechtes Zeichen, dass ich mich nicht an dieses eine Mal erinnere, das schließlich ein ganz besonderes Mal war? Um meinem Gedächtnis auf die Sprünge zu helfen, gebe ich einfach »28. Juli 2010« bei Google ein und lande beim Wikipedia-Artikel über diesen Tag. Katalonien verbot den Stierkampf. In Pakistan stürzte ein Flugzeug ab, alle

152 Passagiere kamen dabei ums Leben. Die Vereinten Nationen erklärten in einer völkerrechtlich nicht bindenden Resolution den Anspruch auf sauberes Wasser zu einem der Menschenrechte. Ich lese diese Fakten, und dann fällt es mir wieder ein: In München regnete es bei gefühlten fünfzehn Grad. Ich trank Stolichnaya mit Paul und vermisse bis heute meinen violetten Slip mit den orangefarbenen Blumen darauf, den ich an diesem Abend trug.

Mir wird schlecht.
Nein, das kann nicht sein.
Bitte nicht.
Nicht das.
Nicht jetzt.
Gar nicht.
Wir sind doch hier nicht in einem schlechten Fernsehfilm der Woche, und es ist doch auch gar nicht Dienstag!

Ich höre Aufstehgeräusche aus dem Schlafzimmer, dann das Tappen zweier nackter Füße über den Dielenboden, ein Gähnen, die Tür des Badezimmers und dann das Rauschen der Klospülung. Hastig springe ich auf, stoße dabei an den Rand des Caipirinhaglases und schütte meinen perfekten Milchkaffee um, von dem ich nicht mehr als einen Schluck getrunken habe, so dass sich die hellbraune Brühe mit dem mittlerweile leicht angetrockneten Milchschaum über den Holztisch, mein Nachthemd und den Küchenboden ergießt. Immer wieder erstaunlich, wie viel Flüssigkeit in so ein Glas passt, wenn man es umkippt, denke ich, lasse dann rasch den

Schwangerschaftstest, der immer noch auf dem Fensterbrett liegt, in der Kaffeedose mit den USB-Kabeln verschwinden und schließe sie mit dem Holzdeckel. Dann erst wische ich den Kaffee auf.

»Guten Morgen«, sagt ein zerknautscht aussehender Jan mit verstrubbelten Haaren und betritt in Boxershorts und einem alten XXL-T-Shirt die Küche. Er gibt mir einen Kuss, der nach Zahnpasta schmeckt, und schlurft zu seiner Kaffeemaschine. Jan verweigert nämlich standhaft mein köstliches »neumodisches Espressozeugs« und kocht sich lieber weiterhin seinen Filterkaffee in einer fünf Jahre alten Billig-Kaffeemaschine, die mal bei Plus im Angebot war und wie man sie heute eigentlich nur noch in den Büroküchen von Versicherungen und Krankenkassen anzutreffen denkt, weniger in Altbau-Wohnküchen mitten in München-Neuhausen. Ich würde es nie zugeben und diesen Kaffee auch nie trinken, aber ich mag die Geräusche, die die Maschine von sich gibt, wenn das heiße Wasser durch den Papierfilter läuft, und ich mag auch den leicht bitteren Geruch des kolumbianischen Hochlandkaffees und das Zischen, wenn Jan sich eine Tasse einschenkt und der letzte Tropfen Kaffee auf die heiße Platte unter der Glaskanne fällt und verdampft.

Während mein Freund mit Filtern, Kaffeepulver und der Milchtüte zugange ist, beschließe ich, ihm noch nichts von den zwei Linien zu sagen. Erst muss ich herausfinden, ob er wirklich für sie verantwortlich ist.

Scheiße.

MONTAG, 13. SEPTEMBER 2010.
IN EINER LAUEN SOMMERNACHT.

Manche Probleme lösen sich von selbst, wenn man nur lange genug damit wartet, sie aktiv anzugehen. Diese Lebensweisheit habe ich schon häufiger beobachtet, und sie gilt fürs Büro genauso wie für das Privatleben. Die Kunst besteht darin, unterscheiden zu lernen, wann man auf diese Selbstlösungskräfte hoffen kann und wann nicht. Bei fälligen Steuererklärungen, habe ich gemerkt, funktioniert das Prinzip zum Beispiel nicht, außer das Finanzamt schuldet einem Geld. Und selbst in diesem Fall, habe ich gehört, erinnern die einen irgendwann daran, dass man noch etwas einreichen muss.

Und auch im Privatleben lösen sich manche Dinge nur scheinbar in Wohlgefallen auf. Meine Freundschaften mit Beate und Marlene, deren Ende tat nie wirklich weh, weil es kein richtiges gab. Aber es nagt immer noch an mir. Und mir graut vor dem Tag, an dem ich einer von beiden irgendwo zufällig über den Weg laufe und nicht ausweichen kann. Jan meint, dass das nicht passieren muss. München sei groß, und man begegne jahrelang nicht mal ungeplant Menschen, die man gerne treffen würde, warum sollte man dann mit Leuten, die man lieber meidet, zufällig in ein und demselben Waggon der Trambahn fahren oder sich zur selben Zeit am selben Glühweinstand ein Heißgetränk holen? Als ich neulich mit ihm über meine Sorgen sprach, begann er sogleich, die statistische Wahrscheinlichkeit auszurechnen, mit der so eine Koinzidenz eintrifft. Ich habe mir die Zahl nicht gemerkt, aber sie war mit der Wahrscheinlichkeit verwandt, mehr als 20 Euro im Lotto zu gewinnen.

In diesem Fall allerdings hat sich mal ein privates Problem tatsächlich von selbst gelöst. Nein, ich weiß immer noch nicht sicher, dass Paul nicht der Vater meines ungeborenen Kindes ist. Aber das Thema Natalie hat sich erledigt. Heute bekam ich eine E-Mail von ihr.

Von: Natalie Lüdicke <nalu_fhain@web.de>
Datum: Montag, 13. August 2010, 07:01:02 MESZ
An: Marie <kl_diva@gmx.de>
Betreff: Lebenszeichen und News!

Liebe Marie,
endlich melde ich mich wieder bei Dir. Bitte verzeih, dass ich einen ganzen Monat lang abgetaucht bin. Ich bin erst gestern aus Schweden zurückgekehrt. Nicht dass ich dort keinen Internetzugang gehabt hätte, aber ich habe ihn nicht dazu genutzt, meine Mails abzurufen oder welche zu schreiben. Diese Pause habe ich einfach gebraucht, vor allem, weil ich keinen Input von Paul haben wollte. Mein Handy war auch die ganze Zeit ausgeschaltet, wie Du vielleicht gemerkt hast.

Ich habe in Malmö viel Spaß gehabt und viel nachgedacht. Und ich bin zu dem Entschluss gelangt, nicht nach München zurückzukehren. Ein Freund von mir hat ein kleines Umzugsunternehmen, er wird in den nächsten Tagen meine Möbel und persönlichen Dinge aus der Wohnung in der Ysenburgstraße holen und nach Berlin schaffen. Ja, ich trenne mich von Paul. Was Dich vielleicht wundern wird: Diese Affäre mit der Schwedin (ha, ausgerechnet eine Schwedin!) ist zwar der Anlass dafür, aber nicht der Grund. Ich habe in meiner Auszeit ein wenig recherchiert und ihr Blog gefunden und gelesen. Vielleicht hast Du es ja auch entdeckt, Du bist in Sachen Internet ja um einiges bewanderter als ich. Ich gehe davon aus, dass Du »LIVS LIV« kennst. Wenn nicht, such einfach mal bei Wordpress danach und lies. Sie beschreibt darin ziemlich detailliert ihre Affäre mit Paul. Beim ersten Lesen tat es höllisch weh, aber inzwischen ist mir klar, dass sie keine wirkliche Rolle spielt. Diese junge Frau ist bis über beide Ohren verliebt in Paul, er ist ihr Held, ihr Prinz auf dem weißen Pferd, sie vergöttert ihn, und vielleicht liebt sie ihn sogar wirklich. Aber er liebt sie nicht. Er ist fasziniert von ihrer Jugend, ihrem Sex, ihrer Unbeschwertheit. Aber Liebe? Nein.

Klar, wirst Du vielleicht denken, dass Natalie das so sieht, wäre es doch viel schlimmer, wenn Paul Liv lieben würde. Aber so ist es nicht. Nur auf den ersten Blick. Hätte er sich wirklich und ehrlich in diese junge Frau verliebt bzw. würde er sie lieben, dann wäre das eine Sache, die eben einfach passieren kann, egal, ob man seit kurzer Zeit zusammen ist oder seit zwanzig Jahren verheiratet, egal, ob die Beziehung eher locker ist oder bisher von eiserner Treue beherrscht wurde. Wahrscheinlich hätte Paul sich längst von mir getrennt, wenn er Liv wirklich lieben würde. Dann könnte er gar nicht anders. Hat er aber nicht. Er genießt einfach diese Affäre und will ansonsten weitermachen wie gewohnt. Und das ist etwas, was ich nicht er- und mittrage. Ich kann nicht damit leben, ihm nicht zu genügen. Ich weiß nicht genau, was ihm fehlt in unserer Beziehung – bin ich ihm zu alt, ist es, dass ich Mutter bin, liegt es daran, dass wir zu viel Alltag haben, oder braucht er einfach noch mehr Bestätigung? Vielleicht ist es auch eine Mischung aus allem, oder Paul ist einfach ein Mann, der mehrere Frauen nebeneinander haben möchte.

Aber nicht mit mir.

Für dieses Modell bin ich nicht zu haben.

Ich hätte Dir das alles viel lieber persönlich erzählt, Marie, und es tut mir leid, dass ich es Dir in einer E-Mail schreiben muss. Bitte sei mir deswegen nicht böse. Aber ich werde in nächster Zeit nicht nach München kommen und hoffe, Du verstehst das. Ich finde es übrigens sehr schade um unsere Freundschaft, die gerade erst so richtig angefangen hatte, denn ich mag Dich sehr gerne, habe Dich in der kurzen Zeit, die wir uns kennen, sehr schätzen gelernt und möchte Dir für die vielen schönen Momente, die wir zusammen erlebt haben, ganz herzlich danken. Ich werde München auf jeden Fall immer mit Dir verbinden, und vielleicht ist diese Erinnerung auf Dauer sogar stärker als die daran, wie meine Beziehung zu Paul endete.

Natürlich bist Du jederzeit herzlich in Berlin willkommen! Ich teile Dir meine neue Adresse mit, sobald ich eine Wohnung für Felix und mich gefunden habe, was hier zum Glück kein Problem ist. Dass Du sie bitte nicht an Paul weitergibst, setze ich voraus, und ich vertraue Dir da voll und ganz. Ich will mich nicht vor ihm verstecken, aber ich habe auch keine Lust, dass er eines Tages einfach vor meiner Tür steht. Du aber darfst jederzeit kommen und so lange bleiben, wie Du willst! Bring die süße Franzi mit, Felix würde sich riesig freuen. Und dann holen wir uns ein paar Flaschen Rotwein, und ich erzähle Dir noch mal alles ganz genau und persönlich, okay?

Ich drück Dich, vermisse Dich und freue mich jetzt schon auf Deinen Besuch in der Hauptstadt!

Deine Natalie

Sie klingt nicht verzweifelt oder zu Tode betrübt. Ich kenne Natalie zwar nicht gut genug, um aus einer einzigen E-Mail herauslesen zu können, wie ihr tatsächlicher Seelenzustand gerade ist, aber es deutet einiges darauf hin, dass es ihr den Umständen entsprechend gutgeht. Und ich kann ihre Argumentation gut verstehen. Wie sehr wünschte ich, ich wäre nur annähernd so konsequent! Sie hat recht, und sie hat keine Ahnung, wie gut ich nachvollziehen kann, wie recht sie hat. Paul wird nie ganz zu einer Frau gehören. Nicht zu mir, nicht zu Natalie und erst recht nicht zu Liv. Er ist nun Mitte vierzig. Ein Alter für eine Mildifecrisis, aber Paul ist ein Mann, der die von der Geschlechtsreife bis zum Grabstein erfährt. Er ist unglaublich anziehend, er ist witzig, gutaussehend, männlich, charmant und gibt einem immer das Gefühl, etwas ganz Besonderes zu sein. Nämlich die tollste Frau der Welt. Wie lange war ich nun süchtig nach diesem Gefühl? Neun Jahre lang. Und erst jetzt, nachdem so viel passiert ist und sich mein Leben – das ohne Paul – so grundlegend verändert hat, bin ich in der Lage, diese Sucht zu erkennen und langsam von ihr loszukommen. Nicht zuletzt mit der Hilfe von Natalie und Liv. Auch wenn beide davon nichts ahnen.

Wenn ich Natalie in Berlin besuche, und das werde ich tun, werde ich ihr von Paul und mir erzählen. Bis dahin ist sicher etwas Zeit vergangen, und es wird ihr nicht mehr allzu weh tun. Entweder sie verzeiht mir, dass ich es ihr nicht früher gesagt habe, und wir werden wirklich richtige Freundinnen ohne Geheimnisse, oder sie kann das nicht, dann war ich wenigstens ehrlich, und die Sache hat einen ordentlichen Abschluss gefunden.

Tja. Eine Baustelle ist so weit fertig. Bleibt leider noch eine zweite, bei der das Gelände viel unübersichtlicher und gefährlicher ist. Da es eher unwahrscheinlich ist, von Paul eine E-Mail zu erhalten, in der er mir seine schon immer bestehende absolute Zeugungsunfähigkeit bestätigt, muss ich in diesem Fall leider aktiv werden.

Immerhin ist mir mittlerweile wieder eingefallen, dass ich im fraglichen Zeitraum rund um den 28. Juli Sex mit Jan hatte. Ganz klassisch, spätabends auf der Couch. Es fiel mir wieder ein, als ich zur Unterstützung meines Gedächtnisses meine E-Mails anschaute, die ich in diesen Tagen erhalten hatte. In einer vom Montag, den 26. Juli, schrieb meine Freundin Moni, die mit ihrem Mann und ihrem Sohn in der Nähe von Donauwörth lebt, dass sie leider den für den nächsten Tag geplanten Ausflug nach München verschieben müsse, weil ihr 2-jähriger Bruno unter Mundfäule leide. Und an ebendiese Krankheit musste ich am selben Abend dummerweise kurz denken, während ich mit Jan auf dem Sofa knutschte. Dieser Irrweg in meinem Kopf, den ich Jan nicht erläuterte, führte über eine kurze Küssunlust meinerseits und den beruhigenden Gedanken, zum Glück kein Mann zu sein und somit nicht von etwaigem Erektionsverlust bedroht zu sein, letztendlich doch noch zum vollzogenen Geschlechtsverkehr ohne störende Gedanken an Fäulnis und unangenehme Gerüche. Brunos Mundfäule ist also schuld daran, dass ich mich wieder daran erinnern kann, an diesem Abend Sex mit Jan gehabt zu haben, der durchaus dafür in Frage kommt, nicht nur Sex, sondern auch ein Akt der Zeugung gewesen zu sein. Glück gehabt. Danke, Bruno.

Bleibt leider trotzdem die Frage, ob ich in dieser Woche ein zweites Mal Sex hatte, und wenn ja – o Gott, ich möchte gar nicht darüber nachdenken, aber ich muss –, wer dann der Vater des Zellhaufens ist, der sich gerade munter in meinem Bauch teilt, während ich über seine Entstehung nachgrüble.

Mein Plan sieht also wie folgt aus:

a) Herausfinden, ob am Wodka-Abend des 28. Juli 2010 Geschlechtsverkehr mit Paul stattfand.
b) Wenn ja: weiter zu d).
c) Wenn nein: Thema erledigt.
d) Herausfinden, ob Paul zeugungsunfähig ist.
e) Wenn ja: Thema erledigt.
f) Wenn nein: weiter zu g).
g) We'll cross the bridge when we come to it.

Es ist 9 Uhr 30. Ich surfe zu LIVS LIV, checke noch kurz ihren Twitter-Account und schließe aus diesen öffentlich zugänglichen Informationen, dass Paul sie letzten Freitag beglückt hat, zu ihrem großen Entzücken eine ganze Nacht lang, dreimal hintereinander und mit anschließendem gemeinsamem Einschlafen und Frühstück am nächsten Tag. Kein Wunder, denke ich, Natalie ist ja auch weg, und er muss sich keine Ausreden mehr überlegen. Verwundert stelle ich fest, dass es eigentlich nicht wirklich weh tut, das alles zu lesen, mitsamt der zwar nur angedeuteten, aber doch eindeutigen Details über die Tatsache, dass die beiden ziemlich intim zugange waren. Momentan befindet sich Liv irgendwo zwischen dem letzten Nachglühen und dem Erwachen der neuen Sehnsucht. Offensichtlich ist in den nächsten Tagen noch kein erneutes Treffen anberaumt. Ich hole also tief Luft und schicke Paul eine SMS.

Muss mit Dir reden. Es ist wichtig. Hast Du Zeit? In einer halben Stunde unten im Ysenegger?

Dass ich ausgerechnet die Kneipe, über der ich wohne und die in meinem und Jans Sprachgebrauch eigentlich nur Notlösung genannt wird, für das Treffen mit Paul aussuche, hätte ich bis vor kurzem auch nicht für möglich gehalten. Aber jetzt ist es mir einfach egal, wo ich Paul treffe. Es geht nicht um ihn und mich, es geht lediglich darum, ob ich mit ihm geschlafen habe oder nicht.

Du hast Glück, ich habe heute frei und noch nicht gefrühstückt. Bis gleich! PS. Freu mich auf unser Fest, das allerdings besser nicht im Ysenegger stattfinden wird;-)

Das es gar nicht geben wird, denke ich und wundere mich, dass ich so gut wie nichts dabei empfinde. Außer einer guten Portion Genervtheit. Was für eine alberne Idee. Ein Abschiedsfick, der als Fest deklariert wird.

Wie konnte ich mich je gedanklich darauf einlassen? Das ist doch unter meinem Niveau.

Um Punkt zehn Uhr betrete ich das Ysenegger, das um diese Uhrzeit an einem trüben, frühherbstlichen Montag noch fast leer ist. Hinter der Bar poliert der gelangweilt aussehende Barkeeper Gläser, wirft mir ein »Servus« zu, als er mich sieht, und deutet mit dem Kopf in Richtung des großen Gastraumes. Offenbar kann er sich denken, dass ich mit Paul verabredet bin, der in der Ecke an einem Platz am Fenster sitzt und die Süddeutsche vor sich auf dem Holztisch ausgebreitet hat. Außer uns sind nur wenige Leute anwesend. An einem Tisch im eher dunklen hinteren Teil des Lokals sitzt ein älterer Herr und frühstückt Weißwürste, und ein großer Ecktisch wird von vier Müttern besetzt, die Tee und Saftschorlen vor sich stehen haben und von denen zwei gerade ihre Babys stillen. Ich sehe schnell weg und gehe zu dem Tisch, an dem Paul sitzt.

»Hi.«

Er steht auf und faltet gleichzeitig mit einer routinierten Bewegung die ausladende Zeitung zusammen und legt sie neben sich auf die Holzbank. Ich muss mir eingestehen, dass ich diese nebensächliche Lässigkeit an ihm schon sehr mag. Und seine natürliche Höflichkeit gegenüber Frauen. Nie würde Paul sitzen bleiben, wenn eine Frau an seinen Tisch kommt, aber sein Aufstehen wirkt ganz natürlich, nicht angelernt oder einstudiert.

»Marie. Wie schön.« Er küsst mich rechts neben meinen Mund, und seine unrasierte Wange schabt über meine. Ich atme seinen Geruch ein, diese mir so vertraute Mischung aus Duschgel, kaltem Zigarettenrauch und Mann, und warte auf den Impuls, mich in seine Arme zu werfen und darauf zu warten, dass seine Lippen nicht nur die Haut meines Gesichts streifen, sondern sich auf meinen Mund drücken, dass seine Zunge meine Lippen teilt und seine Hände dabei meinen Nacken und meine Hüfte umfassen. Aber heute ist alles anders. Nicht dass ich Pauls Duft nicht mehr anziehend und angenehm fände. Aber er wirft mich nicht mehr aus den Schuhen. Es ist, als hätten die Geschichten mit Natalie und Liv – und nicht zuletzt das, was diesen Sommer zwischen Paul und mir passiert ist – eine unsichtbare Wand zwischen uns errichtet. Ob es eine Schutzmauer ist oder echte Distanz, kann ich noch nicht beurteilen.

»Tut mir leid, dass ich neulich nicht kapiert habe, was du mit deiner SMS fragen wolltest«, sagt Paul, »aber das war auch ein bisschen kryptisch, einfach nur nach einem Datum zu fragen. Ich hab's nicht gecheckt. Ich bin nur ein Mann, wie du weißt.« Und er grinst sein Großer-Junge-Grinsen, das früher ungefähr dieselbe Wirkung hatte wie das Erschnuppern seines Dufts.

Jetzt aber spüre ich sie wieder: leichte Genervtheit. Was bildet er sich eigentlich ein? Er kommt gar nicht auf die Idee, dass ich vielleicht etwas anderes mit ihm könnte besprechen wollen als dieses alberne Abschiedsfest. Das es nicht geben wird. Ganz selbstverständlich geht Paul davon aus, dass ich seit Wochen dem inszenierten Geschlechtsverkehr mit ihm entgegenfiebere. Ich ärgere mich.

»Deswegen bin ich nicht hier«, sage ich kühl und setze mich über Eck an den Tisch am Fenster.

»Nicht?« Pauls Gesicht offenbart echte Überraschung.

»Nein.«

»Du ... du willst keinen Abschied.«

»Ich will keinen Abschiedsfick.« Verächtlich spucke ich die letzte Silbe in Pauls Richtung, und der Barkeeper, der sich lautlos unserem Tisch genähert hatte, um unsere Bestellungen aufzunehmen, zuckt erschrocken zusammen und macht ebenso leise wieder kehrt. Aus dem Augenwinkel bemerke ich, wie sich die vier Köpfe der stillenden Jungmütter ruckartig zu uns drehen.

Paul versteht mich schon wieder falsch.

»Ganz ehrlich, Marie, ich bin froh, dass du den Mut hast, das zu sagen. Es hat sich nämlich ... wie soll ich sagen ... es hat sich einiges geändert in der letzten Zeit, wovon du nichts weißt.«

Wenn du wüsstest, was ich weiß.

»Jedenfalls ... jedenfalls ist die aktuelle Situation jetzt ganz anders als noch vor ein paar Wochen ...«, eiert Paul weiter herum, und ich genieße es fast ein wenig, ihn einfach nur ausdruckslos anzuschauen, ohne ihm da herauszuhelfen.

»Langer Rede kurzer Sinn«, sagt Paul, schluckt und nimmt meine Hand, was ich geschehen lasse, weil es mich nicht bewegt. »Wir brauchen keinen Abschied und auch kein Abschiedsfest, wir brauchen eher eine Anfangsfeier.«

»Aha.«

»Marie, ich weiß, dass wir uns schon ewig kennen ...«

»Neun Jahre.«

»Wahnsinn. Ich weiß auch, dass ich mich mehr als oft wie ein Arschloch benommen habe, dass ich dich versetzt, verletzt, enttäuscht, betrogen und schlecht behandelt habe …«

»Hm.«

»Ich weiß das alles, und es tut mir unendlich leid. Wenn ich es rückgängig machen könnte, ich würde es sofort tun und dafür meine Seele verkaufen!«

Wo sind wir hier? Fernsehfilm der Woche oder doch nur schlechter Frauenroman?

»Ich habe dich immer geliebt, all die Jahre, Marie. Das musst du mir glauben. Aber die Zeit war noch nicht reif für uns als Paar. Ich war noch nicht reif und du auch nicht. Du warst so … unfertig. Du warst toll, keine Frage. Sexy, lebenslustig, witzig, hattest verrückte Ideen und tollkühne Träume, und man konnte immer auch tiefgehende Gespräche mit dir führen. Aber trotzdem warst du ein Mädchen, verrückt nach Schuhen und Abenteuern, du wolltest was erleben, die Welt sehen, Party machen, einfach jung sein, und das soll jetzt bitte kein Vorwurf sein! Aber du warst noch keine richtige Frau. Und das bist du jetzt. Dein Kind hat dich verändert. Seit du Mutter bist, hast du einen riesigen Schritt in deiner Entwicklung gemacht. Du bist erwachsen geworden, Marie, du bist jetzt eine richtige Frau, du trägst Verantwortung, und das steht dir sehr, sehr gut. Gleichzeitig sehe ich in deinen Augen aber auch noch die alten Träume, die Sehnsüchte, den Wunsch danach, auszubrechen und einfach wild und frei zu leben. Und gerade diese Mischung und das Wissen, dass du zu deiner Verantwortung stehen wirst, solange Franziska dich braucht, macht dich jetzt so ungeheuer anziehend für mich. Das ist Erotik pur, Marie. Und ... Liebe. Ja. Das war es immer, aber jetzt weiß ich, dass ich mit dir leben kann und muss.«

Paul macht eine Pause, und ich weiß, dass er jetzt dringend eine Zigarette bräuchte. Seine Finger wandern schon zu dem zerknautschten Päckchen mit Blauen Gauloises, das in seiner linken hinteren Hosentasche steckt. Dann fällt ihm das strenge Rauchverbot wieder ein, das wir seit dem 1. August hier in Bayern haben, und seine Hand kehrt auf den Tisch zurück. Er dreht sie um, so dass seine offene Handfläche nach oben zeigt.

Und er sieht mich an. Schweigend. Abwartend. Gar nicht so selbstsicher wie gewohnt. In seinen graugrünen Augen entdecke ich die goldfarbenen Sprenkel, die ich immer so geliebt habe, und sie wirken heller als sonst.

Ich möchte Paul in den Arm nehmen. Aber es ist nicht der Wunsch, mich in seine Arme zu werfen, in ihnen zu versinken, von ihnen umschlossen und gehalten zu werden. Es ist ein neues Gefühl. Ich möchte Paul trösten. Er tut mir leid. Nicht weil er sich gerade zum Affen gemacht hat und es jetzt ein Leichtes für mich wäre, ihn eiskalt abprallen zu lassen und mich für all das zu rächen, was er in den letzten neun Jahren gegen mich getan hat. Paul tut mir leid, weil ich das Gefühl habe, dass er wirklich meint, was er gerade gesagt hat. Ob dem so ist, werde ich wohl nie erfahren. Und ich möchte es auch gar nicht genau wissen. Die Realität zählt nicht. Das Gefühl genügt mir.

»Paul ...«

Er sieht mich schweigend an.

»Das soll jetzt keine Rache sein und keine Retourkutsche ...«

»Du willst mich nicht mehr.«

»Hab ich dir ja schon neulich am Kirchsee gesagt.«

»Ist es zu spät?«

»Nein, das ist es nicht.«

»Es ist nicht zu spät?«

»Doch. Aber es ist nicht der zeitliche Faktor, der entscheidend ist.«

»Hä?«

»Vergiss es. Fakt ist: Ich bin nicht zu haben. Ich werde nicht mein ganzes Leben hinschmeißen, um mit dir zusammen zu sein. Ich bin glücklich mit meinem Leben und mit meinem Mann, also mit Jan. Mit meiner Familie. Aber das habe ich dir ja auch bereits neulich erklärt.«

»Ehrlich gesagt war ich mir nicht sicher, wie ernst ich diese Aussagen nehmen kann.«

»Siehst du, das ist auch so ein Punkt«, sage ich und merke, wie mein Mitleid leichter Verärgerung Platz macht. Ich öffne den Mund, um besagten Punkt näher auszuführen, doch dann verlässt mich schlagartig die Lust dazu.

»Wie auch immer«, sage ich stattdessen, »du bist und bleibst ein wichtiger Mensch in meinem Leben, aber ich möchte keine Beziehung mit dir, keine Affäre, keine heimliche Liebe und auch keine offizielle.«

»Okay.«

Paul trägt es mit Fassung. Ich habe auch nicht erwartet, dass er weinend zusammenbricht, und bin ganz froh darüber, dass er das nicht tut.

»Ich geh mal eben raus, eine rauchen«, sagt er dann

mit leicht belegter Stimme, und seine Hand fährt sogleich wieder an die hintere Hosentasche zum Zigarettenpäckchen.

»Tu das. Ich warte hier auf dich.«

Als er das Lokal verlassen hat, winke ich dem Barkeeper.

»Kann ich was bestellen?«

»Ja klar, gerne. Ich dachte nur vorhin, es sei gerade … unpassend.«

»Schon in Ordnung. Also, ich hätte gerne ein Frühstück ›Tiffany‹, den Räucherlachs bitte mit extra viel Sahnemeerrettich und die Eier als Rühreier mit Speck. Kann ich statt des Proseccos ein Glas frisch gepressten Orangensaft bekommen?«

»Klar!«

»Super. Und dazu noch einen großen Milchkaffee bitte.«

»Magst du für den Herrn auch was bestellen?«

»Einen doppelten Espresso. Und einen Schnaps.«

»Einen Schnaps?«

»Ja. Habt ihr was Gutes da?«

»Vielleicht einen Himbeergeist«, meint der Barkeeper etwas ratlos und wirft einen Blick auf die Uhr, die noch nicht mal halb elf zeigt. Dann erinnert er sich wohl daran, dass ein kleiner Schnaps mehr Umsatz bringt als ein großer Milchkaffee.

»Ich würde einen feinen Grappa empfehlen!«

»Gute Idee.«

Der Barkeeper verschwindet, sich seinen Teil denkend, und wenig später kommt Paul zurück, nach Rauch riechend und mit einem Grinsen im Gesicht. Er runzelt die Stirn, als ihm der Espresso und der Grappa hingestellt werden, sagt aber nichts, sondern schaufelt zwei Löffel Zucker in den Kaffee, trinkt dann die Hälfte davon, kippt den Grappa hinunter und leert dann die Espressotasse.

»Aaaah«, macht Paul, »jetzt geht's mir besser. Danke. Du kennst mich und meine Bedürfnisse erschreckend gut, Marie.«

»Paul, ich wollte eigentlich noch was wirklich Wichtiges mit dir besprechen«, sage ich und spüre, wie die Angst wiederkehrt, die mich vor lauter Liebeserklärungen von Paul kurz in Ruhe gelassen hatte.

»Schieß los.«

»Es geht um den Abend Ende Juli«, sage ich.

»Den Stolichnaya-Abend?«

»Genau um den.«

»Der war toll.«

»Hm, ja.«

»Was ist mit dem Abend, Marie?«

»Ich war sehr betrunken.«

Paul lacht laut auf. »Oh ja, das warst du. Wunderbar. Ich liebe betrunkene Frauen. Nein, falsch. Ich liebe dich, und ich liebe dich auch, wenn du betrunken bist.«

»Jetzt fang nicht wieder von vorne an, Paul.«

»Okay, okay, sorry. Also?« Er bemüht sich, zerknirscht zu schauen.

»Paul …«

Der Barkeeper kommt mit dem Frühstück »Tiffany«. Ungeduldig warte ich, bis er den Räucherlachs mit Meerrettich, den Parmaschinken, die Rühreier mit Speck, das Müsli, den Brotkorb, den Orangensaft und meinen

Milchkaffee auf dem Tisch verteilt und mir einen guten Appetit gewünscht hat.

»Hatten wir Sex?« Ich verzichte auf die Information, dass ich bis heute meine violette Unterhose mit den orangefarbenen Blumen darauf vermisse.

Paul lacht erneut laut auf, und ich kann nicht sagen, was er mit diesem Lachen meint.

»Erinnerst du dich wirklich nicht mehr daran?«

»Woran?« Mir schwant Fürchterliches.

»Das ist echt schade. Aber dann muss ich es dir eben noch mal erzählen«, sagt Paul, rückt ein wenig näher an mich heran, so dass ich seinen Duft wieder in der Nase habe und die Wärme seines Körpers neben mir spüre, senkt die Stimme und flüstert mir fast ins Ohr.

»Zweimal wären wir beinahe erwischt worden. Vor allem, weil du so laut gestöhnt hast. Aber es war auch sehr geil. Wenn ich nur daran denke, bekomme ich gleich einen …«

»Paul!«

»Okay, okay. Ich kann aber nichts dafür. Du hast angefangen. Wir sind aus dem Hide Out raus, und ich wollte dich nur nach Hause bringen, ehrlich! Wir sind die Volkartstraße entlanggegangen, auf die andere Straßenseite, am Muffins 'n' More vorbei und dann rechts die Frundsbergstraße entlang. Das ist ja nicht weit, aber wir haben ziemlich lang gebraucht. Dann bist du auf einmal stehen geblieben und wolltest nicht mehr weitergehen. Du hast mich geküsst, und dann hast du gesagt, dass du auf der Stelle mit mir schlafen musst, weil du das schon längst hättest tun müssen, und du hast mich in eine Einfahrt gezerrt, ich schwör's!«

Mir wird schlecht.

»Weiter!«, krächze ich mit letzter Kraft.

»Das war so eine Doppeleinfahrt mit einer Mauer in der Mitte. Ziemlich schattige Ecke, als wir aus dem Bereich der Straßenlaternen raus waren. Zwischen einem geparkten Auto und einem Altpapiercontainer hast du mich dann an die Mauer gedrängt und mir einfach die Jeans aufgemacht und meinen ... du weißt schon. Dann hast du gesagt: Paul, nimm mich, hier an der Mauer, jetzt und gleich, und hast dein Sommerkleid hochgezogen, und dann haben wir es im Stehen an der harten Mauer getrieben. Marie, das war echt das Geilste, was ich je erlebt habe, in dieser warmen Sommernacht ... Ich glaube, ich bin dreimal hintereinander gekommen ...« Er hört auf zu sprechen, und ich spüre seinen Atem, der schneller geht, und sein Herz, das hart gegen seine Rippen schlägt.

Langsam kehrt die Erinnerung zurück. An den Duft der lauen Nacht, an die vom Tag noch warmen, harten Steine der Mauer an meinem Rücken, an den Geschmack von Pauls Haut, an seine Hitze und Härte tief in mir, an sein raues Stöhnen, und ich glaube, ich sehe vor meinem inneren Auge auch meine Unterhose, die ich einfach neben dem Altpapiercontainer liegen ließ.

»O Gott ...«

»Alles klar, Marie? Du bist ganz weiß im Gesicht.«

»Nichts ist klar!«

Ich versuche, an meinen Plan zu denken. Wie war noch gleich der nächste Punkt darin?

Richtig:

d) Herausfinden, ob Paul zeugungsunfähig ist.

Ich überlege noch, wie ich das anstellen soll und ob ich vorher einen Grappa bestellen soll, trinke stattdessen einen Schluck von meinem kalt gewordenen Milchkaffee, da fällt mir plötzlich ein, was an der ganzen Geschichte nicht stimmt.

Ich trug kein Sommerkleid, sondern einen Rock und ein T-Shirt.

»Hast du eigentlich Natalie erzählt, was in dieser lauen Nacht passiert ist?«

»Spinnst du? Natürlich nicht! Das bleibt unser Sommernachtsgeheimnis. Keine Sorge.«

»Laue Sommernacht.«

»Ja.«

»Dass es in dieser Nacht in Strömen geregnet hat und ungefähr fünfzehn Grad hatte, kann nicht sein?«

»Wie meinste das jetzt?«

»Ich meine, dass du mich gerade verarscht hast. Es gab keine laue Sommernacht, und es gab auch keinen hemmungslosen Sex an irgendeiner Mauer einer Einfahrt. Das hast du dir alles ausgedacht. Mein Gott, hast du mir einen Schreck eingejagt, Paul!«

Er grinst.

»Aber du hast es geglaubt!«

»Wann hättest du mir die Wahrheit erzählt? Jetzt gleich? Morgen? Nie?«

»Jetzt gleich. Ich wollte dich nur ein bisschen ärgern.«

Warum glaube ich Paul nicht?

»Wir haben also nicht miteinander geschlafen?«

»Leider nein.«

Die Erleichterung überflutet mich mit einer solchen Heftigkeit, dass ich Paul gar nicht mehr böse bin, sondern ihm am liebsten um den Hals fallen und ihn küssen würde. Ich kann mich gerade noch zurückhalten. Stattdessen nehme ich Messer und Gabel und verputze innerhalb weniger Minuten das gesamte Frühstück »Tiffany«. Paul sieht mir erstaunt zu.

FREITAG, 24. SEPTEMBER 2010.

DER LETZTE SOMMERTAG.

Für morgen sind ein Temperatursturz um 15 Grad angesagt, etwas Regen und kühler Wind aus westlichen Richtungen. Aber im Moment kann ich mir das schwer vorstellen. Ich sitze in Rock und Top und mit nackten Füßen auf der Terrasse meines Elternhauses und sehe Franziska zu. Nur mit einem blauen, gehäkelten Sonnenhut bekleidet, spielt sie mit dem Wasser in ihrem Planschbecken und an der kleinen künstlichen Quelle, die am Rande des Blumenbeets einem Steinhaufen entspringt. Eifrig läuft sie hin und her und schöpft mit ihrem bunten Sandspielzeug Wasser aus der Quelle, das sie dann in das aufblasbare Becken gießt. Es gibt Fotos und alte Super-8-Filmaufnahmen, auf denen ich zwei Jahre alt bin und am selben Ort dasselbe tue. Bis darauf, dass ich glatte Haare statt Locken hatte und ein paar Kilo mehr auf den Rippen, sind die Szenen identisch. Sogar der Hut ist derselbe. Meine Eltern schwelgen entzückt in Erinnerungen, und ich nippe an meinem Sanbitter-Mixgetränk, schweige und lasse mir die Sonne auf den Bauch scheinen. Meine Gedanken, die sonst eher hektisch durch mein Hirn rennen und sich gerne mal an den Schädelwänden blaue Flecken holen, sind durch die Hitze gedämpft und schwimmen träge durch mein Bewusstsein. Meine Augen sind unter der Sonnenbrille halb geschlossen, und wenn ich nicht wüsste, dass in meinem Drink kein Alkohol ist, würde ich mich angenehm trunken fühlen.

Es ist kaum zu glauben, und es ist alles andere als fair. Ich habe es nicht verdient, und ich weiß nicht, von welcher Dauer das alles ist. Dennoch bin ich so glücklich, dass ich gar nicht weiter darüber nachdenken will. Letzte Woche war ich bei meiner Frauenärztin und habe den Herzschlag meines zweiten Kindes gesehen. In der elften Woche bin ich nun schon – noch eine Woche, dann ist die kritische Phase vorbei und ich kann mich richtig schwanger fühlen. Jan hat sich riesig gefreut, als ich ihm von unserem Baby erzählt habe, und er hat sofort damit angefangen, Listen mit potentiellen Namen zu erstellen. Und Paul? Ihm habe ich nichts erzählt. Nicht von meiner Schwangerschaft und auch nicht davon, dass ich kurze Zeit Angst hatte, er könne der Vater meines Kindes sein.

Natalie hat einen neuen Freund, schrieb sie mir letzte Woche. Sie hat ihn während ihrer Auszeit in Schweden kennengelernt, es ist der Bruder des Ehemanns ihrer Freundin, die sie dort besucht hat. Und sie ist ebenfalls schwanger! Ihr Kind wird nur drei Wochen nach meinem auf die Welt kommen, im Mai nächsten Jahres. Auch in ihrem Fall ist Paul nicht der Vater des Kindes. Wobei sie es leichter hatte, das festzustellen, denn der Zeugungstermin lag hier ganz klar im August, als sie in Schweden war. »Natürlich war das nicht geplant und ging viel zu schnell, wir kannten uns ja kaum«, schrieb sie mir ein bisschen schuldbewusst, »aber das scheint in meinem Leben halt so zu sein, und Magnus ist wirklich ein netter Kerl, vielleicht habe ich ja diesmal Glück!« Als sie erfuhr, dass sie ein Kind erwartet, kam er sofort nach

Berlin nachgereist. Dort sucht er jetzt gerade einen Job, und sie haben vor, später nach Schweden auszuwandern, wenn das Baby da ist und ihre Beziehung sich ein wenig gefestigt hat.

Und Paul? Während ich einen Schluck von meinem Getränk nehme und an ihn denke, genieße ich die Tatsache, dass mein Herz dabei nicht schneller schlägt. Neun Jahre lang war das nicht denkbar. Jetzt ist es einfach so. Ohne dass wirklich etwas Großartiges passiert wäre. So einfach ist das. Und es tut gar nicht mehr weh. Ich vermisse auch nichts, und es stört mich nicht, dass Paul immer noch in der Wohnung gegenüber wohnt. Neulich kam wieder ein Umzugswagen. Schon als ich die Halteverbotsschilder sah, die ein paar Tage vorher die Sperrung von zwei Parkplätzen ankündigten, wusste ich, dass sie für Paul waren. Die Frage war nur – zog er aus, oder zog jemand ein? Dann kam ein Kleinlaster, und ich sah vom Schlafzimmerfenster aus, wie Paul und eine schlanke, blonde Frau ein paar Möbel und Kisten in das Haus gegenüber trugen. Liv zog bei ihm ein, und ich schaute zu, während ich die Pflanzen auf dem Fensterbrett goss. Und selbst als ich sah, wie er nach der dritten Tour seine Arbeitshandschuhe auszog, ihr schmales Gesicht in seine Hände nahm und sie für einen leidenschaftlichen Kuss an die Seitenwand des Transporters drückte, schlug mein Herz nicht schneller.

Ich verstehe es nicht, mein Herz. Aber vielleicht muss ich das auch nicht. Vielleicht sollte ich ihm einfach vertrauen und dankbar sein, dass es nicht gebrochen ist und die letzten neun Jahre ohne bleibende Schäden überlebt hat. Ich schließe die Augen, stelle mein Getränk auf den Tisch und lege meine Hände auf meinen Bauch, in dem ein zweites Herz schlägt, doppelt so schnell wie meines.

»Mami?«, höre ich Franziska fragen.

»Mmmh, ja, mein Spatz?«

»Bissu gaugig?«

»Nein, ich bin nicht traurig, Franzi. Im Gegenteil.«

»Ich will auch ein Gegenteil. Aber erst muss ich hier aufräumen.«

»Ja, tu das.«

»Mami? Kann ich Nille haben?«

»Hm?«

»Nille. Bitte.«

Ächzend erhebe ich mich aus meinem Gartenstuhl, schlüpfe in meine Flipflops und gehe ins kühle Haus, um meiner Tochter ein Eis zu holen.

Der Sommer ist heute zu Ende. Aber ich kann den Frühling schon spüren.

Anette Göttlicher

Paul darf das!

Maries Tagebuch
Originalausgabe

ISBN 978-3-548-26683-1
www.ullstein-buchverlage.de

Marie ist seit einem Jahr glücklich mit Jan. Er ist bei ihr eingezogen und spricht immer häufiger von einem gemeinsamen Kind. Marie genießt die normale, harmonische Beziehung und freundet sich sogar mit dem Gedanken an Nachwuchs an. Doch eines Tages taucht Paul, von dem sie fast ein Jahr lang nichts gehört hat, wieder auf. Und Maries geordnete Welt gerät exakt in dem Moment ins Wanken, als ihr Pauls Duft in die Nase steigt.

»Und jede Frau wird ein Stück Marie in sich selbst entdecken.« *Cosmopolitan*

UB426

ullstein